嬌女芳菲 1

文創風 309

喬顏 著

目錄

黃粱一夢

喬顏

大家好，我是喬顏，很高興《嬌女芳菲》這本書終於要與大家見面了。

遇見書中的嬌女沈芳菲是在失眠的一個晚上，我盤腿坐在床上，喝著茶，莫名地想到了她，花了一、兩個小時，寫了她故事的開頭，便昏昏睡去。

她彷彿很不滿意，穿梭在我的夢中，穿著大紅袿子有些嬌俏地說：「妳只寫了我重生前不好的境遇，那些後來我幸福的，得一點點地給我寫出來。」

寫下去？大小姐，我只是知道了一些細節而已，怎麼可能將妳的故事全部寫下來？我有些無所謂地哼了哼。

沈芳菲見我不置可否，有些撒嬌地走了過來，在我的耳邊說道：「妳最近不是很鬱結？我便把我開心的事講出來讓妳也笑一笑。」

我內心鬱結此等事都被她看出來了，可見她與我筆中一樣，是個精怪的，我笑著說：「好好好，妳說給我聽。」

我坐在電腦桌前，她坐在小案子上，將重生以後的那些事一點一滴地都講給我聽，從她的姊姊到她的哥哥，她說得十分詳盡，一雙眸子閃著溫柔的光。

看她這晶瑩剔透的模樣，我想伸手去摸摸她臉上的溫潤，卻不料撲了個空。

「我只是妳的幻覺，妳怎麼能摸到我？」她盯著我，捂著嘴笑了笑。

「那麼他呢？」我自覺出了醜，便抽了她最在意的東西來問。

沈芳菲聽到了他，果然有些臉紅。

「上一世我被我那位表面溫潤的夫君背棄後，便沒想過要成親，只想保護了親人便長伴青燈，卻不想，又遇見了他。」

「咦？他沒與妳一起？」我有些好奇地看了看沈芳菲身後。「他心中最重要的人便是妳，怎麼不來尋妳？」

「妳以為每個人都有我這種境遇？」沈芳菲揮了揮手中的帕子。「他昨日剛從前線歸來，正在睡覺呢。」

「哦，既然他不在，我便告訴妳一個小秘密。」我老神在在道。

「什麼秘密？」沈芳菲的一雙眸子裡浸著好奇。「他說過對我，從來都是沒有秘密的。」

「這個秘密，也許連他自己都不知道。」我坐在椅子上，有些神秘地說道。「他的上一世一輩子未婚，並不是真的因為明哲保身，而是因為一見鍾情的那位沈小姐根本不知道他為她有多麼搏命，便早早地嫁了，又早早地去了。」

沈芳菲有些驚訝地睜大了眼，我看她一臉感動，有些無奈地揮了揮手。「還與我這孤寂之人扯什麼？趕緊魂歸他身邊吧。沈小姐，不只是妳的故事，還有他的故事，我必定會一點一點地寫出來，讓世人讀到。」

沈芳菲聽了，滿意地點了點頭，那大紅身影緩緩地消失在我面前。

「黃粱一夢二十年，依舊是不懂愛也不懂情。」我哼了一句歌，笑了。

第一章

「什麼？妳再說一次？我大哥陣亡了？」檀木椅上一名雍容華貴的紅衣女子望著上前稟告的家奴，不由得驚叫出聲。

沈芳菲皺著眉頭，纖細的手指狠狠抓住把手，指尖泛出蒼白。

見家奴已經瑟瑟地哭成一團，她拍了一下把手。「哭什麼哭？我沈家沒有怕死的人！」稟告的家奴走了後，沈芳菲摸了摸微微隆起的小腹，才變得脆弱起來。

「小姐，大少爺他……」一直在身邊不出聲的貼身丫鬟荷歡先哭了出來。

沈芳菲心如刀割，從小對她最好的哥哥，就這麼在戰場上沒了，沈家玉郎，不愧其名，在戰場上堅持到了最後一刻，中了數十箭而亡，連屍首都無法運回故土。

她坐在椅子上良久，從中午守到半夜，才等到夫君回來。

「湛清，戰場上的情況到底如何？」她急急忙忙問道。

柳湛清，人如其名，穿著青色袍子，儒雅清高，只是他沒如往常般對沈芳菲噓寒問暖，一雙如水的眸子裡閃著晦暗不清的光芒。

「你倒是說話啊！」沈芳菲從椅子上站起來，絆了一下腳。

他沒有扶起妻子，而是用低沈的聲音說——

「皇上在沈府搜到了沈家通敵叛國的證據，現下正大發雷霆，沈家這次是在雷霆暴雨之中了。」

「你說什麼？」沈芳菲簡直不敢相信自己的耳朵。

「我大哥剛死在戰場上，屍首無存，如今這些小人卻誣衊我沈家通敵叛國？公公為文官之首，定能幫沈家爭論的！」

「芳菲，這次證據確鑿。」柳湛清深色的眸子裡有著不明的意味，他對身邊的小廝做了個手勢。「這段日子裡妳還是少出門管事為妙。」

「柳湛清，你這是打算置之不理嗎？」沈芳菲終於無法克制心中的焦躁，尖銳問道。

「置之不理？皇上說了，誰為沈家求情便斬立決，文武百官無人敢出聲，沈妃自取金簪，粗衣求情，皇上勃然大怒之下，將其貶為宮女，妳認為這件事還有轉圜的餘地？沈家把持大軍太久，也榮寵太久了，無論這通敵叛國的罪名是真是假，沈家必然完了。」柳湛清一口氣將話說完，又彷彿覺得沈芳菲是瘟疫，皺了皺眉說：「還不送夫人去歇息？」

沈芳菲頓時如五雷轟頂，還未反應過來，就被禁足在小堂子裡不能見任何人，唯一倚杖的就是荷歡打探的情報——

沈家上下百人口全遭斬首，沈家老大人斬首前長嘯冤枉，六月飛雪。沈貴妃不忍見家人如此，又再不得皇上寵愛，飲鴆自殺。

沈芳菲明豔的面容越發憔悴，小腹一日比一日隆起，身子卻一日又一日削瘦。她一手培養的貼身心腹都不知所蹤，只有荷歡還苦苦相勸。

「小姐……您必須吃點東西補補身子，不為您自己著想，也為您腹中的孩子著想啊。」

沈芳菲淒涼一笑，柳家還會留下這個孩子嗎？

又過了一段煎熬時日，好久不見的柳湛清終於來見她了。

「皇上要見妳。」

沈芳菲咧嘴道：「皇上見我有何用？」

柳湛清不答，只是命人備轎，於是沈芳菲一頂孤轎進了宮。

這段日子以來，沈芳菲總算想明白了，根本沒有所謂通敵叛國，有的只是君讓臣死，臣不得不死。

若不是皇上牽制住援救大軍，哥哥何至於戰死？即使沈家沒有謀反之心，但是懷璧有罪，君王床榻豈容他人安睡？

她跪在大殿上，看著高高在上的皇帝，咬牙道：「謝皇上不殺之恩。只是沒想到沈家一朝榮寵，卻換來滅絕滿門。」

皇上面有惆悵。「妳與妳姊姊其實不像。」

沈芳菲想起姊姊不由得鼻子一酸。「當年祖父就說了，我和姊姊，一個倔強一個淡然，不知道是隨了誰的性子。」

皇上聽見淡然二字，扯了扯嘴角。「是我對不起妳姊姊，硬是讓她進宮，失了初見的悠開。」

皇上口裡說的是「我」，沈芳菲卻不能當真，她冷著聲道：「皇上不必傷懷，想必姊姊下一世是不想見到皇上的。」

皇帝愣了愣，又笑著說：「好，不見我，她便幸福極了。」

隨即又道：「朕會吩咐柳家善待妳。」

善待？怎麼善待？

娘家通敵叛國，全家被斬立決，如何抬得起頭來？如何被善待？沈芳菲木然叩首謝恩，又是一頂孤轎出了宮。

回柳家的路上，她遇見新將軍凱旋回朝，百姓們正夾道歡迎。

曾經，沈家也有過如此榮景，可惜一切都灰飛煙滅。

她依稀聽見路人竊竊討論，新將軍名石磊，出身極低，靠自己努力才有今日地位，這次，應是要封王拜相了。

沈芳菲聞言冷笑，封王拜相？

幾代過後，可別是下一個沈家。

回到柳家，沈芳菲並不在意那些冷漠惡毒的目光，她走進囚禁自己的小宅子裡，緩緩梳妝。

柳湛清走了進來。「皇上對沈家還是有幾分情面，居然讓柳家善待妳。」

沈芳菲咧嘴一笑。「我知柳家不留無用之人。」
「柳家不會對付一個弱女子，妳自己了結了吧。」
事發後，沈芳菲便以最壞的心思揣測過柳湛清，卻不料他真正無情的時候，還是心痛如刀絞。
剛成親之際，他倆也曾蜜裡調油的好過一陣子，偏偏沈芳菲多年無子，婆婆又一直往院子裡塞人，兩人情分已經少得可憐。即使如此，她仍以為往後的日子還是固若金湯，卻不料沈家大廈已傾，覆水難收，讓她沒有任何籌碼，退無可退。
即使懷上了孩子，仍落得一屍兩命的下場……
柳湛清坐在書房看著窗外青松，鬱鬱蔥蔥煞是好看，又想起沈芳菲初為人婦時的羞澀可親，手指動了又動，正欲叫來心腹小廝，卻聽見門外管事說道：「少奶奶吞金沒了。」
他身子一軟，往後靠向椅子。
有些決定，始終還是晚了一步。
沈芳菲吞金沒了，從冰冷的身軀裡離了魂，渾渾噩噩飄向沈府。
曾經的繁華已經悄然一空，她與兄姊一起讀書的宅子也是灰塵撲撲，沒有昔日的生機勃勃。

她的魂魄鎮日守在沈家嗣堂，本想等到一家團聚，卻不料等來等去等不到親人歸來。她暗笑自己傻，兄長死在異地，千山萬水，如何歸來？姊姊也早早被皇帝安置在陵墓裡陪葬，也不知日後與皇帝再相見，是怎樣一幅光景？其他家人被斬首了，而斬首的人是沒有魂魄的。

沈家全門，只剩她了。

某日她如往常一般在沈家飄蕩，卻被一陣力量捲入漩渦。

吾將去矣？沈芳菲失去知覺前，模模糊糊想到——不知道下輩子還能不能與這些人事相遇？

她再睜開眼睛，卻發覺自己躺在溫暖的被褥裡，被褥上的富貴海棠栩栩如生，她摸了摸柔軟的被褥，又看了看做工精緻的床幔，隱隱約約看見外面陽光明媚，卻因為當鬼當久了，不敢拉開床幔去看。

這是夢？

死人也會有夢？

沈芳菲不敢置信地瞧了瞧自己的雙手，竟縮小許多。

「小姐，該起啦。」

正當沈芳菲愣怔之際，荷歡清脆的聲音在她耳邊響起，床幔打開，柔和的陽光灑在她身上。

沈芳菲驚叫一聲，嚇得荷歡後退一步。

「小姐您可是魘著了？」

沈芳菲從床上坐起，再站到地上，感受到地面的堅硬，深深呼吸一口清新空氣，又望了望銅鏡裡身形瘦小的自己。

她回來了？

沈芳菲，今年十二歲。

她不敢肯定這是真的，又怕是一場夢，來不及梳洗更衣，急急趕往母親的樂春堂。

樂春堂裡一幅其樂融融的天倫景象，沈老太太坐在上首，沈母坐在一邊與幾個弟媳婦一起話著家常，沈芳菲不管不顧地直衝進來，實在是驚擾了眾人的眼。

「母親！」沈芳菲一進來就抱著沈母不肯放手，荷歡在後面趕來驚呼道：「小姐您這是怎麼了？」

沈母沒有責怪突然闖進大堂的女兒，只是溫柔地順了順她稍顯凌亂的髮髻。「菲兒妳這是怎麼了？」

沈芳菲不管四周眼光，低聲道：「我作噩夢了。」

「嬌嬌女，作噩夢就可以這麼沒有禮數了？」沈老太太如此說道，卻又招了招手。「來祖母這兒看看。」

沈芳菲從母親的懷抱走出，又投到沈老太太的懷抱，她長年禮佛，身上的檀香味安定了沈芳菲的心神。

「可憐的孩子。」沈老太太將手上的佛珠取下給了站在一邊的荷歡。「放在小姐身邊壓壓驚。」

荷歡接過佛珠，沈芳菲奶聲奶氣道：「還是祖母對我好。」

惹得堂上其他幾位嗤嗤地笑。

「難道嬸娘就不疼妳了？」二嬸娘性格最是爽利，在一旁打趣起沈芳菲來。

沈芳菲在人世已經歷過一遭，聽聞前世二嬸娘的父親以多年軍功求得皇上饒他女兒一命，來接人時，二嬸娘卻說生是沈家人，死是沈家鬼，一頭撞死在大堂前。

她不由得鼻子一酸。「二嬸娘也對我極好。」

「喲，我們今兒個是在芳菲面前爭寵嗎？」三嬸娘笑著對沈老太太說：「還是大嫂有福氣，生的兒女們都跟玉人兒似的。」

沈老太太一生順遂，育有三子，最疼的便是這個小兒子，一顆心偏到了西邊去。可惜慈母出敗兒，沈府敗落，小兒子功不可沒。

沈芳菲本對三嬸娘沒有好感，卻又想到她上一世在監獄裡遭受凌辱，完全沒有了不可一世的模樣，只能側頭過去長嘆一聲。

她在堂上嬉笑打鬧一通，與沈母回了廂房，沈母坐在椅子上也不說話，一雙盈盈水目就這麼盯著沈芳菲。「年紀這麼大了還胡鬧。」

沈母雖然是慈母，但是如果子女壞了規矩還是能狠下心教訓的，沈芳菲想起上一世母親用父親隨身攜帶的御劍自刎了，一顆心就疼痛難當。

「聽聞小妞妞今天在大堂撒嬌啦？」

沈芳菲聽見熟悉的聲音，回過頭去，看見姊姊沈芳怡穿著青色衣裙站在門口，美得如春天小草。

這時，她突然感覺到，一切都還可以重來。

「姊姊，我們去找大哥。」

沈家大哥沈于鋒，百年世家的嫡長子，家教嚴格，又深受帝王喜愛，自然是多家所求的乘龍快婿。

不過如今沈芳菲一想，還不知這帝王的喜歡，到底有幾分真情實意？

前世她大哥娶了南海郡王的女兒，兩家門當戶對，卻不料結成了冤家。以至於南海郡王袖手旁觀沈家傾塌，甚至火上澆油。

究其原因，沈家都是癡情種，她大哥前世中意投靠沈老太太的姨甥孫女方知新，即使與南海郡主成親了，還是對其念念不忘，老太太念想著姨甥孫女即使不能做正室也可做個貴妾，南海郡主卻拚盡全力說不可，鬧得她與沈于鋒漸行漸遠。南海郡主在成親之前就心悅沈于鋒，不料嫁過來後夫君卻另有所愛，鬱悶之下，生子之後未調養好，也就去了。南海郡主去了之後，沈于鋒便納方知新為貴妾，未嘗沒有等日子長了，就將其扶正之意。

沈芳菲前世什麼都來得容易，對於這段糊塗感情事看得並不透澈，覺得大哥喜歡便一切都好。現下想來，如果方知新真有表面那麼良善，何必癡纏著沈于鋒，逼死南海郡主呢？

沈芳菲眼色黯了黯，如今方知新還沒有入府，結果還未可知。

很多事環環相扣，一環錯了就滿盤皆輸，不免令她緊張……

沈芳怡見妹妹面上有些迷惘，心想始終被夢魘著了，便摸了摸她的頭，帶著她去找沈于鋒。

沈于鋒正在院子裡練武，見兩位姊妹來了，將武器放到一邊。「妳們怎麼來了？」

沈芳怡叫丫頭端來了甜湯。

「難道就許你日日苦練，我們就不能來看看了？」

沈于鋒摸了摸頭笑道：「姊姊說得是。」

沈芳菲看著姊姊笑得明豔動人，心想這麼溫柔的姊姊怎麼能夠進宮去承受那些明槍暗箭？

若不是她在御花園與九皇子遇見，兩人如何認識？

沈芳菲想了又想，聽見哥哥姊姊嘻嘻哈哈，又感覺到陽光灑在身上暖洋洋的，心中低喃一句菩薩保佑，也投入笑鬧中。

第二章

第二日，沈太妃召見沈芳怡與沈芳菲，她是沈芳菲祖父之妹，沈家當年為先帝上位出了不少力，先帝上位後反而忌憚起沈家，沈太妃痛失兩子之後，不再參與後宮之爭，反而得到先帝的尊重，平平安安到老。只是這一生，酸甜苦辣也只有她自己知道了。

沈芳怡與沈芳菲打扮好，坐著馬車進了宮，沈太妃對沈家大房子孫疼之入骨，看到兩位小姑娘，不由得露出慈祥的笑容。沈家姊妹規規矩矩請安之後，將家裡瑣碎事瞎扯給太妃聽，不過當然是報喜不報憂。

沈太妃看到兩小姊妹如花一般，心中歡喜，便賞了不少好東西，此時旁邊的小太監偷偷走過來在沈太妃耳邊說話，沈太妃隨即皺著眉說：「妳們先去旁邊的小花園玩玩。」

小姊妹離開，來的人正是北定王妃，她早早就看上沈芳怡，沈家的長房嫡長女，出身顯赫，相貌是頂頂好的，沈母當年也是京城裡拔尖的小姐，教養出來的女兒絕對不會差。

沈太妃見北定王妃來，左顧右盼卻又不言明，一雙眼睛直直往旁邊的小花園裡瞟，便知道她的意思。雖說一家好女百家求，沈太妃心裡還是很不悅，誰不知道北定王生的那個兒子，備受王妃寵愛，真是偷雞摸狗，無所不能，這樣的人，配沈芳怡簡直是浪費了。

沈芳怡嘻嘻哈哈地與沈芳菲一起走到花園門口，沈芳菲想起姊姊與九皇子第一次見面就在今天這座小花園裡，當時，青澀的少男少女起了心思，沈芳怡不顧九皇子已經有正妃而甘願做側妃，而最後又如此下場，可見九皇子對她不是愛只是利用而已。

沈芳菲站在花園門口雙眼一轉。「我不要去花園，老是看那些花花草草的，早就厭煩了。」

沈芳怡說：「我們去三公主那兒坐坐？」

三公主乃淑妃所出，身分尊貴。

姊妹倆在內侍的指引下，走向公主的寢殿，卻不料路上遇見一華服俊俏少年，少年眉目彎彎，一雙惹笑的桃花眼，他抬起頭，看見沈芳怡，一臉驚豔，一雙眼睛死死盯在她身上不轉了。

沈芳怡是大家閨秀，不由得羞紅了臉，擺出長姊姿態，將妹妹拉往身後。

沈芳菲小聲說：「這是誰？那一雙眼珠子賊溜溜的，看我不把它們挖下來。」

沈芳怡扯了扯她的袖子，旁邊的內侍低聲說：「那是北定王世子。」

兩人不去看那人，只直直往前走。

卻不料華服少年又走上來，連聲叫沈姊姊，沈芳怡比北定王世子大半歲，叫姊姊是使得的。

沈芳菲眼神寒光一閃，她沈家還沒倒，北定王府倒是欺負到頭上來了，如果今日不狠狠還擊，往後情何以堪？

「北定王世子叫住我們姊妹倆所為何事？」沈芳菲擋在姊姊面前，她年紀還小，倒不必忌諱這麼多。

內侍在一旁真真急得冒汗，神仙打架，倒楣的是他們凡人，再說了沈家小姐好好走著路，你北定王世子跑來發什麼瘋？

旁邊已經有人偷偷跑去給沈太妃與三公主報信。

北定王世子哈哈一笑。「世妹怎麼吹鼻子瞪眼睛的？」

沈芳菲怒火中燒，正要回擊，卻被沈芳怡握住了手。「北定王世子就如此對待小姑娘？」

北定王世子也覺得自己剛說的話不妥，便嘻皮笑臉道：「好啦好啦，我一時說錯了話，還請世妹見諒。」

此廂正在尷尬，那廂北定王妃正在敲邊鼓，將自己的兒子吹得天上有、地下無，沈太妃左耳進右耳出，正在敷衍附和，卻見一內侍急急跑過來，他偷偷瞧了北定王妃一眼。

他給沈太妃旁邊的太監總管悄悄說了說，沈太妃見太監總管面有難色，發聲問道：「怎麼？可是有人擋了我那兩個心肝兒的道？」

另一頭三公主聽小內侍來報，急急地就往外走，還一邊跟心腹侍女說：「我這表哥也太不靠譜了，怎麼就和沈家姊妹對上了呢？」

沈家手握兵權，就算她是皇帝的女兒，都想與沈家女兒交好的。

三公主來到花園，見北定王世子不聞沈芳怡語中敵意，只道：「沈姊姊真是國色天香。」

沈芳怡一口惡氣在胸中不得出，臉色有些蒼白。

三公主連忙走到沈家姊妹身前，擋住北定王世子的視線。「表哥你今日入宮有何事？」說起北定王世子，也算是這宮廷的小霸王了，他父親北定王與皇帝是兄弟之交，而淑妃又是北定王的親妹妹。如此身分，在宮廷中，大家見著他，倒是都恭恭敬敬的。唯一能給他臉色看的，便是他的表妹三公主了。

北定王世子笑道：「還不是被我家那老娘帶出來溜溜，不承想竟遇見沈家姊姊。」這話說得極為粗俗，惹得一干太監宮女眼觀鼻、鼻觀心，大氣也不敢出。

沈芳怡面上閃過一絲憤怒，今日之辱只能忍了，就算沈家地位再高，也不能和北定王府硬碰硬。

沈芳菲可不喜見姊姊遭人侮辱，便走出來，對三公主脆聲道：「我們從沈太妃那兒走出來，路上就遇見了世子，我們可沒招惹他。」

三公主尷尬地笑了笑。「表哥一定不是故意的，只是見兩位姊妹談吐不俗，想說說話而已——」

話還沒說完，沈太妃與北定王妃到了。

北定王妃看見兩位俏麗姑娘站在一旁，大的穿著粉紅色衣裳，一雙盈盈的雙眼，嘴上不點而潤，美得如初春的花朵；小的穿著粉綠色衣裳，像一隻可愛的小鹿，一雙大眼似有怒火。

說起來，這怒火的來源居然是她的心肝兒子。

北定王妃嘴角抽搐，用輕快的口氣道：「暮之你還不給沈家姑娘道歉。」

北定王世子緩緩看向北定王妃，一動也不動，北定王妃款款走向他，用手悄悄掐住他手臂，溫柔笑道：「快道歉。」

沈太妃本想發作，可是見北定王妃這個樣子，卻有些哭笑不得。

北定王與聖上一起長大，比親兄弟還親，無人能奈何得了他，可是一物降一物，他卻對北定王妃百依百順，北定王妃多年無所出都沒納妾，直到生下了兒子，北定王才鬆了口氣，偷偷與聖上說——我還以為這頭銜要斷在我身上了。

聖上聽了哈哈大笑，將其當作笑話講給大臣們聽，大臣們又講與後院聽，後院的夫人們聽了，個個是既羨慕又心酸，北定王如此情深似海，北定王妃真正幸福。

北定王世子在寵愛中長大，卻沒有人家願意將女兒說給他，誰能保證兒子就一定像老子般深情？北定王世子說得好聽是灑脫不羈，說得難聽是生性風流，在京城裡算是出了名的。

這不，看見漂亮姑娘就不走了？

北定王世子眼睛在沈芳怡臉上掃了掃，才依依不捨地說了句失禮，隨北定王妃轉身離去。

三公主咳嗽了聲。「芳怡妳不是要去我那兒？父皇給了我很多好玩的東西，我正要與妳分享呢。」

沈芳怡面色好了些，退回到沈太妃的身邊。

「今兒個不去了，下次再來拜訪。」

到這節骨眼上了，三公主也不是真心想邀請沈家姊妹，見沈芳怡退了一步，不由得吁了一口氣。「那我叫小惠將一些玩意兒送到沈太妃那兒，妳們好一起帶回家。」

沈太妃凜著臉將兩個小姊妹帶回宮殿後，有些心疼地說：「不是叫妳們到花園去看看的嗎？」

沈芳怡為了袒護妹妹，便說：「是我想去探三公主，不料卻遇見這樣的混球。」

沈太妃想了想，也不覺得是兩姊妹的錯，錯的只是那個沒帶魂兒的北定王世子。

沈芳菲在旁邊嘆了口氣，誰知道阻止了姊姊不與九皇子相遇，卻又遇見北定王世子，還真不知道，接下來這路怎麼走？

沈芳菲回家忐忑了幾天，又努力回想起前世的北定王世子，前世的他聲名便已不佳，草草娶了一名文官之女，那女子卻被他傷透了心，抑鬱而終。可見，北定王世子真不是個好的。

她支支吾吾地在沈母面前說出自己的擔憂，沈母卻打趣地看著她。

「小妞妞不知羞，居然探聽起姊姊的親事來，要知道，這八字還沒一撇呢。北定王府想娶妳姊姊，難道還能強搶不成？我沈家也不是個吃素的。」

北定王妃回家急急囑咐下人送了賠禮去沈府，可別親沒結成倒結成怨了。

之後，她指著北定王世子的鼻子罵道：「就你會惹事！你以為沈大小姐是你平時看到的鶯鶯燕燕能隨意調戲的？」

她又想著自從兒子逛大街調戲路邊的豆腐西施被人揍暈以後，就格外不對勁，不由得說：「要不要咱們去廟裡上香？」

北定王世子看著自己的老娘活蹦亂跳，完全沒有前世最後的撕心裂肺，他笑道：「誰去那鬼地方？」

如果真有神佛，他這一縷幽魂，早就被雷劈得連渣都不剩了。

沈芳菲在沈家傾覆之後自盡，而北定王世子可是熬了一輩子，他由一個受盡榮寵的京城小霸王，變成為了保住北定王府而不得不低調隱忍的北定王，其中沈浮，沒有人知道。

九皇子上位後，為了消除異己，將淑妃送去為太皇守陵，又將十一皇子送去邊關鎮守，更將三公主送去狼族和親，最終北定王在朝堂上直言進諫，氣得當場吐血，回來後三個月就去世了，北定王妃也一夜華髮，鬱鬱而終。

北定王世子覺得老天讓他回來就是為了保護對他而言很重要的人們，而那些人裡，還有一個沈芳怡。

前世北定王妃也看上了沈家的長房嫡長女，他也覺得其女貌美，願意求娶，卻遭婉拒，於是他草草央求北定王妃隨意為他訂了親。

當沈芳怡自願給九皇子當側妃，他也曾嘲笑，好好的北定王妃不當，卻要作側妃，活該生下來的孩子一輩子轉不了正。

後來，北定王世子在皇家宴會上幾次遇見沈芳怡，她雖然沒有失寵，但是在皇后與其他後來居上的妃子夾擊下，顯得疲憊不堪，皇帝不會允許她有孩子，她在後宮的陷害中已經小產兩次。

她並不像其他妃子一般花枝招展，而是素服翠玉，她當初是真的對九皇子有情，不然不會甘願跳入九皇子設下的圈套，只怪她醒悟得太晚，在宮中，已是身不由己。

他與沈芳怡在宮中對談幾次，一次是宴會上歌舞昇平，他藉口出來醒酒，走入御花園，見沈芳怡對著梅花發呆，他緩緩地說：「貴妃好心思，一個人躲在這裡清閒。」沈芳怡並不回頭，只是盯著梅花道：「北定王府水深火熱，王爺居然還有心思調侃我。」

兩人在這不鹹不淡的對話過後，彷彿定下了某種合作，共同保護沈家與北定王府進退。可惜，沈家鋒芒太過，不管再如何收斂，也不能抵擋皇帝的決心。

沈家傾覆之時，他到宮內偷偷見了沈芳怡一面。

見她著白衣，一臉絕望，他心頭一跳。「我可以助妳假死出宮。」

沈芳怡笑道：「若不是我當初執意嫁給聖上，沈家如今怎會覆滅？我還有何顏面苟活呢？」

他無言以對，只能輕嘆道：「當時妳若答應我家求親多好？」

事已至此，何必話當初？

第二日，他聽說沈貴妃飲鴆自盡，長長嘆了一口氣，命門口的小丫鬟摘了一枝梅花放入花瓶。

有些時候，動情動得太晚，追悔莫及。

最終，他一生無子，不願再娶，直到快斷氣的時候才驚覺，他這輩子看盡鶯鶯燕燕，心中卻只有那一抹白。

如果還能重來，他想都不敢想。

但是真的重來了。

他還記得重生當日，他坐在床榻，摸著被豆腐西施打破的頭，不禁苦笑道：「這到底是黃粱一夢，還是荒涼一夢？」

只見自己母親還是年輕華貴的模樣，坐在床上哭道：「兒子呀。」

他起身拍拍母親的背。「我回來了。」

北定王妃見兒子醒了，大喜過望。

他則忐忑道：「沈家的大女兒現下還沒訂親吧？」

北定王妃直說沒有。

北定王世子笑了笑。

沈芳怡，這一世，定要妳記得我朝暮之。

第三章

春日來臨，風和日麗，三公主召沈氏姊妹入了宮。

兩姊妹途中遇見了淑妃，淑妃在後宮一干女子中算是最美的，所以就算生了兩個孩子，還是頗得皇帝寵愛。

淑妃是寵妃，又有個和皇帝親如手足的北定王哥哥，在宮中也是橫著走的，但是她看見沈氏姊妹還是笑臉相迎。

原因無他，北定王妃進宮來透了信兒，朝暮之這小子對沈家大女兒一見傾心，兩家是有可能結親的。

上一世朝暮之對這樁婚事並不積極，所以北定王府與淑妃也未曾刻意拉攏沈家；此時朝暮之表了態，大家便將此事放在心上。

淑妃握著沈芳怡的手越看越喜歡，又覺得有這麼一個妙人兒能定住朝暮之那混世魔王真好，一時之間，賞了兩姊妹不少好東西。

三公主約沈家姊妹在花園裡賞花，話題從如今最流行的頭花到了宮裡最凶猛的禽獸，又到了北定王世子朝暮之。

三公主不知朝暮之的心思，又對這個放浪形骸的表哥不大喜歡，皺著眉對小姊妹道：

「我那個表哥調戲民女，被打破了頭，聽說最近還有些不清醒，所以才對芳怡姊姊做出那樣的舉動。」

其實這件事也不是秘聞，世家大族間有門路的該知道的都知道了。

沈芳怡提都不想提朝暮之，嘴上說著上次的事情已經過去了，心裡卻默默唾棄起來，不是每個人被冒犯了還不記恨的。

三人緩緩走了一會兒，春色豔麗得很，花開得迷了眼。

沈芳菲一邊瞧一邊想著——如此美景，定要長長久久將它留住才好，不要讓它如上輩子般，消逝在冬季的寒冷裡。

正說得開心，卻不料迎面走來一人，那人削瘦得很，臉上有著雌雄莫辨的秀麗，陽剛不足而陰柔有餘。

沈芳菲抬頭看此人，默默咬了咬牙，心中因春色帶來的溫暖被冬天的淒厲代替，眼下晦澀不明。

雖然九皇子上輩子最後貴為九五至尊，但他現下不是，如今他只是一個不受寵的皇子，生母不過是個被皇帝酒後隨意寵幸的美貌宮人。

三公主見他，一臉倨傲道：「九哥哥。」

九皇子也不生氣，好脾氣地笑了笑。

「春季雖然暖了，但還得擔心受寒。」

沈芳菲死死盯著他不出聲，恨不得上去咬住他的脖子，飲其血，啃其骨。

九皇子似乎注意到沈芳菲的視線，側過身子問道：「三公主，這兩位是？」

三公主彈彈手。「這是沈家小姐。」言談中完全沒有妹妹對哥哥的恭敬。

聽說九皇子在宮中地位尷尬，連皇帝都不認他，如今看來果非虛傳。

沈家姊妹對九皇子見了禮，九皇子笑了笑，幾人錯身離開。

九皇子生得好看，與沈家男兒的好看不一樣，沈家男兒自小練武，骨子裡帶著剛毅，所以前世時，九皇子的書生氣息讓見慣了沈家男子的沈芳怡覺得與眾不同，而這次，又會如何？

沈芳菲心中一急，命運還是讓兩人遇見了。

她打量著沈芳怡的神色，見其並無不同，心中鬆一口氣，清清嗓子裝作無事道：「平時可沒見過這九皇子。」

三公主受盡寵愛，說話直白，她口氣有些輕蔑道：「前幾年在宮中一直深居簡出，彷彿沒這個人似的。最近卻突然薄衣薄衫的出現在父皇面前，父皇才記起有這個兒子，想著虧待了，才命令下人好好待他。我看這九皇子，也不是一個讓人省心的。」

沈芳怡見九皇子面容秀麗，又聽三公主語帶不屑，在心裡對九皇子便有了些同情。

父母無從選擇，因為母親身分卑微，使得他身為龍脈卻不受重視，這不是九皇子的錯。

沈芳菲見沈芳怡臉色，便知道她心中對九皇子有了憐憫，於是岔題道：「要不我們再往那邊瞧瞧？」

九皇子雖為第九，可上面只有一個太子和三皇子、四皇子，其他皇子都薨了。太子是去世的皇后所出，又被皇上一手教養大，繼位是板上釘釘的事，局勢這麼明朗，其他皇子倒是沒有異心。

太子謙遜賢明，對眾人也很寬和。淑妃盛寵不衰，連帶三公主和十一皇子都和太子關係不錯，明面上看是能榮華富貴一輩子了，可誰知道太子英年早逝，才輪到九皇子繼位呢？

要保住這大好春光，還得保住太子。而且如果沈家不與九皇子聯姻的話，他也不至於有底氣即位。

前世，九皇子與沈芳怡在花園巧遇，今世亦是，這不是命運的話，就是人為的偶然了……

九皇子看著三位遠走的麗人，表情變得晦澀不明。

他自小因為生母卑微，人人可欺，他怨過、怒過，最後戴上溫文的面具。

他隱忍多時，好不容易在聖上面前露了臉，接下來他需要找一名強而有力的武將聯姻。他娘親看出他雄心壯志，曾苦口婆心勸道：「人命該如此，何苦再爭？」

哪有這樣的娘親？

真是懦弱慣了。

他見柳蔭下的沈芳怡亭亭玉立，心中的那些難受似乎舒緩了一點，那些刻意的相逢變得不由自主起來。

三公主與沈氏姊妹交談中，見沈芳怡手腕上居然套著淑妃最愛的白玉鐲子，不由得暗自心驚。

出了什麼事，能讓母親將這個也送了？

她不動聲色送走沈氏姊妹後，回去問淑妃道：「母妃您這是怎麼了？那麼寶貴的禮物也送出去了。」

淑妃笑道：「以後都是一家人，哪裡來的寶貴不寶貴呢？」

三公主心中一凜。「母妃是什麼意思？十一弟還小啊。」

淑妃彈了彈三公主的額頭，心想這女兒真傻，她吹了吹剛搽了紅的指甲。「不是還有妳表哥嗎？」

三公主聞言，面上變了顏色，以朝暮之素日的行徑，這可真是一朵鮮花插在牛糞上。

淑妃嘆了口氣。「本來沈家拒絕也沒什麼，但是誰讓妳表哥在花園裡遇見沈家大女兒又一見傾心呢？這下不上心也不行了。」

北定王府志在必得的東西，沒有人敢搶。

沈家姊妹回家時，沈母正坐在房裡樂呵呵地喝茶。「回來了？」

沈芳菲心想淑妃給了沈芳怡這麼多壓箱寶，必然是有所求。

於是她扯著沈芳怡的手對母親道：「母親您瞧，淑妃看見我們可開心了，連手上的鐲子都摘下來給了姊姊。」

沈母見沈芳怡纖纖素手上戴著一個鐲子，玉色極好，晶瑩剔透，本不放在心上。

她剛將手上的茶放穩，似突然想到什麼，對沈芳怡道：「妳將手給我瞧一瞧。」

沈芳怡將手湊上，沈母定睛一看，臉色微變。

這鐲子可是淑妃的心愛之物，她怎麼捨得給人？

沈母又想起沈太妃上次傳召她透露的話兒——北定王府對沈芳怡很是滿意，於是一張臉白了起來。

她不動聲色叫人往宮裡遞了話兒，又將此事告知沈父。

雖然朝暮之惡名昭彰，這門親事對沈家來說，卻是最適合的選擇。

聖上最信任的兄弟，其子又毫無才能，比起與其他力求表現的世家結親，不如選擇北定王府來得單純。

但是如此一來，委屈的卻是自己的女兒，一時之間十分煎熬，只當看不明北定王府的意思，期望有轉機出現。

沈芳菲見沈母自上次她們入宮以後便悶悶不樂，便有意彩衣娛親逗她開心，沈母見狀，只是摸摸沈芳菲的頭說：「都說女兒是母親的貼心小棉襖，不知道我的小妞妞會花落何方？」不說沈芳怡，只說沈芳菲，可見沈芳怡的親事在長輩心中已經有譜了。

沈芳菲想起姊姊上一世孤苦，不料今世因為她的打岔，有可能被許給京城有名的浪子，不由得心痛如絞，怎麼姊姊剛出狼窩又入火坑？

沈芳怡不是傻子，自她接受淑妃的鐲子後，便明白淑妃的意思，她見家人對此事緘默不語，就曉得只要北定王府誠意夠，她與上次那個人，是有可能的。她一陣失落後，心中便做好了準備，只要伺候好婆婆、生下兒子，並培養成世子，其他的，隨他去。

還沒等北定王府有具體動作，北定王世子就出事了，他與人在青樓爭奪頭牌，狠狠地將對方揍了一頓。

在朝暮之橫著走的京城，打個人基本上沒什麼大問題。

但如果打的人是皇上新寵麗妃娘家的姪子，問題就大了。

如果小小調養兩天，麗妃還能忍氣吞聲，但是朝暮之把人家的腿打斷了，麗妃娘家就這一根獨苗，兩老呼天搶地，麗妃向來也疼寵這個弟弟，於是哭哭啼啼之下，告了御狀。

在後宮之中，淑妃並不討厭麗妃，麗妃出身不高不低，為人還算識趣，加上花無百日紅，就算麗妃很得聖上的寵，淑妃也不會刻意針對。

淑妃雖然自覺理虧，也不認為麗妃的弟弟就那麼無辜。能上青樓，也不是一個好貨。

淑妃一邊打起精神搞定娘家事，一邊教育十一皇子與三公主，倒是忙得焦頭爛額。

沈芳菲聽見麗妃弟弟被朝暮之打斷了腿，反而拍手稱快，上一世麗妃與九皇子勾結在一起，麗妃老愛在聖上面前吹枕頭風，又將御前的消息傳給九皇子，讓九皇子得了很大的助力。

九皇子登基之後，麗妃為太妃，在宮中榮養，連帶娘家也漸漸發達起來，麗妃之弟李理也深得九皇子之心，原因很簡單，九皇子喜歡的，他力捧，九皇子不喜歡的，他也會想辦法除掉。沈家的幾大條罪狀，有幾條就是他設的圈套。

朝暮之與李理在上一世鬥得良久，今世實在不耐煩與他纏鬥，乾脆在他勢微之時，先剪掉他的雙翅，反正已經名敗京城，也不缺這一件。

北定王氣得渾身顫抖，拿起鞭子狠狠抽了朝暮之一頓，並將其關進家廟，吩咐下人不准讓他出來。

聖上對朝暮之惹的麻煩從不放在心上，還曾說過：「北定王世子，只是還小，以後堪頂大用的。」

倘若朝暮之年輕有為，聖上是否還能從容以對？就難說了。

但是這次當麗妃哭哭啼啼找他告狀時，皇帝也為難了，因為朝暮之竟然將後宮妃子之弟、朝廷命官之子的腿打斷了。

麗妃父親集合了一群言官，在朝堂上將北定王府和朝暮之罵個半死，朝暮之劣跡斑斑的往事也都被挖出來。

淑妃雖然心中急得要死，但細細思索一番，又若無其事地研究起其最愛的茶道來。

三公主實在忍不住，私下問向淑妃──「表哥這事惹得咱們大家都為他著急，他卻跟沒事人似的。」

淑妃皺眉說：「哪兒跟沒事人似的，他不是還在床上躺著嗎？」

三公主撇撇嘴，還不是做給別人看的嗎？

聖上內心深處也覺得朝暮之這事做得過頭了，雖然如此，也被麗妃的哭哭啼啼弄得厭煩了，又害怕淑妃也如此，於是悄悄吩咐小太監注意著淑妃，只要她有哭訴的心思，立即躲開。

畢竟誰也不喜歡哭哭鬧鬧的女人不是？

淑妃在宮中多年，自有耳目，聽到此話時，冷笑和心腹說：「妳看看這還一日夫妻百日恩呢。」

真遇見事了，這麼涼薄，真是浪費了麗妃的眼淚。

第四章

淑妃沈定心思後，恢復往日作息，全無哭求姿態。加上北定王在朝堂上一副誠懇認錯的態度，讓帝王心底有了計較——北定王府到底是幾代傳承，遇事淡定且能自省，麗妃一家真是太小家子氣了。

之後，北定王私下見了皇帝，又一副兒子不爭氣的愧疚模樣，深深取悅了帝王——你看咱倆從小長大，你兒子天天偷雞摸狗，我兒子卻個個能幹。

帝王也是喜歡偷偷比較的，顯然北定王深得他的心。

事情在帝王的沈默下，變得詭異起來，懂風向的人都知道帝王心軟了，只有那些被煽動的言官們，還在喋喋不休。

李理雖是麗妃娘家的嫡子，但是李家卻有三個庶子，個個不是省油的燈，這樣下去，李家若把持在庶子手裡，李理以及麗妃還真不知道如何自處了。

過了些日子，皇帝宣了朝暮之進宮，朝暮之鞭傷還未好，走路還有些踉蹌，皇帝也算是看著朝暮之長大的，一時之間也有些心疼，硬著聲音說：「你可知道錯了？」

朝暮之深諳皇帝的心思，將皇帝當作十分關心他的長輩，紅著臉說：「我知錯了。」

皇帝果然語調變得柔和。

「你這小子，定要找個人來好好管著你。」
朝暮之眼睛一亮。「我能不能自己選？」
皇帝彈了下他的頭。「你還得寸進尺了？」
朝暮之笑得如偷了油的老鼠。「到時候要請皇上作主了。」
朝暮之與皇帝說了些許閒話，見皇帝心情不錯，又告起狀來。
「皇上，您看看那李理，還號稱正人君子，居然在青樓裡和我搶頭牌，還擺出麗妃的架子，好不厲害。」
皇帝怒道：「你還說人家，你瞧瞧你自己。」
朝暮之笑道：「我是什麼樣子，大家可是清清楚楚的，不像某些人，簡直是偽君子。」
麗妃過去經常在皇帝那兒誇讚李理是端方君子，皇帝對他印象實在不錯，可是這樣的君子，怎麼就在青樓與浪蕩子朝暮之對上了呢？
莫非這一切，都是假的？
皇帝並不喜人家騙他，眼色沈了沈。
反觀朝暮之確實一臉坦蕩蕩，讓他不由得護短起來。
朝暮之正在說著趣事給皇帝聽，卻聽見外邊內侍說太子來了，於是便道：「那臣就退下了，不打擾皇上享天倫之樂。」
惹得皇帝是笑聲連連。

太子在殿外已經聽見了皇帝的笑聲，心想這個朝暮之還真惹皇帝喜歡。

不過他雖出身王侯之家，卻是個浪蕩子，不具任何威脅，反而他的三弟、四弟人長大了，心也大了。

太子的眼神黯了黯，走進殿內。

皇上被朝暮之逗得心情不錯，見太子來了，便道：「這麼晚過來有什麼事？」

太子聽了，趕緊把事報了。

父子兩人討論國事到深夜，暫且不提。

皇帝心中有了決斷，第二日在朝堂上便直言北定王教子不嚴，罰俸祿三年，北定王世子為人衝動，關在皇家寺廟三個月，抄佛經以修身養性。

雖然在明面上罰了北定王府，卻未對李家做出任何補償，只是賞了麗妃不少東西。

麗妃聞訊，牙齒恨得咯吱咯吱響。

雖然將朝暮之關進了皇家寺廟，但這寺廟畢竟是皇家的，難道不是從另一方面抬舉了朝暮之嗎？

麗妃大嘆自己與弟弟命苦，哭了好幾場。

淑妃聽到此決斷，眼皮掀了掀，嘆口氣道：「本宮在這宮中，又有新的仇家啦。」

皇帝處理完此事，自覺有臉見淑妃，來到淑妃宮中，一臉邀功樣，惹得三公主和淑妃連連發笑。

淑妃柔聲道：「皇上，您嚐嚐我煮的茶。」

皇帝嚐了嚐，感嘆道：「還是秦秦的茶煮得好。」

淑妃扭頭道：「皇上過譽了。」

正當兩人一番調笑時，十一皇子前來請安，他年紀尚幼，皇帝意思意思考校幾句，也連聲說好。

淑妃看著皇帝與十一皇子互動，又回想起她與皇帝第一次見面的光景。

當時皇帝登基不久，北定王帶他微服進北定王府遊玩，卻遭她撞見，至此對皇帝一見鍾情，處處掛念，好不容易成了後宮的一員，那些少女情懷，卻已經在家族榮譽和妳爭我奪中消失殆盡了。

女人和男人相處最怕動心，若動了心，哭哭啼啼只盼妳是他的唯一，他覺得煩；而妳不動心、處處算計的時候，他卻將妳放在心上。

這些遺憾，還真是自古難全。

沈父自朝堂上回來後，便皺眉跟沈母說：「皇帝對北定王府還真是偏心到心窩裡去了。」

沈母心中正想著與北定王府的親事，聽他這麼一說，便站起來問：「事情有結果了？」

「那當然，出了這麼大的事，對北定王府的傷害也只是毛毛雨。只不過，北定王世子也太過頑劣了。」

沈母聽到此話，對朝暮之的印象更加不堪，暗中下定決心沈家已經享盡榮寵了，不必賠上女兒的幸福。

過了幾天又將城裡所有適齡的好兒郎篩選了一遍，相中陳大學士家的兒子。

偏偏這世上沒有不漏風的牆，北定王府想與大小姐結親的消息悄悄在沈府裡傳開來。

當幾位小姐向沈老太太早上請安完，回去的路上，沈家三房嫡女沈芳霞輕飄飄地開口了。「聽說姊姊要攀上高枝了。」

沈芳霞面貌姣好，是沈家小姐中最貌美的一位，可惜卻遺傳了其母的刁鑽性子，實在讓沈芳菲喜歡不起來。

還未等沈芳怡開口，沈芳菲便反駁道：「我們沈府已經是高枝，何須再攀？」

沈芳霞正欲回嘴，見沈芳菲和以前懵懂的黃毛丫頭大不相同，還多了一絲堅韌氣質，只得扯了扯嘴角道：「我這不是問問嗎？」

沈芳怡面沈如水。「我們這等家裡出來的兒女，父母都是疼愛的，無論嫁與了誰，日子都是好過的。」

二房嫡女沈芳華咳了咳，打斷了這場對峙。「妳們看看自己，年紀還沒到，就想著嫁人，羞不羞？」

二房老爺才智雖然平庸，但是娶的妻子卻是為人爽利的，教養出來的女兒自然也是通情達理。沈芳華自小看著母親對大房極盡拉攏，倒覺得三房這漂亮姑娘實在太沒有腦筋了。

原本大房就是官位最高，也最受沈老太爺看重，三房老爺自認被大房壓著就算了，妳這姑娘怎麼也和父親一樣陰陽怪氣？再不濟，她們都是嫡出姑娘，婚事能差到哪裡去？

姑娘們散了，沈芳怡與沈芳菲獨自走進屋裡，沈芳怡點了點沈芳菲的頭。「妳怎麼越來越牙尖嘴利了？沈芳霞要說妳便讓她說說得了。」

沈芳菲冷笑道：「那樣的人，妳不反駁她，她還以為全天下都站她那邊了。」

沈芳怡拿妹妹沒法子，只好搖了搖頭，心中暗想著讓母親多教教沈芳菲，拘拘她的性子。

兩姊妹正閒聊著，沈夫人傳了貼身丫鬟白荷叫兩姊妹出去見客。

兩姊妹正打算直接前往，白荷卻笑著說：「客人還沒來呢，只是大小姐得打扮一下。」白荷是沈夫人的心腹，沈夫人的想法她豈可不知？

沈芳怡聽了，臉上閃過一絲暗紅。

沈芳菲似乎明瞭了什麼，大學士夫人來得正是時候，上一世，大學士之子沒有什麼出色的表現，卻也沒有出格之處，像他們這種人家，不冒進、能守成，已經很不錯了。

沈芳菲貼著沈芳怡耳朵道：「我要去姊姊的閨房裡看看，有什麼好看的衣裳。」

兩姊妹一起去沈芳怡的屋裡挑衣裳。

沈芳怡愛素淨，換了一件嫩黃色的衣裳，頭上簪著簡單的玉釵，大家小姐的氣質，盡顯無遺。

大學士夫人正在堂上與沈夫人閒聊，沈芳怡與沈芳菲進來的時候，她將茶杯輕輕放到一邊，看見沈芳怡，眼睛都亮了。出身好、相貌好、進退有度，這樣的姑娘，沒有人會不喜歡的。

大學士夫人叫下人送上見面禮，沈芳菲的禮物是玉雕成的小兔子，十分精巧；而沈芳怡的是一套名貴的紫色寶石頭面，她一邊推辭，一邊在沈夫人的示意下接了下來。

這麼重的禮，顯然是對沈芳怡十分滿意的。

大學士夫人問了沈芳怡一些問題，便要兩個小的退了，留著與沈夫人聊天。

回到房裡，沈芳菲想著姊姊終於可以遠離九皇子與北定王世子了，心中十分歡喜，不由得調侃道：「姊姊可喜歡未來的夫婿出口成章？」

沈芳怡笑了笑，視線望向窗外，語氣有些疲倦。「妹妹妳說，女子為何一定要成婚呢？」

為何一定要成婚？

沈芳菲的臉色黯了黯，前世不說姊姊，只說她，在出嫁前，誰不是家裡千疼萬寵的姑娘。可是婚後呢？她們得打理著不停冒出來的女人、不停多出來的庶子，面對著錯綜複雜的家族關係，做得再無懈可擊又如何？還不是會因為某些原因被抹殺？

沈芳怡看著妹妹的神色有些晦暗，暗道是自己過頭了，何苦害得年紀小的妹妹一起不開心。

這女人啊，還是得嫁的。

這一日，朝暮之在皇宮的校練場上遇見了沈于鋒。

對於沈于鋒，朝暮之還是很佩服的，前世時，想他一人之身，抵抗著外族侵略，最後身死戰場，還不能回鄉，可謂悲涼。

沈于鋒當然不知道自己前世的結局，他對著木靶子一陣錘擊。

沈家為朝廷犧牲的子弟、灑過的熱血不知有多少，他們只有更強大，才能不讓自家人傷心。

見他沈浸在練武中，朝暮之一方面抱著佩服之心，一方面又覺得他是沈芳怡的弟弟，一心想與其交好，於是走過去道：「好久不見沈弟，沈弟的身手越來越好了。」

沈于鋒雖然一心向上，但是對家裡的事情還是略有耳聞，朝暮之這癩蝦蟆想吃天鵝肉的行徑讓他很是不屑。在沈于鋒心中，能做他姊夫的人，必須是十分優秀的。

偏偏朝暮之其人，除開家境和那一副臭皮囊，便沒有任何優點了。

沈于鋒心中一邊嘟囔著誰是你沈弟？一邊皮笑肉不笑道：「北定王世子好興致，來校練場遛達？」

沈于鋒心中為姊姊抱不平，於是又拱手道：「我們來比劃一番？」

朝暮之看了看沈于鋒，面上有些為難。

沈于鋒自小勤於練武，他這副養尊處優的身子，只有處下風的分兒。

沈于鋒見他一臉為難，也不強求，笑了笑，正欲找藉口走人。

卻不料朝暮之轉了轉眼珠子。

「比試可以，但是你要答應我一件事。」

沈于鋒自然不認為他會勝利，說了一聲好，兩人便走到校練場的一處。沈于鋒一直是校練場上的佼佼者，而朝暮之口碑又太差，他們兩人站在一起準備比試，吸引了很多人狐疑的目光。

在眾人的圍觀下，兩人開始比試，朝暮之在上一世的後來也曾苦練武藝，雖然今世的身子缺乏鍛鍊，卻也不會無法還手。

沈于鋒見朝暮之雖然腳步虛浮，卻招式熟練，暗驚這浪蕩子也不是一無可取，起碼在武藝上還是用了心的。

兩人正對峙著，皇帝居然過來了。

一邊是自己視同小兒子般的北定王世子，一邊是大梁朝的未來新秀，皇帝覺得十分新奇，但是在聽說兩人對峙許久，還沒分出勝負後，雙眼晦澀不明地閃了閃，看了一會兒，又哈哈大笑起來。

朝暮之雖然招式熟練，這副身體卻疏於鍛鍊，他對沈于鋒的攻擊雖然到位，但造不成傷害，而沈于鋒對他的攻擊，他倒是能躲開，只是那躲開的姿勢，卻頗具屁滾尿流之態。

皇帝起先懷疑朝暮之在他面前佯裝無能，看到這兒，只覺得朝暮之如果是自己的小兒子便好了，就能日日當個開心果。

沈于鋒不耐兩人如此出招多時，像小兒扮家家酒，便氣沈丹田，卯足全力，還沒過多久，朝暮之便氣喘吁吁，突然之間，他單膝跪了下來，局勢一下逆轉，大家在校練場上被擊倒的多，可這自己倒下的卻少了。

沈于鋒愣了一會兒，想起北定王府在朝中的聲勢，如果朝暮之有個好歹，他可脫不了關係。

於是他急急走上前，正欲出手相扶。「世子還好嗎？」

卻不料在這電光石火之間，被朝暮之撲倒在地，抓住命脈。

他年紀小，自認為有一把子力氣，可是面對比他大兩歲的朝暮之，還是被制伏了，他愣然地看著朝暮之。

朝暮之狡笑道：「兵不厭詐。」

「好一個兵不厭詐。」皇帝拍手笑道。「原來暮之你也有兩把刷子。」

朝暮之抓了抓頭髮。「我愛看兵書，也曾跟著比劃兩下子，但是讓我天天練，可就要了我的命。」

皇帝寵溺道：「你父母還是太寵著你了。」

朝暮之不說話，只是笑，一副心滿意足地對沈于鋒說：「沈弟你記得欠我一件事。」

皇帝早就聽旁人說明來龍去脈，點頭道：「有朕見證，沈家小子你可得聽暮之的話。」

沈于鋒雖然心裡不快，但是在皇帝面前，也只能老老實實稱是。

第五章

事畢，沈于鋒回到家有些悶悶不樂，他被家裡逼著學文練武，卻沒有人給過他這種排頭吃。

沈芳菲見狀問道：「哥哥怎麼了？」

沈于鋒不欲將校練場上的事告訴沈芳菲，便有些支支吾吾。

沈芳菲便不問了，只是後來招了沈于鋒的小廝過來細細問，問到沈于鋒輸了，沈芳菲捂著嘴說：「沒想到哥哥也有輸的一天。」

沈于鋒文武雙全，似乎沒有缺點，卻無人知道他學什麼都要學到最好，尤其輸給朝暮之更讓他無法接受。

於是他每天關在家裡閉關練習，卻不想過了幾天，小廝急急忙忙跑來稟報。「北定王世子來了。」

沈于鋒摸了摸頭，突然想到與朝暮之的約定，不由得有些頭疼。

朝暮之一進來便拉著沈于鋒的手，親熱地說道：「我記得你還欠我一件事。」

沈于鋒咬牙切齒道：「不知道我能為北定王世子做什麼？」

「我想見你姊姊一面。」

沈于鋒聽到此話，如被踩到尾巴的兔子，急急跳起來。「你這是在開玩笑嗎？我姊姊豈是你想見就能見的？」

朝暮之搖搖扇子。「我不知道原來沈家人居然是背信棄義的小人。」

「我寧願當小人，也不會讓我姊姊閨譽有損，你走吧。」

朝暮之沈默了一會兒，說：「我只想悄悄見她一眼，一眼就可以。」

沈于鋒還是少年，不識情滋味，自認為男女之間的情得由婚姻而起，不可能自然而生。但是他見朝暮之定定地站在那兒，說到只看一眼時，眼中的哀悽，令他不由自主地說出：「我與姊姊妹妹約了後日在城郊莊子裡踏春。」

說完，又急急補充。「你說了，只看一眼的。」

朝暮之眼中的哀悽一掃而光，笑得如三月春花。「這個自然。」

沈于鋒這時才發覺，其實這個北定王世子，搞不好，並不好惹。

沈家莊子的春天景色極美，前世沈芳菲還是少女時，經常與兄弟姊妹們同遊，但是重生後卻是第一次。

她顯得異常興奮，自然而然就失眠了，前一晚她就坐在床榻上，一頭秀髮披散肩頭，一雙白玉般的小足踩在榻上，用撒嬌的語氣對奶嬤嬤說：「我明日要穿得漂亮點。」

奶嬤嬤見沈芳菲這麼開心，不由得鬆了一口氣，自小姐大病初癒後，總是悶悶不樂，晚上也總是噩夢不斷，直到最近才好了一些。

奶嬤嬤從楠木箱子裡取出沈芳菲最愛的桃紅色衣裳。「姑娘終於開心了，我覺得前段日子，姑娘的心思也太重了些。」

沈芳菲用手梳著秀髮。「嬤嬤，我只是作了一場噩夢而已。」

奶嬤嬤心疼地摸摸沈芳菲的臉。「姑娘，噩夢歸噩夢，永遠不可能成真的。」

沈芳菲搖了搖頭，語氣堅定道：「是的，嬤嬤，不會成真的。」

隔日，春光燦爛，沈家大房沈芳怡、沈芳菲、沈于鋒三人帶著心腹僕從來到沈家郊外的莊子。

一路上幾人有說有笑，沈于鋒卻格外沈默，沈芳怡發現弟弟的不對勁，問道：「你怎麼了？前幾天不是還很期待這次踏春嗎？」

沈家對子弟教養嚴格，沈于鋒很少出門踏春，這次出門期待許久，可是如今顯然不是很開心，反而一臉忐忑。

朝暮之已經在一旁隱蔽處靜候多時，他遠遠瞧見沈家三兄妹走過來，雙手略微緊張地握起。

沈芳怡穿一身月白色衣裙，繡著金色的邊，纖纖細腰不盈一握，頭上插了幾朵與春色映襯的桃花，不僅是景美，連人，也迷花了朝暮之的眼。

沈于鋒告訴了朝暮之他們今日的行程後，一直都內心不安，生怕朝暮之這廝衝動之下在莊子裡對姊姊做出不利的舉動。可是他到了莊子，環顧四周，卻沒瞧見朝暮之的影子，心想著也許這浪蕩公子對姊姊不是真心的，很多事都是問問而已，遂沒放在心上。

只是他死也無法想到，在莊子裡為他們開門的小廝，便是朝暮之，他花了不少力氣將小廝打暈在巷子裡，找了個地方安置以後，便易容成小廝的模樣，只為見一見沈芳怡。

如果是前世的朝暮之，他絕對不會想到他會為一個女人如此大費周章，可是他現在站在這兒，穿著粗布衣裳，臉上戴著悶熱難受的易容面具，就為見佳人一面。

沈芳怡不知道門口的那個人是朝暮之，只以為是莊子裡沈默老實的阿牛，她笑著說：「阿牛，今年桃花又開了。」

朝暮之前世見過沈芳怡的各種笑容，可都不是真心，如今見她輕易就對莊子裡的一個雜役笑得如此真心，心裡不禁有些酸，但是他又想起，那些噩夢並沒有開始，他還是有機會與她一同看盡人間繁華，於是笑著壓低聲音。「是。」

沈家一行人，嘰嘰喳喳進了桃花園，阿牛緊緊地跟在他們後面，沈于鋒有些不經意地慢下腳步，對阿牛說：「叫下人注意著些，別讓一個浪蕩樣的貴公子接近莊子。」

朝暮之一邊低頭說著「是」，一邊暗暗偷笑。

沈芳怡愛煞了桃花，見漫天粉紅的桃花一簇一簇，熙熙攘攘，活色生香，林間還有蜜蜂來來往往十分熱鬧，不由得露出天真燦爛的笑顏。

婢女走上前說：「小姐，要不要摘幾枝好的回去放在花瓶裡？」

沈芳怡輕輕抬頭。「何苦讓它們離開枝頭枯萎呢？」她眨了眨眼睛。「要不我們撿著落花花瓣回去做香包好了。」

朝暮之聽聞此話，連忙找其他人要了布袋子將其展開遞給婢女。

婢女笑著說：「阿牛今天怎麼開竅了？」

其實今日在莊子守著沈芳怡的不止朝暮之一人，還有九皇子，九皇子認為爭奪大位，就必須獲得在軍中極有聲望的沈家支援。他原來只是想想而已，但是自上次在御花園遇見沈芳怡後，這種念頭又更強了。

姊弟三人正在莊子裡賞桃花賞得起勁，卻見小廝偷偷走過來對沈于鋒說：「九皇子來訪。」

九皇子？

沈于鋒覺得驚訝得很，雖然九皇子在宮裡地位不高，卻也容不得他們這些臣子欺負，他趕忙讓小廝迎了九皇子在莊裡大廳喝茶，又對自己的姊妹說：「九皇子來了。」

沈芳菲扯了扯嘴角，帶著一絲冷笑。人在微時，就上門來巴結，真是能屈能伸啊。她又看了看姊姊，只怕九皇子是醉翁之意不在酒吧。

前世與這世不同，由於北定王府十分看重沈芳怡，再加上淑妃送的貴重玉鐲，促使沈母與沈父商量，讓沈家姊妹在這時候少進宮，避避風頭。

而前世九皇子與沈芳怡的感情，其實是在沈太妃那兒，一次又一次的偶遇中，悄然發生的。

沈芳怡不進宮了，兩人便無法進一步相識。沈芳菲本以為姊姊與九皇子會擦肩而過，卻不料九皇子卻巴巴地追上門來。

「哪有這種到人家家門口想進來便進來的。」沈芳菲狀似不經意地抱怨，眼睛瞥了瞥沈芳怡，卻見沈芳怡並沒有反應，不由得吁了一口氣。

沈于鋒獨自前往大廳，見九皇子在廳裡坐著喝茶，表明想去看看沈家著名的桃花林。

沈于鋒為難道：「我的姊姊妹妹都在，不知她們是否願意與九皇子一見。」

這明明是婉拒之意，九皇子卻裝傻問道：「你能不能去問問你姊姊妹妹？」

沈于鋒心想這是撞了什麼邪，走了一個北定王世子，來了一個九皇子？

沈于鋒笑著說：「我姊姊妹妹應該是願意的。」又叫小廝來說。「你跟我姊姊說一聲，九皇子來了。」

九皇子聞言，一顆心如被小貓的爪子撓了一下，癢得很。

大梁朝男女大防並不重，沈芳怡聽了小廝的話後，微微皺了皺眉，也就答應了。

九皇子在前面走，沈于鋒跟隨在後，心中還是老大不樂意的，沒人喜歡不速之客。

九皇子剛走到前廊，就見月白色衣裙的佳人，美得如一幅畫，隔著桃花海，在那一方，他腳步頓了一頓，對沈于鋒說：「沈家莊子裡的桃花果然美。」

你這是什麼意思？沈于鋒心中十分憋悶。

朝暮之見九皇子與沈芳怡兩兩相望，不由得想起前世種種，恍如隔世，他告訴自己，此時他仍是當今聖上偏寵的子姪，而九皇子卻只是一個地位不顯的皇子，鹿死誰手，誰也不知道。

沈芳怡與九皇子遙遙相望，只覺得心臟似乎被刺了一下。這個人，她似乎等了許久，但是她等來的不是愛，而是長久以來的絕望，她搖搖頭，莫非撞邪了不成？這個人，她只是在宮裡匆匆見過一面而已。

九皇子見佳人雙眼隨意掃過，並未停駐在他身上，他一直自負自己的容貌與才情，不免有些失望。

即使沈芳菲對九皇子恨之入骨，也要同沈芳怡一起向他行禮，九皇子見沈芳怡過來，連忙說：「沈小姐，不要多禮。」

沈芳怡笑說：「九皇子乃是皇室貴人，必當大禮以待。」這話說得客氣，又拉遠了兩人的距離。

沈芳菲深深吁了一口氣。

九皇子即使來了園子，也不能逼迫沈家姊妹陪他遊園，沈家姊妹行禮之後，便往桃林深處走去。

九皇子只能眼睜睜見著那倩倩身影消失在桃林中，而沈于鋒卻一直陪著他聊著無關緊要的東西。

沈芳菲進了園林，盯著那開得正豔的桃花，用輕鬆的口氣說：「姊姊，咱們家都是馬上的英雄，我沒見過像九皇子這樣俊秀的男子呢。」

沈芳怡的目光正在桃花上，聽了這話，訝異地回頭。「姑娘家怎麼這般說話？妳還要不要說親了？」

沈芳菲一副無所謂的樣子。「以咱們家的地位，我看上九皇子，不說正妃已經有了人，側妃我總當得成吧。」

沈芳怡看著妹妹，穿著桃花色衣裳，一張臉紅撲撲，彷彿情竇初開，不由得有些頭疼，怎麼就一眼看上了九皇子呢？

大梁朝風氣開放，女子若看上喜歡的男子，是可以稍加暗示，再加上沈家的地位，沒人不會點頭的。

但九皇子並不適合沈芳菲，他雖然與九皇子妃相敬如賓，但後院裡的鶯鶯燕燕也不少，就算他能看在沈家的面子上將沈芳菲納為側妃，可是像她們這樣的貴女，怎麼可能甘為人下？

沈芳怡思前想後了一番，點著沈芳菲的額頭。「這樣的話，莫在別人面前說了，九皇子他不是良配。」

沈芳菲笑著說：「我只對姊姊說。」

「總之妳想都別想，回去我要告訴母親關妳禁閉。」

姊妹倆走累了，準備坐在桃花樹下烹茶。

沈芳菲見幾個莊子裡的丫鬟拿著精緻的茶具走上來，其中一個容貌比較陌生，她見這姑娘濃眉大眼，看似爽利，問道：「我怎麼沒有見過妳？」

這丫頭見沈芳菲綾羅玉珮滿身，說話如泉水流音，美得如天上仙女，不由壓低了聲音。

「我叫呆妞。」

呆妞？

沈芳菲聽了這名字，將目光移向了其他丫鬟。

「小姐，她是莊子附近的農家女兒，因為家裡貧窮，父母多病，所以來幫忙的。奉茶不是緊要的活兒，所以便由著她過來了。」

莊子畢竟不比宅子，裡面做事的與鄰近的農家關係熟的很多，更有些沾親帶故的，農家租的又是沈家的田，所以農家子女來莊子裡幫個忙，是很正常的。

呆妞脹紅了臉，害怕被責備的樣子。

沈芳怡見呆妞與沈芳菲年紀差不多，以為自己妹妹對同齡小丫頭產生了興趣，並未加入兩人的對話。

沈芳菲老氣橫秋地問：「妳家裡有什麼人？」

呆妞傻傻地說：「我家裡有一個哥哥。」

沈芳菲見呆妞質樸老實，心裡喜歡，便叫心腹丫鬟拿出銀元寶賞給呆妞。「既然父母病了，就拿給父母治病吧。」

呆妞見著銀元寶，小聲說：「沈小姐是好人。」

其他丫鬟笑著推了推呆妞。「還愣著幹什麼，快收起來。」

呆妞回到家後，聽見哥哥與母親爭執，母親急急地說：「石頭你聽我一句，呆妞在莊子上做工都這麼久了，賣身給沈家莊子不會吃虧的。」

哥哥怒道：「不行，我不能讓自己的妹妹去為奴為婢。」

母親聲音帶著哭腔。「不賣了你妹妹，如何救你父親？」

屋裡安靜了一會兒，哥哥說：「不然我再去做苦工。」

「你還去做苦工？就算你有一把蠻力，去一次便等於是賣命一次，你要是也病了，讓我如何是好？」

「總之不能讓呆妞賣身，不然這生死就由主人了。」

呆妞聽著哥哥的話，眼睛一濕，猛地推開門。

「不，不用賣身了，主人家賞了我些銀元寶。」

呆妞小心翼翼地將手心攤開，精巧可愛的銀元寶在她手裡閃著光芒。

呆妞的母親聽了這話，連忙走到呆妞面前，將銀元寶拿了過來，咬了兩下，對一旁的丈夫說：「孩子他爹，這銀元寶是真的！」

呆妞的哥哥名叫石磊，人卻長得清雅俊秀，一身粗布衣服都能被他穿出不同的韻味來。他從小便十分護著呆妞這個妹妹，村裡的人看到這一對兄妹總是要側目，心想著這石家的好風水都集中在哥哥身上，而這妹妹便差了一大截。

呆妞心大，從不為有這麼一個優秀的哥哥而自卑，她只是覺得哥哥比她好，是天經地義的。

石磊見這小銀元寶模樣精巧可愛，便知道賞賜呆妞的主人家只怕是一名女子。主人賞賜下人東西也許是無心的，但卻救了這一家人的性命，於是他對這名姓沈的小姐，默默感激起來。

春天來了，莊子裡最多的就是桃花，石磊決定明天就要去爬桃樹，摘下一枝一枝開得好看的桃花，用特殊的方子製成乾花，只等有機會送到沈府去。

雖然乾花廉價，可是對他們這些窮人來說，便是最有心意的東西了。

第六章

此刻桃花林裡的沈芳菲不知道呆妞的命運，她面對的是姊姊烹的茶，沈芳怡的動作行雲流水、一氣呵成，茶杯裡還漂著洗淨的桃花瓣。

沈芳菲優雅地飲了一口，認真地對沈芳怡說：「還是姊姊的茶好喝。」

她化為陰魂，等待多年，以為等到的是孟婆湯，不料卻是姊姊的一杯熱茶。

朝暮之見沈芳怡在桃花樹下言笑晏晏，青蔥十指劃過茶杯，又從旁邊拿來了花瓣輕輕點在水裡，一副輕鬆自在的模樣，不由得也微笑起來。

「九皇子，他不是良配。」朝暮之歪著頭重複著沈芳怡的話，笑了起來。

沈氏姊妹喝完茶，因為擺茶的案桌太重，得要阿牛來搬。

沈芳怡本是斜著頭低低地跟沈芳菲講京城時新的花樣，見到阿牛搬案桌的動作，眉頭皺了皺。

「阿牛，你母親還好嗎？」

朝暮之停頓片刻，答道：「回小姐，我母親身體好得很呢。」

「你不是阿牛，你到底是誰？」沈芳怡將沈芳菲護到身後，厲聲問道。

她們已經在桃花林深處，身邊只有幾個丫鬟，若是此人心懷不軌，她們是很難逃開的。

朝暮之將畏畏縮縮的身子伸直，有些無辜地說：「小姐，我是阿牛啊。」

沈芳怡冷笑道：「阿牛是左撇子，怎麼可能搬東西時右手先使勁？而且阿牛的母親早就去世了。」

朝暮之嘆了一口氣。「沈小姐好眼色。」

沈芳菲重生以來，以為事事都在掌握中，可是這個場景在前世並沒有發生過，她力氣小，被沈芳怡護在身後，急得如熱鍋上的螞蟻，只能拚命使眼色讓丫鬟去叫人來。

朝暮之眼角餘光見到一個小丫鬟偷偷跑開了，笑了一笑，將臉上的皮面具取下來。

在大家的驚呼聲中，只看到了一張少年似笑非笑的臉，潑墨的髮順著皮面具一點點灑落在肩上，狐狸般的細長眼，高挺的鼻子，像極了淑妃，難怪淑妃疼愛他不亞於親生子。「我只是覺得沈家桃花開得正好，所以來欣賞一番，不料打擾到了沈家小姐。」

小丫鬟們看見面具下是這麼一張俊秀的臉，不由得都忘記了緊張，互相交換了眼色。不管朝暮之在京城的名聲多狼藉，在這些小丫鬟眼裡，好看的人總不是壞人。

沈芳怡看見朝暮之的臉，怒極，一句話都說不出口。

沈芳菲跳出來，如放鞭炮破口大罵。「我真不知道北定王府世子還有扮演別人家雜役的嗜好！」

沈芳怡聽過朝暮之混蛋事蹟，不由得將沈芳菲再次拉到身後。

朝暮之見沈芳怡咬著唇，面上沒有一絲血色，又害怕又倔強，十足惹人憐愛，心中溫柔得都要滴出水來。

「妳別怕，我只是來看看妳。」他緩緩地說。

沈芳怡聽見朝暮之這樣說，心稍定，她瞥了瞥身邊的丫鬟們，所幸都是心腹，不會有不好聽的話傳出去。

她輕聲說：「世子你還是回去吧。」

朝暮之不回答，反而伸手抓住緩緩飄過的一片桃花瓣。

「如果能得到這朵桃花，我願此世不二人。」

沈芳怡本就沒見過太多外男，聽見朝暮之這麼說，只覺得臉頰火辣辣的一片，她自懂事以來，沈母便與她說，男人都是三妻四妾的，今後無論嫁與誰，都會看在沈家的面上，讓她在夫家的地位安安穩穩的，所以很多事，她沒有必要計較。

她也曾讀過話本，幻想過一生一世一雙人，只是她知道，很多事都只是遐想而已。

偏偏朝暮之雖然在外聲名狼藉，此刻卻如此說，讓沈芳怡心裡出現了一絲絲裂縫。

「世子說笑了，很多事，都是由父母決定的。」沈芳怡雖然心情略動，但表面還是淡淡的。

朝暮之算了算時間，那小丫鬟也應該跑到了前廳，他走到沈芳怡面前，看她面如桃花，一雙眼睛不敢正視他，便輕輕將她肩頭的一片桃花瓣拈起，放進懷裡，再以輕功越牆而去。

沈芳菲暗自懊惱，當初為什麼選擇那一條小徑走，讓姊姊又遇上了朝暮之這樣一個魔星，卻不知道，很多事，冥冥之中自有注定。

沈于鋒聽完急急忙忙趕來的小丫鬟稟報之後，一張臉綠了半截，顧不上九皇子在場，趕緊叫了護衛往桃花林裡衝。

九皇子見沈于鋒臉色突變，攔住問道：「發生了什麼事？」

沈于鋒勉強扯著嘴角。

「九皇子，失禮了，家裡出了一點小事待我處理。」

說完便以輕功趕到沈家姊妹面前，那個偽裝阿牛的人已經遠去無蹤了，沈氏姊妹面上有些奇異，並不像遭人輕薄的樣子，沈芳菲偷偷將事情經過告訴了沈于鋒。

沈于鋒聽到後自責得很，又不好向沈氏姊妹說明白，只好咬牙說：「我回去必給姊姊一個交代。」

沈氏姊弟回到家後，沈于鋒便跪在沈父房裡將事情的來龍去脈講了一遍，沈父聽了氣急，拿過鞭子狠狠抽了沈于鋒，並要他跪在家廟裡一整夜，任沈芳菲與沈芳怡求情，都不肯放過。

沈母聽了，為免夜長夢多，決定親自拜訪大學士夫人一趟，又見了大學士之子一面，見其子不是太出挑，但是也不至於差到哪兒去。沈芳怡本來就是千里挑一的美人兒，處事又得體，成親後想必沒有什麼不圓滿的，便想將婚事定下來，兩家一來二去便有了些默契。

沈于鋒皮粗肉厚，傷好了便去校練場，可是還沒走到呢，就見朝暮之遠遠等著，他黑著臉走過去。「世子你還想要做什麼？」

朝暮之腆著臉笑道：「你這是怎麼了？誰得罪你了？我去揍他。」

沈于鋒不想與朝暮之當面說起桃花林的事，只能氣鼓鼓地往前走。

朝暮之自重生以來，並不像以前那麼不管事，而是暗暗培養了一股勢力，為自己所用。現在此勢力最大的作用便是，打探沈芳怡的消息。

朝暮之用只有沈于鋒聽得到的聲音說：「聽說你姊姊要與大學士家的兒子訂親了？」

沈于鋒停住腳步，從牙縫裡迸出幾個字。「世子多慮了，我姊姊的事自有我父母定奪。」

朝暮之又繼續問：「關於那大學士之子，你們又了解多少？」

沈于鋒心想，那大學士之子再差，也比你這個無賴好得多。他面上沈靜道：「大學士學識淵博，教出來的兒子怎會差？」

朝暮之冷笑。「有些秘事你們自然不知道。」

沈芳菲雖然記得大學士之子上一世挑不出什麼過錯，卻不知其在內室有一個很大的毛病——虐待女人。他脾氣暴躁，不僅喜歡在床上虐待女人，生活上稍有不如意便對婢女拳打腳踢。在大學士府中，伺候少爺的人，基本上是與死人無異了，但是大學士夫人手段好，大學士之子這壞名聲硬是沒有傳出去，活活可憐了那些婢女們。

沈于鋒聽了朝暮之的話，對大學士之子的事也暗暗留心起來，一般不出挑而又挑不出錯來的人，也許某天挑出來的便是大錯了。當他隱隱約約覺得有了苗頭的時候，大學士府出事了。

大學士府門口，擺著一具女屍，依稀看得出在世時的秀麗，卻被打得面目全非，就連身上也沒一塊完好的地方，那脖子上赤裸裸地全是咬傷。女屍的父母穿著白衣在門口哭訴喊道：「女兒妳死得好慘啊！」

過往路人自然愛看熱鬧，只聽聞這農家女兒從小文靜懂事，實在日子過不下去了才賣身大學士府為奴，原以為在大學士府能過上好日子，卻不料把小命都搭了進去。

而這女屍正是大學士之子房裡的丫鬟，金環兒。

大學士府內山雨欲來，大學士狠狠打了兒子一個耳光。「都是你做的好事！」

大學士夫人抱著兒子痛哭。「他又做錯了什麼，他又沒惹太多亂子，只是玩玩女人而已。」

「可是玩出命來的可沒幾個！」大學士恨恨地說。

他們叫了僕人偷偷去與大門口金環兒的老父老母商談，軟硬兼施，可是人家鐵了心就是要為女兒討一個公道。

大學士府出了這種事，震驚的人不少，大學士嚴肅正派，大學士夫人溫柔可親，怎麼生出這樣的兒子？

大學士府裡人人煎熬，而始作俑者便是朝暮之。

沈母也大為震驚，千挑萬選的女婿居然是這樣的人？如果他們將沈芳怡嫁了過去，可是啞巴吃黃連，有苦說不出了。

大學士夫人來到沈府，面色急急正要解釋，沈夫人坐在上首，面上透出不快的神色，所幸雖然之前兩家來往頻繁了一些，但並未把結親的事擺到明面上來談，也未交換過八字。

大學士夫人賠笑道：「我家不知道得罪了什麼人，設了這麼陰毒的陷阱陷害我家。」

沈夫人淡淡回道：「如今人心險惡，大學士府要小心。」

大學士夫人繞來繞去想說到兩家的結親，但是都被沈夫人輕而易舉地繞了出去。

大學士夫人有些著急了，又知道出了這樣的事，兩家必然結不成親，來沈府不過是死馬當活馬醫罷了，見沈夫人一副油鹽不進的模樣，只得回了家，選了一個小文官的女兒，悄無聲息地為兒子娶了。

沈夫人當初欲將沈芳怡與大學士府結親的消息並沒外傳，但是有眼色的人都看得出來。其他幾房女兒本都羨慕沈芳怡，可是不料這事一發生，讓幾房女兒可惜之餘又有些幸災樂禍。

沈芳霞在房裡與母親說：「您瞧瞧大房，選來選去的好夫婿，結果是個暴虐的。」

某日，沈家幾女在學堂唸書，女夫子教到一女不嫁二夫時，沈芳霞突然以扇子掩住嘴，笑道：「像大姊姊這樣，一會兒要許這個，一會兒許那個，算不算一女嫁二夫呢？」

沈芳怡變了臉色，沈芳菲倒是鎮定回答道：「大姊姊並未說親，一家好女百家求，觀望觀望總是好的。」

沈芳霞似笑非笑道：「那我就期盼大姊姊能夠尋得佳婿了。」

沈芳菲回道：「我也祝三姊姊尋得佳婿。」

沈三爺的官職不高，並無實權，沈芳霞說親的時候必要借助沈府大房的勢力，可是她如此拎不清，難保大房在她說親的時候不美言兩句。

沈芳霞咬了咬牙，心想以後必定找一個好夫婿，讓妳們刮目相看。

第七章

雖然沈家欲與大學士府說親一事沒成，但是沒有不漏風的牆，再加上沈三夫人故意向娘家透露，讓沈芳怡的身價頓時大跌，沈芳怡再好，一時之間，上沈家串門子的夫人少了許多。

沈夫人為此愁得很，後悔自己沒在說親時好好調查一番。

沈芳怡倒是自在，對沈芳菲說：「能在家裡留一年就留一年，只怕婚後，就再也享受不到這麼清靜的日子了。」

沈母覺得最近日子過得很不康順，便想帶著兩個女兒去廟裡上香。

幾人帶著貼身侍女到了寺廟，寺廟的香火很旺，住持對於手頭闊綽的女客們很是恭敬，沈芳菲以前不太信神佛，重生之後卻不得不信，跪在佛祖面前細聲祈求，祈求此生姊姊不嫁九皇子，不再飲鴆而亡，更祈求此生哥哥幸福，不再連屍首也回不了家鄉，祈求沈家平平安安。

祈求完之後，沈芳菲又覺得自己的願望太多了，也不知道佛祖會不會覺得她太過貪婪，但是讓她重生，本身就是一種賜予。

沈芳怡不知妹妹複雜的心境，只覺得妹妹此次求佛格外認真，完全沒有以前的心不在焉，她走到沈芳菲面前，輕聲問道：「妹妹妳求什麼？」

沈芳菲面色一紅，說沒什麼，十足少女懷春的模樣。

沈芳怡心裡一沈，不由得想到了別處，比如那位讓妹妹覺得很不錯的九皇子。

沈芳怡大家出身，勾心鬥角之事沈夫人也教過不少，再加上她是長女，父親也費心教導過。

她想了想如今的局勢，又想到九皇子在宮內身分低微，正妻的家族也勢單力薄，不由得懷疑起九皇子幾次出現在她們面前的目的。

沈芳菲見姊姊面上閃過一絲思慮，嘴巴輕輕抿了抿，露出笑意來，她怎麼會喜歡上九皇子？活活撕了他還差不多。

她屢次提起他，裝出一副少女懷春的樣子，只不過想引起姊姊對九皇子的思慮與防意。而事情，果然按照她預計的方向走。

兩姊妹拜完佛，見沈母還在與方丈說話，便決定在寺廟裡走走。

皇家寺廟，等閒之輩進不來，而今日又不是特別的日子，所以格外清靜。

走了一小段路，沈芳菲犯了懶，硬是坐在亭子裡不肯動，而沈芳怡因為大學士之子的事有些心神不寧，留下妹妹，逕自往藏經閣走。

藏經閣前有一座小亭子，亭子裡擺著一副棋，藏經閣的老和尚無聊之時會在亭子裡擺一副殘局，等著有緣人解開。

沈芳怡喜歡下棋，所以來寺廟時，總會過來瞧瞧。

可是這回沈芳怡還沒到亭子，就看見一男子的背影，他穿著白色衣裳，風流清俊，似乎正凝視著棋盤。

沈芳怡正欲避開，卻見那個男子回頭看著她，笑道：「沈大小姐，這棋局好難啊。」

沈芳怡錯愕於在寺廟裡也能遇見九皇子，而這人深深一瞥，似乎暗藏了別樣的情愫。

但是她熱愛下棋，又聽九皇子說這棋局難得很，猶豫了一下，便走了過去，沈芳怡也穿著白衣，兩人走在一起，齊齊打量棋局，讓人遠遠看了，像是一對璧人。

九皇子與沈芳怡觀察殘局一會兒，便準備執起棋子，卻不料兩人的手落在同一枚棋子上。

九皇子硬生生停住了手，對沈芳怡說：「妳先來。」

沈芳怡嫣然一笑，纖纖素手執著棋子，開始破局。

九皇子起先是欣賞沈芳怡的手，到後來卻暗自驚訝，這女子，走出的每一步棋，都是他心中所想，世上心有靈犀的人不多，而沈芳怡與他卻是其中一對。

沈芳怡倒沒管九皇子如何想，只是皺著眉思考下一步怎麼走，卻見一隻骨節分明的手伸過來，隨意將棋子一撥，擾亂了棋局。

沈芳怡正欲發作，抬頭卻看見朝暮之站在九皇子身後，狐狸般的雙眼閃著幽光。

沈芳怡自然對朝暮之沒有好印象，只是淡淡打了招呼。

朝暮之一早便打探了沈家人要來寺廟，一路跟隨在後，卻不料見到她與九皇子相逢，兩人一起研究棋局。

朝暮之在不遠處看著兩人下棋，彷彿回到了前世，刀刀鑽心。

當沈芳怡想將棋子走到最後一步時，朝暮之終於忍不住走了上去，將棋局打亂。

沈芳怡與九皇子在一起，本來就不是好棋，那麼何苦又再繼續下去呢？

九皇子在宮中向來受冷落，面聖的機會還不如朝暮之多，此刻見朝暮之將棋盤打亂，也不生氣，只是笑道：「北定王世子好興致，也來寺廟上香啊？」

朝暮之與九皇子鬥了一世，當然知道九皇子對誰都是一副溫文儒雅的姿態，但骨子裡卻冷酷得很。

他笑道：「如果不是好興致，也難看到這棋局。」

沈芳怡不想與朝暮之多說，只盯著棋局喟嘆。「好好的棋局，居然變成了死局。」

朝暮之道：「誰說是死局？」

他輕巧地將九皇子與沈芳怡認為的死局解開。「世上的事，有注定的，也有不注定的。」

九皇子再傻，也看出朝暮之對沈芳怡有意，心中湧起淡淡的失望，對於北定王府，他現在還得罪不起。於是他淡淡道：「既然棋已解，我還約了老僧人說佛，不與你們多說了。」

沈芳怡將與九皇子獨處時淡淡的曖昧之心壓下。「我也要回去找妹妹了。」

兩人都是一副不鹹不淡的樣子，唯有朝暮之死皮賴臉地說道：「沈小姐，我送妳回去。」

沈芳怡心中不滿，將目光瞥向九皇子，卻見九皇子目不斜視，只好點頭對朝暮之說：「那有勞你了。」

朝暮之笑著對沈芳怡身邊的丫鬟說：「還不快走，別讓妳們主子著涼了。」

九皇子見朝暮之與沈芳怡的背影走遠，一雙手握成了拳頭又放開。

朝暮之與沈芳怡走了一路並沒有說話，快到沈芳菲所在位置的時候，朝暮之抬起手來，作勢要摸沈芳怡的頭髮，沈芳怡急急將手伸起攔住，卻不料手心裡被塞了一個硬硬的溫潤東西，攤開手來一看，居然是一隻小玉兔子。

小玉兔子雕刻得不算精巧，朝暮之一臉不好意思，摸摸鼻子說：「我不大會雕刻。」

沈芳怡將兔子握在手心裡，見朝暮之的手上有刻刀劃痕，心裡一動。

朝暮之見她收了兔子，堅定地說道：「我發誓絕不二娶。」

沈芳怡驚訝地抬頭，朝暮之這句話說得擲地有聲，令她心中如鼓震動，只能低下頭，盯著自己的繡鞋。

「婚嫁之事，不容我作主。」

朝暮之目光如水。「妳放心。」

沈芳菲大老遠就看見姊姊與朝暮之一起走過來，心中暗罵怎麼又碰見這個魔頭？再看姊姊似乎對朝暮之不似往日抗拒，有些摸不著頭緒。

朝暮之將沈芳怡送到沈芳菲身邊，並未糾纏，就此告辭。

沈芳菲望著他遠去的背影，問道：「姊姊怎麼回事？」

沈芳怡神色不明地說：「他說他發誓不二娶。」

在大梁朝，男子願意不二娶的少之又少，誰都想左擁右抱，而哪個女子又願意和別人分享丈夫，獨守空閨？

沈芳菲也很震驚，心想著北定王世子如果不是名聲不好，對沈芳怡也算得上是癡情種了。

姊妹倆回到家後，如往常般度日，對那天寺廟發生的事絕口不提。

沈芳菲從丫鬟口中得知沈芳怡與九皇子一起下棋一事，心想這兩人莫非真是上天安排的孽緣？

她想探問，又只能暗暗咬牙，下定決心絕對不再讓憾事發生。

而沈芳怡卻總對著手中不太可愛的小兔子發呆，她問自己的心腹丫鬟銀川。「能不能信男人說的話？」

銀川笑道：「奴婢可不知道，只是聽娘說過，男人若能靠得住，母豬都能上樹。」

沈芳怡想了想，又將兔子收進袖子裡。

銀川的娘是在沈母跟前伺候的，想著沈芳怡與沈母母女連心，也偶爾會透露些消息給銀川，讓銀川轉告給沈芳怡。

沈芳怡心知沈母對她的親事頭疼得很——她嫁得低了，對妹妹親事不宜；而往高裡嫁，好的，怕皇上忌諱，差的，又怕斷送她一生幸福。猶豫之下，沈母都覺得有些胸悶。

沈芳怡也知道父親屬意的是朝暮之，是他聲名太差，父親怕她不幸福，才不敢鬆口答應。

某日，沈芳怡在沈父休沐的日子，來到他的書房。

沈父正在書房內看書，沈芳怡看著桃木椅上的父親兩鬢又添了銀絲，心頭一酸。「父親，您還是答應北定王府吧。」

她對著父親盈盈一拜。「我們家雖然看著繁華似錦，但其實正在油鍋之中，誰不盯著我們？父親在朝中戰戰兢兢，生怕犯下一絲錯處，我這個做女兒的，應該為父母分憂。北定王府深受當今聖上信任，我們若選擇和他們聯姻，聖上才不會忌諱。」

沈父沈毅看著一向疼寵的大女兒端著雞湯前來正開心，一匙雞湯剛到嘴邊，便聽見女兒這麼說，詫異之下，放下勺子。「怡兒，我們家也不是太差，不必讓妳犧牲，再讓妳母親挑挑。」

他嘆了一口氣。「我從小將妳當兒子培養，妳的見識不輸給普通男兒，但是我就怕妳太理智，失了丈夫的寵愛。」

沈芳怡傲然笑道：「只要女兒有這分胸襟與氣魄，再加上家裡的支持，我這位置，必然坐得穩穩的。」

沈母知道沈芳怡願意嫁給北定王世子後，長嘆一聲。

她娘家也曾經有妹妹為了家族嫁給浪蕩子，一生說不上不快樂，但是絕對稱不上幸福。她也曾經層層篩選想幫女兒找個好歸宿，但是找來找去卻找了個不合適的，最後女兒還是得嫁入北定王府，這難道就是命？

沈芳菲聽聞姊姊願意嫁北定王世子後，急急對沈芳怡說：「難道姊姊相信那個紈袴子弟的話？」

沈芳怡淡道：「我從來不信，只是到了這個時候，我必須作出抉擇。」

沈芳菲歪頭說：「我不懂。」

沈芳怡摸摸沈芳菲的頭。「妳是不懂。」

沈芳怡見九皇子三番兩次出現在她們面前，這哪裡是偶然，分明是算計好的。九皇子妻族不顯，如果他與沈家姊妹產生情愫，沈家姊妹又自願嫁與他做側妃的話，那他就有了一個很好的靠山了。

沈芳怡回到自己的房裡後，對銀川說：「銀蘭可被處理了？」

銀川脆聲說：「已經處理了，小姐對她那麼好，誰知道她是個吃裡扒外的，居然將小姐的行蹤洩漏給外人，若是小姐名節受損，可是她擔待得起的？」

沈芳怡閉目養神，想起九皇子那飄逸的身姿，君本青竹，奈何野心。他與她，注定不會是一條道上的。

「叫荷歡看著妹妹，別讓她再與九皇子接近了，就算接近了，讓她把一切報給我。」

沈芳怡為妹妹打點好一切，殊不知，沈芳菲辭了她後，在房裡卸下一副天真無邪的表情，對荷歡說：「事情可辦妥了？」

「大小姐已經處置了銀蘭。」

沈芳菲深深吁了一口氣。

荷歡一臉不明白地問道：「小姐為何不直接讓大小姐知道？」

前一陣子，小姐突然交代她，要小ㄚ鬟們偷偷討論銀蘭的娘家突然發了一筆橫財，被大小姐身邊的耳目聽到了，這才讓銀蘭露出破綻。

沈芳菲深深看了荷歡一眼，不說話。

荷歡也不再多問，只覺得小姐自從上次大病醒來後，便變了很多。

人前還是天真無邪的小姐，但是在人後，卻彷彿背負了許多秘密。但是荷歡知道，小姐的這些改變，必須緊緊地咬在嘴裡，什麼都不能說，只有這樣，她才能是小姐真正的心腹人。

第八章

臨近夏日了，沈母向與北定王妃熟識的夫人稍微透露了風聲。

北定王妃聞弦而知雅意，卻有些氣不過，對北定王道：「你看看這沈家，明明之前看不上我的暮兒，現在知道大學士之子是個禽獸，又巴巴地來答應我們。」

北定王妃心裡不悅，也不急著上門。

沈家更不急，實在不行，就另找他家。

兩家正在焦灼中，聖旨賜婚來了。

一切皆由於——

朝暮之進宮面聖，如皇上的小兒子一般求道：「皇上，我想要求娶沈家的女兒。」

聖上皺了皺眉頭。「你說的是沈家的大女兒？」

「是。」

聖上疑惑道：「我沒聽說你們兩家要結親啊？」

朝暮之面有為難。「我母親因為沈家之前拒絕了我們家而生氣呢。」

聖上早就知道北定王妃的小氣性，大聲笑道：「所以你找我來了？」

朝暮之立刻打蛇隨棍上。「皇上一字千金，無人敢不從。」

說起皇上與北定王妃，還有過一段不愉快的過往。

當初聖上認為北定王被北定王妃管得太死，特地賜下幾個貌美女子，卻不料被北定王妃硬生生退了回來。

他知道此事後，雷霆大怒，北定王最後還連夜進宮，長跪不起，最後又對他大訴苦水。「我那母老虎婆娘我還真治不住，請兄弟原諒。」

他與北定王還是從小穿一條褲子長大的，兄弟為了這一點事跑來長跪，他還真有些捨不得，只得忍氣吞聲。

眾大臣見連皇上送的女子都被北定王妃退回來了，那何況是他們送的女子？自此以後，不再送美貌侍女給北定王。

聖上想到這段過往，為了給北定王妃添堵，便大筆一揮，寫下賜婚。

不過聖旨寫完後，他又奇怪道：「你怎麼看上沈家大女兒了？」

朝暮之笑回：「情不知所起，一往而深。」

聖上看著他一臉癡情種的模樣，心想要不要讓太妃提點提點沈芳怡，要她多給朝暮之納幾個美貌侍妾？

聖旨一出，解決了兩家的僵局，但北定王妃仍嘴硬道：「這可不是我們趕著要娶你家的女兒。」

沈家雖然覺得這樣的解決未嘗不是最完美的法子，但是沈母卻對沈芳怡與北定王妃的婆媳關係感到擔憂。

北定王妃的任性，倒是貴女圈子裡口耳相傳的。

沈芳怡卻安慰母親道：「母親不要擔心，無論如何，我都會尋得安身立命的法子。」

沈母嘆了一口氣，誰不希望女兒幸福？

但是世家的女兒要背負的實在是太多了。

九皇子聽見沈家與北定王府訂親的消息時，狠狠地將桌上的茶器掃了一地，他一生循規蹈矩，戒急用忍，早前卻為了沈芳怡去求皇帝賜婚。沒想到皇帝只沈著一張臉，打量著這個不大親密的兒子。「你看上了沈芳怡什麼？」

九皇子滿背冷汗，跪著說：「兒子就是喜歡她。」

「我已經答應暮之，將沈芳怡許給他。」皇帝淡淡地說。

他也是踏著兄弟的頭顱上位的，自然知道一個皇子與武將家聯姻會造成什麼樣的後果，就算沒有朝暮之，他也不會答應這段婚事。

九皇子跪著的腿如千斤重，沈聲說：「兒子也自知配不上沈大小姐，但是仍想搏一搏。」

皇帝見九皇子對沈芳怡的感情不似作偽，又想起年輕的時候也迷戀過某家小姐，心中對這個兒子反倒親近了些。

「你的王妃是孟大人家的嫡長女？」

九皇子點頭稱是。

皇帝思慮了一下，叫九皇子退了，又對這個兒子似有愧意，便指了個容貌、家境都不錯的女子給九皇子做側妃，還讓九皇子領了不錯的差事，也算是因禍得福了。

但是九皇子知道，他親手設計，並請匠人打造的精緻頭面，再也送不出去了。

九皇子妃接到聖旨的時候，又打破了一套瓷器，她父親領的只是個閒職，現在來個身分高貴、容貌姣好的，生生壓她一頭，這後院，怕是要亂了。

沈家眾姊妹得知沈芳怡要嫁給朝暮之後，心情各有不同。

沈芳菲心中忐忑，她生生改變了姊姊的命運，不知道是福是禍。二房嫡女沈芳華覺得沈芳怡雖然高嫁了，卻前途難料，不由得有些感傷，雖然世家閨女出身高貴，但是她們姊妹的命運就如風中葉子一般，隨風飄零。三房沈芳霞聽到這個消息後，漂亮的臉扭曲起來，暗暗咬牙定要嫁得比她更好。

沈芳菲坐在榻上，聽荷歡將沈芳霞的反應說了一遍後，嘴角揚了揚。

像她這種女子，相貌美麗卻沒有內涵，嫁誰誰倒楣，必定內院雞犬不寧。

「要嬤嬤在我娘面前提提。」她如此吩咐道。

不出沈芳菲所料，沈母聽見沈芳霞所說，皺起眉頭。

三老爺是老來子，難免被沈老太太寵愛多些，千挑萬選娶了一個身分不錯的媳婦，卻也是個從小嬌慣的。

這兩夫妻，一個自覺才華洋溢卻得不到機會發揮，一個自認明明出身高貴卻不能被封為誥命夫人，都渾身帶刺得很。

沈夫人之前敲打過沈三夫人幾次，好不容易讓她收斂了爪子，只在她的內院裡鬧騰。卻不料這小的，隨著年齡增長，竟越來越不知禮了。不知不覺的，沈夫人對三房多了一些防心。

北定王妃雖然對這樁親事有些嘀咕，但是沈芳怡是她當初一眼就看上的，朝暮之也喜歡，在訂親的時候必然不會虧待沈芳怡，聘禮足足抬了幾十擔，連壯漢抬起的時候，走路都有些吃力。

沈夫人在前堂大廳，見到北定王府的聘禮，眼中閃過一絲滿意，當壯漢們將聘禮塞滿沈家前院時，最後的大雁來了，大雁是很難活捉的，但是這對籠子裡的大雁確是活潑得很。

小悠子是朝暮之身邊的心腹小廝，他偷偷對沈夫人旁邊的嬤嬤說：「這可是我們少爺花了很長時間抓到的。」

嬤嬤又將話傳到沈夫人耳裡，沈夫人臉上的笑意終於真切了點。

這朝暮之，還是有可取之處的。

聽沈于鋒說，大學士之子的事就是他的手筆，他心心念念著要娶沈芳怡，而男人這東西，輕易得不到的東西才是好的。

沈芳怡在房中，與姊妹們一起聽著丫鬟們來回彙報堂前的情況，在姊妹的嘲笑下羞紅了臉，不由得緊緊握了握手中的小兔子。

兩家擇日之後，就離出嫁的日子不遠了。還沒等沈芳怡表示什麼，沈芳菲居然緊張得睡不著覺了。

奶嬤嬤笑著跟沈夫人說：「小姐每天夜裡在屋裡打轉，心想著世子會不會對姊姊好。姊妹之情固然好，但是日子長了，只怕身子熬不住。」

沈家大房姊妹感情向來不錯，沈芳菲更是十分依賴沈芳怡，沈芳怡得知了，噗哧一笑。「哪有這樣的傻妹妹。」

她第二日走進沈芳菲的房間，見沈芳菲正拿著繡框吃力地繡著，沈芳怡走上前，沈芳菲繡的正是鴛鴦。

「大清早的秀什麼鴨子呢？」沈芳怡故意笑道。

沈芳菲並沒有生氣，抬頭認真道：「我繡的是鴛鴦。」

沈芳怡見妹妹嬌嫩可愛，只是那眼下烏青騙不了人，不由得摸了摸妹妹的頭。「聽說妹妹這幾天睡不著覺，是不是也想嫁人了？」

沈芳菲羞紅了臉。「才不是。」

沈芳怡彈了彈她的額頭。「那妳擔憂什麼？」

沈芳菲一雙烏黑的眼睛盯著沈芳怡。「姊姊妳一定要幸福。」

沈芳怡嘆了口氣，她是沈家大房的長女，所以背負了許多期望。當時沈母長久不孕，好不容易生了她，還是個女娃，所以她必須讓自己變得強硬起來，為母親也為父親爭氣。而到了沈芳菲，沈母已經子女雙全，在沈家的地位也牢固不可摧，所以她並沒有經歷過別人的冷眼，自然天真得多。

她握著妹妹的手。「這女子嫁了人，無所謂幸福不幸福，如果丈夫憐惜，便是幸運，丈夫若是左擁右抱，妳要做的，便是牢牢地掌控住後院，讓自己的地位穩穩的。」

沈芳菲看著沈芳怡沈靜的眉眼，有些釋然。

前世沈芳怡能從小小的側妃一步一步爬到貴妃之位，自然有驚人的手段，她何必自擾？再加上北定王世子又不是皇帝，沈芳怡是正妻，又是賜婚，只要沈家一直興旺下去，她沒有什麼不幸福的。

到了吉日，朝暮之穿著大紅袍來迎娶沈芳怡，他覺得自己彷彿在作夢，還是他的前世才是一場夢？

沈芳怡一身紅，被五福夫人梳了頭，看著鏡中嬌豔的自己，女子最美的一天就是今日了。她握了握手中的鏡子，對著鏡子發愣，即使她自認理智淡然，也會緊張的。

她蓋上紅蓋頭，由好命婆牽著走向大堂，好命婆又將她交給父親。

沈毅一生征戰沙場，此刻才開口說了一句「怡姊兒」，就哽咽了。

沈芳怡緊緊握住了父親的手，又由父親將她的手交給了朝暮之。

朝暮之的手緊緊地握住了她的，帶著她一步一步往外走。

此時，沈家大堂很吵，鞭炮聲、賀喜聲、賓客的笑鬧聲不斷，但是在朝暮之和沈芳怡的心裡，卻十分安靜。

沈芳菲看見穿著紅色嫁衣的姊姊被朝暮之扶進了花轎，心中五味雜陳。姊姊前生從未穿過紅色嫁衣，今生可會圓滿？

她一步一步走向花轎，將花轎送到門口，看見沈于鋒狠狠抓住朝暮之的領口。「你要好生對待我姊姊。」

朝暮之笑著點頭。「那當然。」

一切都不一樣了。

沈芳怡進了北定王府，被下人請進新房，一顆心撲通撲通地跳著，她離開了生活那麼多年的沈家，要開始新生活了。

奶嬤嬤悄悄走進來對沈芳怡說：「小姐要不要吃點東西墊墊肚子？姑爺還不知道什麼時候回來呢。」

沈芳怡聽見「姑爺」二字，心中一跳，羞澀地搖了搖頭。

她蓋著蓋頭，靜靜坐在床邊，突然聽見門口有腳步聲傳來，丫鬟們的交談聲被打斷，房間裡一時變得異常沈默起來。

她突然眼前一亮，看見喜房佈置得喜氣洋洋，四處都是夜明珠，而面前站著的人正是朝暮之。

沈芳怡是朝暮之心心念念之人，他自然不想在外面長留。但是他京城裡狐朋狗友太多，一個一個都想灌醉他，應酬了好一會兒，才逃脫大家的魔掌。

朝暮之看著盛裝的沈芳怡看傻了眼，卻又發現新娘右手緊緊地攥著什麼東西，一時好奇將其打開，居然是他送的小玉兔子。

他握住沈芳怡的手，坐在她身邊，看著妻子如玉般的臉，問道：「喜歡這隻小兔子嗎？」

沈芳怡面上羞澀，將頭撇到了一邊，並不回答。

朝暮之將雙手伸開，裝可憐地說道：「妳看看我的手，刻這隻兔子的印子到現在還沒消呢。」

沈芳怡聽見此話，急急回頭看著朝暮之的手，卻發現他的手完好無缺，並沒有什麼傷痕。

朝暮之見沈芳怡如此關心自己，心中如吃了蜜一樣甜，定定看著沈芳怡的雙眼。「我沒有他們說的那樣壞。」

沈芳怡不料朝暮之會說出這句話，心中想著他也許對流言蜚語很是看重，才有此一說。

她回握住朝暮之的手。「我的相公怎麼可能是壞人。」

朝暮之聽了此話，哈哈大笑，心想沈芳怡真是一個妙人，以後一定要將她放在心上，不讓她遭受上一世的風雨折磨。

兩人說了一會兒悄悄話，朝暮之輕輕撫了撫沈芳怡的嫩唇，輕輕吻了上去。

洞房花燭夜，一夜纏綿……

第九章

第二日，沈芳怡雖然很累，但是卻醒得很早。

她叫醒了朝暮之，喚來丫鬟倒熱水，又親手伺候朝暮之更衣，一切動作行雲流水，井井有條。

朝暮之一向欣賞沈芳怡，見她如此，摟著妻子的纖腰，偷偷在她耳邊說：「昨夜辛苦了。」

沈芳怡的臉上飛過一陣紅霞，將朝暮之甩開。

兩人洗漱好後，拜見北定王夫婦，北定王在朝中算是權勢重的，在後院除了願意分心給北定王妃，連朝暮之都不一定能得到他好眼，他看著夫妻倆，接過新婦茶，道：「好好地過日子吧。」

北定王妃今日倒是穿得光彩奪目，意在給沈芳怡一個下馬威，卻不料沈芳怡完全沒有新嫁婦的華麗，只穿了一襲紅衣，頭上插了一支金釵，讓北定王妃一股子氣不知道該往哪兒發，只好接過了茶，陰陽怪氣地說了一聲：「趕緊讓我抱孫子啊。」

北定王聽見老妻這麼說，嘴角撇了撇，年紀都這麼大了，還跟個小女孩似的，喜歡在丈夫和兒子面前撒嬌，連媳婦的寵都想爭，真是讓人笑掉大牙，不過即使如此，北定王也覺得老妻很可愛。

沈芳怡與朝暮之拜見完北定王夫婦後，回到房裡，沈芳怡拍拍手，房外便進來一名美貌的姑娘，她面如桃花、酥胸撩人，一看就是經過專門培訓出來伺候男人的。

朝暮之看見這名女子，面色一沈。「娘子妳這是什麼意思？」

沈芳怡笑著介紹。「相公，她叫碧落，是我的陪嫁丫鬟。」言下之意是，朝暮之想要一親芳澤也是可以的。

朝暮之拿出昨夜從沈芳怡手中奪過的兔子。「娘子可還記得，我曾經對妳說過，此生絕不二娶。」

他上輩子和沈芳怡打過交道，對她還算了解，知道這是故意試探自己，但是他並不惱火，只是將心中所想堅定地告訴她。

沈芳怡暗吁了口氣，卻不相信自己有這麼好的運氣，只能想著，走一步看一步吧。

沈芳怡回門的那天，沈家人都很期盼，沈父沈母內疚於把女兒嫁給了這樣一個聲名狼藉的浪蕩子，急著看看女兒的境況。

沈于鋒摩拳擦掌，心想如果朝暮之對姊姊不好，便要讓他感受下他的拳頭。

沈芳菲心中更是焦慮，只想看看姊姊到底與那朝暮之合不合。至於其他幾房，二房祝福居多，三房等著看笑話。

大家站在門口等得焦急，見北定王府的馬車遠遠駛過來，停在沈家門口，首先下來的居然是北定王世子，他仰著頭，笑著對車裡的沈芳怡說了些什麼，便攙著她下了車。

沈家大房齊齊鬆了口氣，而沈芳霞卻緊緊握住了帕子，一臉不以為然。

她的神色正好被回頭的沈芳菲看見，沈芳菲搖了搖頭，暗想這位姊姊還真是見不得人好。

沈芳怡與朝暮之進了門，大家見沈芳怡面上的笑意不似作偽，沈芳華便打趣說：「我們都說姊姊嫁了一個好夫婿，卻不料這個夫婿比我們想像的還要好。」

哄堂大笑之下，沈芳怡羞紅了臉。

新婦回門，總有些私房話想與母親與妹妹說，沈毅叫了朝暮之去書房談話，而沈芳怡則與沈母、沈芳菲去了小別間。

沈母一進別間，就盯著沈芳怡的臉瞧，她這個女兒，向來都把心事放在心裡，也不知道她對朝暮之是不是真滿意。

沈芳怡對兩個緊緊盯著她的親人說：「相公拒絕了碧落。」

拒絕了碧落？

沈母有些吃驚，碧落是她從小買回來訓練的，樣貌美，性格也是溫柔順從，是男人喜歡的類型。本想著朝暮之如果有了新歡，碧落可以為沈芳怡固寵，卻不料女兒在新婚第一天就將碧落給了朝暮之，而朝暮之居然拒絕了。

沈芳菲知道朝暮之許過的誓言，驚訝道：「難道他真的不二抱？」

沈母不知道怎麼回事，聽沈芳菲細細把事情講了出來，喜上眉梢道：「這樣的男人就算沒有出息，對女人來說，也夠了。」

何況朝暮之將來還是北定王。

說完之後，又有些發愁。「不過這男人的話啊……」

沈芳怡笑著說：「母親、妹妹，請不要為我擔心，只要沈府好好的，我自然也好好的。」

沈父與朝暮之在書房內聊了聊朝廷時事，發現朝暮之並沒有想像中的浪蕩不羈，甚至對時事了解得很。

他嘆了口氣，對女婿說：「如今三皇子、四皇子年紀大了，心也大了，太子都看在眼裡呢。」

沈家老太爺曾經是太子的師傅，太子對沈家也十分眷顧。如果太子有個不測，那沈府就損失大了。

朝暮之笑說：「岳父不必多慮，三皇子、四皇子不會成氣候的。」

需要防備的是九皇子。

這廂朝暮之與沈芳怡新婚大喜，濃情密意；那廂九皇子卻心痛得很。他寄情朝政，夜夜與大臣討論差事，又連夜稟報聖上，倒是得到了聖上的讚許。

夜了，九皇子想到沈芳怡，便跑去御花園走走，走著走著，卻見一麗人披著粉紅披風，站在樹下盯著夜空中的星星。

這麗人不是別人，正是被朝暮之打傷弟弟的麗妃。

雖然皇帝為了補償，賞了她不少金銀珠寶，但是卻讓她心寒。

她原以為只要得了帝王的心就可以在宮中自保，卻不料，這男人的心，是最涼薄的。

麗妃聽見有人過來，急急回了頭，看見來者是九皇子，身形如玉如青竹，莫名其妙的，一顆心，竟劇烈地跳起來。

皇帝畢竟是老了，年輕貌美的麗妃，也有想出牆的時候。

九皇子深諳人心，見麗妃的神色，似乎明白了什麼，微微笑道：「這麼晚了，還出來看花？」

麗妃幽幽道：「九皇子不也是來看花的？」

「我從不知道御花園有一朵這麼美的花。」

麗妃的神色剎那間變得嫵媚起來，她能成為寵妃，自然知道如何魅惑男人。「御花園的青竹才是我最喜歡的。」

兩人一來一去似打著啞謎，帶著淡淡的曖昧，麗妃的臉兒紅得很，卻又容光煥發，她摘了一束花兒插在鬢上。「好看不好看？」

九皇子點頭說：「好看。」

麗妃笑得像小孩子一般滿足，聽見宮女尋找自己的聲音，才急急離去。

九皇子站在御花園半晌，他對聖上是有恨的，將他生下來，卻又無視他，還讓宮裡人刻薄他，一定要等他拚命努力後，才終於正視他，連他看上的女子，也被聖上賜給了別人。

他下定決心，總有一天，他要將聖上的東西，統統取回來。

聖上已經老了，連他的女人都不安分了，何況他的兒子呢？

九皇子閉上眼睛，微微笑了笑。

沈芳菲見姊姊回門時，面色紅潤，眉目帶笑，就知道朝暮之對沈芳怡的小心照顧不似作偽，心中長長吁了一口氣。

心中的大石頭終於落地，連欣賞家中擺飾的心情都有了。

這一日她看向窗前，發現窗前小几上的白瓷瓶裡，插著幾枝桃花，層層疊疊，十分討喜。

這是哪個丫鬟這麼有心，摘了這麼好的桃花？

沈芳菲心中疑惑，走近看了看，發出一聲驚嘆。

只見那桃花美得驚人，卻不是新鮮的，而是被人小心翼翼做成了乾花，才能保存長久。

「這是莊子裡的人託人送來的呢，聽說是那個呆妞家裡人做的，很是有心。」荷歡知道她最喜歡的便是桃花。「小姐不用在冬天裡說想念桃花啦，這幾枝桃花能陪小姐過冬呢。」

沈芳菲點了點頭，拿起一枝桃花細細端詳。「真不知道那個呆妞家裡還有這麼心思敏捷的人。」

「聽說是因為小姐您賞的小銀元寶救了呆妞父親的命，呆妞的哥哥特地為您做的呢。」荷歡笑呵呵說道。

石磊親自將乾桃花送到沈府，一個小小的鄉野少年怎麼可能見得到小姐？還是她見了又知道小姐喜歡桃花，才將這桃花收了。不過那個石磊的言談氣質，還真不像是個鄉野出身的。

「呆妞的哥哥？」

沈芳菲看了看手中的桃花，覺得很是喜歡。她雖然沒見人做過類似的，但是也知道做這花是很不容易的，便歪了歪頭說：「將我匣子裡的小銀元寶再拿出來點，送給他們家吧。」

荷歡想起石磊那張少年倔強的臉，若是再給他小銀元寶，倒像是污辱了他似的，一時之間有些遲疑。

沈芳菲見狀，有些驚訝地問道：「怎麼？難道呆妞的哥哥得罪了妳不成？連銀元寶都不願意給他啦。」

「不，不。」荷歡連連搖手。「只是我見著那石磊的樣子，不像是為了討賞來的，而是真心想謝謝小姐。」

沈芳菲本來饒有興致地把玩桃花，卻不料荷歡說出石磊的名字，手中一頓。「妳說呆妞的哥哥叫石磊？」

「是呀，小姐這是怎麼了？」荷歡有些疑惑地問道。

石磊。

對沈芳菲來說，這個名字如雷貫耳。

上一世，從一名小兵一點一點地爬上來，最後立下不世軍功的大將軍便叫石磊，難道……？不，不可能，哪有這麼巧的事？

沈芳菲一雙素手死死地抓著桃花，像是要將這桃花掐斷了，荷歡見她臉色有異，連忙為她倒了一杯水。「小姐，您不舒服？」

沈芳菲一雙眸子裡閃過深思，天真地笑道：「這石磊的手藝真是不錯，我想見見他。」

「這……」荷歡聽到沈芳菲的要求有些沈吟，石磊好歹是一個外男，也不是小姐說見就能見的。

但是沈芳菲鐵了心要見見那個做乾花的小子，怎麼可能是荷歡攔得住的？

沈芳菲來到沈母面前，朝她撒了一頓嬌。「自從姊姊出嫁以後，我便寂寞得很，想去莊子裡散散心呢。」

自從沈芳怡出嫁後，沈母對這個尚在閨中的小女兒更加看重了，小女兒如此說了，她便使了幾個得力的婆子與丫鬟，跟著沈芳菲去了沈家莊子。

沈芳菲到了莊子並不急著遊園，而是派人將呆妞找了過來。

她在上一世倒是見過那位大將軍幾面，只記得那位大將軍雖然殺戳之名很重，人卻長得極其清雅，不像個將軍，倒像名軍師。如今呆妞這黑黑的模樣，讓她看不出她與上一世的石磊有何關聯。

「妳哥哥上次送給我的桃花我很喜歡。」

世界之大，前世關於石磊出身的說法很多，沈芳菲覺得自己想多了，大概只是同名同姓的人罷了，她吁了一口氣，笑咪咪地對呆妞說道。

呆妞十分開心這位神仙似的小姐喜歡她哥哥做的乾花，便一股腦兒地與她說了許多石磊的事情……

「咦？妳哥哥還跟村中的老秀才讀過書？」沈芳菲有些好奇地問道，她原以為，呆妞的哥哥不過是個早熟的鄉野少年而已。

「那老秀才還說了，我哥哥天分極高呢！」呆妞自豪地點了點頭，又有些失落。「可惜我們石家不夠有錢，要不然哥哥便可以繼續讀書了。」

沈芳菲的雙眸閃過一抹思索，當年石磊雖然出身卑微，但也是個能識字的，聽說他天分極高，若是不參軍的話，考個進士也能信手拈來的。

第十章

呆妞見沈芳菲問了石磊不少事情，便乾脆對沈芳菲說：「小姐，我哥哥在園子裡幹活呢，要不您去看看？」她說完這句話，並沒有覺得不妥，在鄉野間，男女之間的規矩要鬆得多。

荷歡聽了呆妞的話，不由得眉頭一皺，她哥哥一個鄉野少年，而小姐可是千金之軀，哪裡有說見就見的？

她正要開口拒絕，卻不料小姐對呆妞笑道：「好啊。」

沈芳菲拒絕了婆子、丫鬟們的跟隨，只帶著荷歡跟呆妞去了園子。

呆妞在前面一蹦一跳，見前面一個少年拿著鋤頭，似在挖著什麼，沈芳菲看不到他的臉，只覺得他的身材比一般少年高大些。

「哥哥。」呆妞像一隻小鳥般飛到石磊身邊，悄悄在他耳邊說：「沈小姐來看你了。」

沈小姐？

石磊將那乾花送出去以後，便再也沒有想起過這位沈小姐。

因為他與她，畢竟是雲泥之別，也許他精心做的那乾花，還沒到她的窗臺，便被僕人們丟了也不一定。

他將手上的泥搓了搓，回過身看向那位在妹妹口中彷彿神仙一般的沈小姐，只見她與自己差不多大，雖然還只是一個青澀的少女，卻不難看出她傾國傾城的模樣。她身穿粉衣，一支玉釵斜斜插在髮間，臉上未施粉黛，卻清新動人，雙眸似水。

若她是桃花中的一朵，必定是最漂亮的。

石磊不由得想到，他以前從未因為自己的出身而感到自卑，可在這位小姐面前，他卻低了低頭。

沈芳菲看到石磊那張少年氣十足的臉，心中一震，這不是上一世的石磊又是誰？只是如今的他尚未投軍，臉上多了一絲陽光的氣息，與當年的黑面將軍截然不同。

荷歡看到這一對少年少女，身分明明是雲泥之別，卻看著對方愣愣地發起呆來，不由得咳嗽了一聲。

沈芳菲才如夢初醒地說道：「你做的桃花我很喜歡。」

石磊聞言，心臟莫名撲通撲通跳起來。「若小姐喜歡的話，我便每年都做上一些給您送去。」

像石磊這樣將來堪稱大才的人，怎麼可能會花時間年年做乾花給她？

一陣和煦清風吹過，幾朵小花吹落下來，落在沈芳菲的烏髮上，她笑著對石磊說：「如果能這樣便是最好了。」

石磊從小便能察覺到人的心思，他見沈芳菲雖然答得輕巧，其實並不覺得他會年年如此，便握緊了拳頭暗暗發誓，每年都要將最好的桃花留在她的窗臺上。

呆妞看了看沈芳菲，又看了看石磊，眨了眨眼，走到沈芳菲身邊，笑著說：「小姐，您頭上盡是落花呢。」

沈芳菲聽了，俏皮地說：「就讓它們留著，也讓我沾沾這裡的美。」

呆妞當然不會聽沈芳菲的，只認真地將這小落花一點一點地拈起。

荷歡見沈芳菲見過石磊了，連忙走出來對沈芳菲說：「小姐，時辰到了，我們早點回去吧，不然夫人可要扒了我的皮。」

沈芳菲聽到荷歡的笑言笑語，嬌嗔著說：「怎麼可能呢？我母親可是最和藹不過的呢。」

她說完，又看了看石磊說：「我等著你的桃花。」

石磊看見眼前這位美麗得不染塵埃的少女，在陽光下笑著對他說等他的桃花時，不由得毅然地點了點頭，無論身在何方，他都會記得她這溫暖和煦的笑顏。

待沈芳菲轉身走後，呆妞戳了戳有些木訥的哥哥。「哥哥，人都走了，你還看什麼呢？」

被妹妹調侃了之後，石磊那一雙倔強的眸子閃過一絲慌亂與羞澀。「我能看什麼？」

這是屬於少年獨特的沙啞聲音。

「哥哥，將手張開。」呆妞扯了扯石磊的衣袖。

「什麼？」石磊有些好奇地張開了手掌，他這個妹妹，一向喜歡玩些裝神弄鬼的把戲。

呆妞將一些東西放入了石磊的掌心，石磊定睛一看，幾片白色柔弱花瓣落入了他的掌心，這花瓣，正是呆妞從沈芳菲的烏髮上取下來的。

石磊雙手粗糙且力大無窮，他小心翼翼地將這些花瓣捧在手心，生怕稍微大力了便將它們捏碎了。

呆妞見一向聰敏的哥哥變成了這副傻子模樣，不由得嘆了口氣，將小香袋取了出來，把這花瓣放了進去。「哥哥且好好收著吧。」

清晨，沈芳菲與其他姊妹在大堂上陪沈老太太說笑，她有意討好老太太，嘴巴伶俐得很，逗得老太太格格發笑。

沈老太太正笑著說，芳菲真是我的小開心果啊，便有下人悄悄地前來，在沈老太太的心腹嬤嬤身邊說了幾句，心腹嬤嬤一臉喜上眉梢，奔到沈老太太身邊，在沈老太太耳邊輕聲說了幾句。

「哦？我妹妹家那可憐的孫女來了？」沈老太太站起來，一臉望眼欲穿。

沈老太太娘家是江南張大世家，出身高貴，她家男丁眾多，她是嫡女中的獨獨一個，巧的是，這庶妹也只有獨獨一個。

沈老太太沒有姊妹，便對這個庶妹格外的好，而這庶妹當時也是個知進退的，張母也自然不會虧待她。

可是在結親時，這個妹妹因為娘親身分太低，也只能尋了一個進士嫁了，本來這樁親事極好，這進士雖不是名門，卻家境殷實，為人上進。可惜這進士是短命的，留下沈老太太的庶妹一人拉拔著獨苗長大，好不容易這獨苗長大了，留下一個女娃也早早過世了，媳婦也因為傷心過度而早亡。

那個庶妹一個人拉拔著幼孫女，守著夫家這一份不薄的財產，可是卻抵不過夫家家族的覬覦，她自知自己的時間不多了，便變賣了所有值錢的東西，讓孫女方知新帶上，並託信給一直對她不錯的嫡姊，讓嫡姊為自己的孫女安排一個好前程。

方家那些遠房親戚聞訊而來的時候，方老太太早已下葬，而方家唯一的血脈已經帶著方家大部分的財產上京，只留下一個空落落的祖宅。

方知新帶著下人與馬車在沈府的門口等，心中十分緊張忐忑，她在家鄉也算得上是數一數二的貴女，但是來了京城，就像鄉巴佬進了城，處處都覺得格格不入。

沈老太太對方知新格外憐惜，自然不會讓她在門外久等，叫了人將宅門打開，迎接方知新。

方家的宅子在當地已經是最好的了，但是方知新進了沈府，像是進了萬花園，一雙眼睛怎麼也看不夠，園林的五顏六色都充斥在眼裡，丫鬟的機敏貼心也都留在她的耳朵裡。

不僅是方知新，方家舊僕都被這座宅子裡的美景震懾，一邊內心期待，一邊戰戰兢兢。跟了這樣的新主子，路一定又穩又長久，但如果在這樣規矩嚴格的家裡，一旦犯了錯誤，恐怕得付出血的代價。

沈家帶頭的丫鬟有著淺淺的梨渦，一身綾羅，溫柔地對方知新說：「表小姐，咱老太太一直念著您呢。」

方知新一顆緊張的心，奇異地被安撫了，她跟著丫鬟進了大堂。

大堂的主座坐了一個打扮富麗的老太太，她見著自己，雙眼流露出焦急。「方丫頭，快過來讓我瞧瞧。」

方知新三步併作兩步走了上去，跪在老太太面前請安。

沈老太太連忙扶起，仔細打量著。「像，真像！和我那嬌氣的妹妹，果然一模一樣。」

沈老太太老了，越發懷舊，想起以前那個老是跟在自己後面的小妹妹，不免一陣唏噓。

「祖母，快別傷懷了，您給我們帶了一個這麼漂亮的姊姊來，我們開心還來不及呢。」

方知新聽見身後有人說話，連忙站起來，擦了擦臉上的清淚，看著說話的人。

說話的人比她小幾歲，一身紅衣，整個人顯得活潑可愛。

沈老太太聞言，笑著對方知新說：「這是妳的表妹，叫沈芳菲，妳以後叫她芳菲就好了。」

方知新笑道：「表妹好。」

沈芳菲回憶過去，在她上一世年少時，很喜歡溫婉漂亮的方知新，什麼都帶著方知新一起玩，方知新與沈于鋒感情能如此深，她也有不可推卸的責任。

但是一世再來，她冷眼看著，這方知新絕對不是一盞省油的燈，否則她不可能守得住方家的產業，悄悄地將它賣了，再帶到京城來。

沈芳菲的雙眼黯了黯，但是面上仍道：「我第一次看見像表姊這樣清靈的姑娘呢。」方知新今日穿白衣，氣質清純得像一朵小白花，惹人憐愛又引人採摘，在沈芳菲做主母之後，最討厭的，就是此等女子。

方知新在來沈府之前，已經將沈府的太太、小姐們打探了個清楚，知道沈芳菲是北定王妃沈芳怡的嫡親妹妹，姊妹倆感情好得很，動作之中便帶了一些殷勤。

兩人正寒暄著，一個穿著粉色衣裳，戴著翠玉釵的女子緩緩走了過來。「姊姊穿的這身白衣，倒是讓我想起了大姊姊。」

說這句話的不是別人，正是沈芳霞。

沈芳霞本是沈老太太心中最喜愛的姑娘，但是沈芳菲重生後，有意討好老太太，讓老太太對沈芳菲疼愛有加，這些日子還賞了不少東西。

這下又來了個不知道哪裡冒出來的表妹，分了她的寵，讓沈芳霞心中很不是滋味，逮住機會便要損方知新一把。

方知新氣質文弱，自然不比沈芳怡穿白衣好看，沈芳怡穿白衣是氣質清冷，絕代風華，而這位，真是……有一種揚州瘦馬的感覺。

沈芳菲聽見這話，恍若未聞，只顧玩著自己的袖子。

左右的小丫鬟聽了，齊齊掩住了唇，交換了下神色。氣氛是很容易傳染的，顯而易見，她們都不大喜歡這位新來的表小姐。

沈老太太不管小姑娘的機鋒，說這話的是她的親孫女，她也不能在大堂上為了一個舉目無親的孤女，給自己的嫡親孫女臉色看。

方知新面色一變，卻很快回復原狀，很天真地說：「早就聽聞大姊姊的美名，我實在想拜見一下呢。」

沈老太太聽見這話，笑著拍了拍方知新的手。「不急，來日方長。」

因為大堂上的這一小插曲，沈老太太送給方知新的禮格外多，連手腕上的玉鐲子都摘給了她。看得沈芳霞眼睛都綠了。

拜見過沈老太太後，方知新與心腹嬤嬤和丫鬟來到沈府深處的一座小院子裡，小院雖然偏了些，但是景色卻別具一格，連房裡的裝飾與床褥都是新換的，很顯然沈家對這位表小姐並未輕怠。

方家王嬤嬤小心翼翼摸了摸房中的瓷瓶，想著沈家真大方，這樣的古董就隨意擺在房裡，如果在方家，肯定是收在庫房裡不拿出來的。

方知新坐在床邊，想起去世的祖母，為自己殫精竭慮，討得一條好路，不由得有些傷心。

王嬤嬤見方知新面上有悲悽之色，走上前說：「老太太離世之前已經交代了，要姑娘好好討好沈老太太，讓沈老太太為姑娘安排一門好親事，嫁的人門第不要太高，姑娘的嫁妝可以說巨額，再加上沈家的背景，夫家絕對不敢欺了您。」

方知新道：「我第一次看見如沈家這般華貴的人家。」

王嬤嬤笑說：「是，沈家的富貴在京城裡，也是數一數二的。」

方知新又問：「聽說沈家大房的嫡子與我同歲？」

王嬤嬤聽了這話，不由得變了臉色。「姑娘您這是什麼意思？沈家可是我們高攀不上的。」

王嬤嬤又覺得自己身分說這些話不適當，於是口氣稍稍和緩些。「姑娘，我不是這個意思。」

方知新閉上眼，淡淡說：「我知道。」

王嬤嬤知道自家姑娘一向心性高，極要面子，今日在大堂被沈家姊妹來了個下馬威，心中肯定不舒坦。

不舒坦是不舒坦，但是方家大樹倒了，方知新想在沈家重新生活，就必須夾起尾巴做人了。

想到此，王嬤嬤對從小奶大的姑娘又有些心疼，不由得暗暗嘆了口氣。

第十一章

方知新要討好沈老太太並不難，方老太太在世之時，就將沈老太太的脾氣性格、愛好都細細說給她聽了。

再加上方知新長得頗像方老太太，讓沈老太太想到自己年輕的時候，不由得將這位姨甥孫女，當作真正的孫女對待，而見風轉舵的下人們，見沈老太太如此喜歡這位表小姐，對方知新也格外親熱起來。

沈芳菲知道這情況，笑了笑，這小白花表姊果然有幾分手段。

沈芳霞對此十分不滿，心想著還要再給方知新來個下馬威。

聽見方知新從大清早就陪著沈老太太，從洗臉水到梳頭都不假他人之手。

沈芳霞便嘲笑道：「知道的來的是個遠房親戚，不知道的，還以為多了一個丫鬟呢。」

王嬤嬤聽了心疼，勸自家姑娘不要如此。

方知新只是微微低垂著眼說：「嬤嬤妳要知道，我只是個孤女而已，如果老太太不憐惜我，那我就連丫鬟也不如了，這個宅子裡的臉面，是老太太給我立起來的，那我得將老太太的喜愛，永遠保持下去。」

沈老太太年紀大了，也經歷過世事，知道方知新所想，但是又覺得有這麼一個知冷知熱的丫頭在身邊也不錯。畢竟，沈家的嫡孫女們每天學這個學那個忙得很，而沈家的庶女們，害怕沈老太太的威勢，也不敢接近。

沈芳霞說話刻薄，每次看到方知新都是冷言冷語，而方知新卻每次都裝傻，用笑容敷衍過去。

王嬤嬤氣不過，說：「這三房嫡小姐做得真過。」

方知新笑道：「她越這樣，沈府眾人越覺得她是一個容不了人的，而沈老太太也會因為我的大度而高看我一眼。」

這招果然奏效，某天早上，荷歡為沈芳菲穿上鞋後，低聲道：「大清早的，三小姐又去找表小姐岔子了。」

言語中，盡是對沈芳霞的無奈。

沈芳菲挑了挑眉。「一個表面上盛氣凌人，其實內裡蠢得要死；一個表面上唯唯諾諾，其實內裡精明得很。」

荷歡一向以沈芳菲為尊，聽了這話，點點頭說：「也是，這茬兒，咱們也管不了。」

無論做什麼，沈芳菲的身分都不會改變。

在沈老太太心中，她才是嫡親的孫女，在大事之上，一定是站在沈芳菲這邊的。

方知新與沈芳霞還真是冤家，上一世沈芳霞也是如此咄咄逼人，卻與一個書生一見鍾情，死活嫁了過去，那書生居然死了，沈芳霞便客居沈府，一直到沈府落敗，只是那嘴臉越來越刻薄，無論和方知新怎麼鬥，也都是吃虧的分兒。

沈芳菲的雙眼黯了黯。

說起來，那書生居然是方知新家鄉的人，不知道他們之間有什麼關係？要不然怎麼恰巧沈芳霞去上香，就扭了腳被這書生救了呢？

沈芳菲想到方知新，又想到沈于鋒，上一世兄長愛方知新至深，南海郡主亡了後，若不是沈家出事，方知新與沈母之間的角力，還不知道誰贏誰輸。

想到此，便叫著荷歡陪自己去看大哥。

沈于鋒大清早正在沈家校場習武，渾身大汗之下看見妹妹帶著侍女端著一碗甜湯款款走來，連忙迎上去，口中叫著妹妹。

沈于鋒見著妹妹長得越發出挑了，不由得暗暗握拳，要把妹妹好好保護起來，不讓他人窺伺。

沈芳菲甜甜地對哥哥說：「我見今日日頭很曬，特地為哥哥端來一碗甜湯，哥哥快喝了，莫中暑呢。」

沈于鋒露出潔白的牙齒。「謝謝妹妹。」一口氣將甜湯喝下，又在少年們的召喚中，回到練習場。

沈芳菲送完了甜湯，去了女子私學學了一上午之後，被沈母叫到大廳。

沈芳菲進門時，見沈母正整理著紅色帖子。

嫡長女嫁了，又是北定王世子妃，身分高貴。女婿本是大家都不看好的浪蕩子，不料他在婚後對妻子確是一心一意的好。

沈母現在最擔心的，便是兒子和次女的親事了。

沈芳菲其實年紀還小，但是沈夫人決定帶她出去和各家走動走動，讓各家對她留個好印象，日後說親的時候，好增加點籌碼。另一方面也是想趁此，看看其他家的閨女，有誰適合自己的兒子。

沈芳菲拿了帖子看了又看，心中當然知道母親是怎麼想的，卻不吭聲地笑說：「母親這是帶我出去玩？」

沈夫人點了點沈芳菲的額頭。「就妳知道玩。」

沈夫人選了半天，好不容易選了南海郡王家的帖子。

南海郡王曾經手握大勢，但是在聖上想要掌握全局時，急流勇退交出權勢。

出發那天，沈夫人拿出一整套新頭面，叫丫鬟給沈芳菲細細打扮了，弄得沈芳菲在鏡子裡偷偷瞧了自己幾眼。

上一世，沈芳菲在此時只是個青澀丫頭，而這世，她經歷了愛別離、愁恨苦，這些東西將她打磨得越發光彩奪目。

沈母帶著沈芳菲去了南海郡王府，南海郡王妃早就帶著一位秀麗少女在大堂裡候著了。

一路來的還有其他幾戶人家的女兒，大家在大堂裡，誇這個女兒水靈、那個女兒聰敏，總而言之，在這些人精嘴裡，沒有一個是差的，但是在心裡，卻暗暗比對出了差距。

沈母心裡，最滿意的是南海郡主，模樣好，身分高，面對眾人，沒有一絲扭捏，聽說在家裡已經學著理家了，以後嫁過來，成為沈家宗婦，是沒有問題的。

沈芳菲眼睛在大堂裡掃了一圈，最後定在南海郡主身上。

這時的南海郡主臉上並沒有前世後來歇斯底里的表情，也沒有對方知新的刻骨恨意。她雖然家教良好，但也知道這場賞花會背後的含義，不由得害羞起來，當她掀起眼簾環顧四周時，見一個紅衣女孩盯著自己笑。

她面上也拂過一絲笑意，向女孩走過去問：「沈家妹妹好生面善，彷彿我們認識似的。」

這句話其實只是一句客套話，卻讓沈芳菲心中答道——我與妳，前世是姑嫂，當然認識。

南海郡主前世並未苛待過沈芳菲，沈芳菲對她的印象是十分好的。

沈芳菲也笑道：「我也這麼覺得，莫非這位姊姊是我前世的姊妹？」

小女兒家的友誼建立得特別快，沈芳菲與南海郡主很快就偷偷跑到一邊咬起耳朵來，從京城最流行的花樣，說到南海郡王府的珍貴花草。

南海郡王妃見女兒與沈芳菲站在一邊嘰嘰喳喳，心中一動，覺得把女兒嫁進沈家也不錯，但是她又想起自家老爺對她說過——沈家現在勢頭過盛，如果新皇登基不是太子，恐怕有滅頂之災。於是又猶豫了下，畢竟沒人願意將女兒往火坑裡送。

南海郡主與沈芳菲聊了一會兒，大有相逢恨晚之意，其實沈芳菲前世沒出閣時，與南海郡主在同一屋簷下住過一陣子，對於南海郡主的喜好還是大致知道，她留心相處，讓南海郡主認這個妹妹是認定了。

南海郡主是主，不可能只與沈芳菲一人說話，她一邊照顧好眾女，一邊心中想著什麼時候能與沈芳菲玩在一塊兒。

連沈芳菲離開的時候，南海郡主都是依依不捨的。

於是很快，沈芳菲就接到了南海郡主的帖子。

沈母自然不會阻攔女兒去結交此等人物，更何況，她還是沈母心中的兒媳人選。

她不欲讓女兒知道自己心中所想，只是要女兒身邊的嬤嬤多看著兩位小姐，有什麼事就立即回報。

沈芳菲的奶嬤嬤是人精，知道夫人的意思，一張嘴巴閉得緊緊的，回來以後將情況事無巨細跟沈母說了，得了好大一塊銀子。

南海郡王府的珍禽異獸是京城裡第一，任沈芳菲重活一世，也對這些珍禽異獸們咂舌不已。

她一邊參觀，一邊聽南海郡主笑說：「這都是我們家從各處搜羅來的，本來只是偶爾，但是久了，就當作常態了。」

沈芳菲特別喜歡一對小珍狗，雪白無比，聰明可愛。
南海郡主說：「等牠們生崽兒了，給妳一隻。」
沈芳菲連忙道謝。
沈芳菲與南海郡主暢聊一番，南海郡主又說：「我家沒有姊妹，我這次倒是第一次嘗到有姊妹的幸福。」
沈芳菲笑說：「姊姊下次可來我家，我家的姊妹可多了。」
沈母見沈芳菲從南海郡王府中回來，笑著問：「妳與南海郡主相處可開心？」
沈芳菲攬著沈母的手，撒嬌道：「南海郡主待我十分好，連園子裡的小珍狗要生娃了都會送我一隻。」
沈母見兩人相處得好，心中對南海郡主更加滿意。
如果南海郡主自視甚高，對任何人都言行傲慢，反而不是一個能主持大家的宗婦。性子和善了，才能對底下的弟弟妹妹好，沈母可不希望娶進一個小氣的大兒媳，刻薄了她底下的孩子們。
沈于鋒因為被沈老太爺與沈父拘著，忙於文武藝的鍛鍊，鮮少與女眷見面，連沈芳菲也只能趁著早上或者傍晚給沈于鋒送送補品，導致方知新來到沈府一陣子，仍只聞其名，不見其人。

某日早晨，方知新扶著老太太在外面散步，見一婢女急急忙忙走過來，對老太太說：「孫少爺來請安了。」

老太太的一張臉笑皺成了菊花，對方知新說：「我那大孫子忙得很，今朝可就空了。」

方知新點點頭，扶著老太太走到大廳，只見一個削瘦的少年背對著自己，他聽見兩人進門的腳步聲，連忙回頭。

方知新這才見到傳說中文武雙全的沈于鋒，他劍眉星目，額上的汗珠似未擦乾，英氣逼人。

撇開沈于鋒的背景不說，光是這個人，也夠令少女們懷春了，只是沈家不想讓沈于鋒沈迷於美色而誤了正事，一直沒有為他安排通房丫鬟，所以沈于鋒對女人仍是一知半解。

方知新心中一邊怦怦跳，一邊算計著，如果嫁給這個少年，她將會是沈府的女主人，這是多麼強的誘惑。

沈老太太並不知道方知新心中所想，笑著介紹說：「這是妳表哥，沈于鋒，快來見見。」

方知新心中洶湧澎湃，微微側了側身子。「表哥。」

沈于鋒一向大剌剌，並未感受到方知新心中所想，只是點頭說：「表妹。」他聽聞這個表妹雙親早喪，連唯一的依仗方老太太都去世了，心中不由得對這柔弱的女孩子有了同情，又補了一句——「以後有什麼難處可以來找我。」

「你表妹有難處為什麼不找我，反而要捨近求遠找你？」沈老太太在一邊假裝生氣道。

沈于鋒摸著腦袋。「老太太說得極是，但若表妹想要什麼新奇玩意兒，儘管來找我。我一個男兒，出門方便得多。」

方知新笑著點點頭，她怎麼可能要沈于鋒為她帶什麼小玩意兒？使喚侍女買就好了。她拿了沈于鋒給她買的東西，難道不是私相授受了？再說了，老太太樂意看表兄妹之間交好，但不樂意看兩人將兄妹之情發展成其他可能，不過表哥表妹這層關係，進可攻退可守，方知新在心中默默下了決定。

三人正在大堂寒暄，便聽見一清脆的聲音傳來。「哥哥？你在這兒？爹找你很久了。」說話的不是別人，正是沈芳菲。

沈芳菲聽侍女說沈于鋒去給沈老太太請安了，又想起方知新日日伺候在老太太身側，不由得急急趕過來，她見方知新正與沈于鋒說笑，心中一跳。

上一世方知新不是不愛沈于鋒，但是她的愛，傷害了太多人，這種人，外表看著無害，但是要起狠來，比誰都狠。

南海郡主的早產，未必沒有她的手筆，不然沈母不會一直不喜歡她，還壓著她的位置。

沈于鋒聽見父親叫自己，連忙對沈老太太說：「老祖宗，我父親只怕有急事，所以我先告退了。」

沈老太太知道這孫子將是沈家的掌家人，並不為難他，只是揮手道：「你去吧。」

第十二章

沈芳菲不動聲色地打量著沈于鋒與方知新，他們前世也並不是一見鍾情，而是日久生情的，但是一見鍾情的感覺會褪卻，這種日久生情的感情才會越發地長久。

她拉著方知新，口氣嬌嗔道：「老祖宗可喜歡表姊了，讓我們這些嫡親的孫女反而往後站了。」

方知新聽到這話，心裡一突，迅速打量了沈芳菲的臉色，發現她並沒有不滿之色，才吁了一口氣。「只要老祖宗不嫌我是一介孤女，我願意長長久久地留在老祖宗跟前。」

沈芳菲笑說：「怎麼可能，表姊總有一天要說親的。」

方知新聞言，頭低下做害羞狀，不出聲。

沈老太太裝作生氣地罵沈芳菲。「妳表姊的婚事，怎麼由得妳來安排？」

沈芳菲嘻皮笑臉地說：「我只是想，表姊要是能繼續留在沈家就好了。」

沈老太太聽見這話，暗自想了想，覺得二房的庶子沈于真與方知新，倒算得上般配。於是便說：「小姑娘家，想這些幹啥？妳老祖宗自有安排。」

沈芳菲做了一個鬼臉，對方知新說：「表姊，有空來找我玩。」

方知新在沈府姊妹中一向是被排擠的，沈芳菲突然這麼說，令她有些不安，但是她又想到沈芳菲是沈于鋒的嫡親妹妹，接近她，等於接近了沈于鋒，不由得點頭說好。

沈芳菲去南海郡王府玩了幾次，基於禮尚往來，等沈家院子裡的荷花開了，她便興致勃勃地寫信給南海郡主榮蘭，邀她一起前來賞荷。

榮蘭自然不會拒絕沈芳菲的好意，立即回了帖子說好。

兩人定好時間，榮蘭便拜訪沈府，沈芳菲早就在門口候著了，她見榮蘭從馬車上下來，嘖嘖讚嘆道：「姊姊好大排場。」

榮蘭紅著臉。「還不是我母親安排的。」

沈芳菲親熱地挽上榮蘭的手。「走，我們去賞荷。」

沈府的花園可稱得上一絕，從莊子裡的桃花，到沈府荷塘裡的荷花，都是值得稱道的。

沈芳菲帶著榮蘭來到荷塘邊，兩人見那荷花，有的含苞待放，有的亭亭玉立，每個角度都有別具一格的風采。

那些美麗的荷傲立在滿池碧葉中，既清雅又柔美。

沈芳菲與榮蘭都不是文臣家的女兒，家裡都不太拘著性子，於是兩人嘰嘰喳喳之下，一邊泛舟，一邊賞荷。

沈芳菲叫侍女拿來好茶，擺在船上，笑著說：「今日我們也來學一回那文人墨客。」

榮蘭笑道：「就妳調皮。」

兩人帶著侍女嬉笑地上了船，沈芳菲的奶嬤嬤本來極力反對沈芳菲與榮蘭上船的，但是架不住兩人的執意，只好偷偷使人去稟告沈夫人。

婢女急急地走在路上，遇見了正在休息的沈于鋒，沈于鋒見此人是妹妹的貼身婢女，又見她一臉著急，連忙問：「妹妹可是發生了什麼事？」

婢女行了一個禮說：「大少爺，小姐在荷塘邊賞荷。」

沈于鋒覺得奇怪，在荷塘邊賞荷而已，何必這麼焦急？

婢女見沈于鋒一臉不解，連忙解釋：「小姐與客人在荷塘裡泛舟，嬤嬤差我與夫人說一聲。」

沈于鋒笑道：「妹妹好興致，她的嬤嬤就是太小心了。」

不過，要是母親知道沈芳菲帶著客人在荷塘中泛舟，非得好好說她一頓不可，沈于鋒想到此，便說：「橫豎今天我休息，妳不用稟告夫人了，我去看看妹妹吧。」

大少爺都這麼說了，婢女也不好堅持往沈夫人那兒走，只好帶著沈于鋒來到荷塘邊。

小舟划得並不遠，負責泛舟的小廝也怕兩位貴女出事，將船停在離岸邊不遠的地方。

沈于鋒看見妹妹穿著粉色的衣裳坐在船頭，笑著與一名他不認識的女孩聊天。

他不便上船，只摘了一朵開得正好的荷花在岸邊坐著，船上聊得正開心的兩位自然不會發現不請自來的沈于鋒。

沈芳菲偷偷在榮蘭的耳邊說：「姊姊可是要說親了？」

榮蘭點點頭。「正在相看呢，不過我母親說不急，先定著，晚幾年再將我嫁過去。」
「姊姊想找什麼樣的人？」
榮蘭瞥了沈芳菲一眼。「妳一個小孩子知道這麼多做甚？」
沈芳菲撒嬌。「好姊姊說嘛。」
榮蘭想了想。「我的他，一定要是個無愧於天地的英雄。」
沈芳菲張開嘴，想了想上一世的沈于鋒，也稱得上是無愧於天地的英雄了。
榮蘭又問：「那妳想要找什麼樣的人？」
沈芳菲想起前世，柳湛清的懦弱與涼薄都歷歷在目。「我也不知道要找個什麼樣的。」
如果可以，她只想與柳湛清橋歸橋，路歸路。
沈芳菲與榮蘭一邊喝茶、一邊賞荷，心中十分暢快，直到太陽偏西了，兩人才想下船。
榮蘭比沈芳菲先下船，她見岸邊坐著一個人，那人手裡拿著一朵皎潔白荷遮著臉打盹，他聽見腳步聲後，將白荷拿開，笑道：「妹妹，妳可下船了。」
榮蘭從荷花後看到了一張英挺的少年臉，他穿著灰色衣裳，一雙眼睛笑成了月牙彎彎，卻又因為看清自己不是他等的那個人，而好奇地張大，又因為錯愕而拘謹地站了起來。
榮蘭噗哧地笑出聲。「對不起，我不是你妹妹。」
沈于鋒手足無措起來，他自幼除了姊妹之外，很少接近女眷，榮蘭這樣落落大方的少女站在他面前，明眸皓齒，很難讓人不喜歡。

沈芳菲在兩人身後笑咪咪地瞧了一會兒，見哥哥的臉龐如番茄一般要炸了，才款款地走過去。

沈于鋒見了沈芳菲才恢復原樣，拍了拍沈芳菲的肩。「就妳鬼靈精，大熱天的想著什麼遊湖？活活折騰了下面的人，也累及妳哥哥我在湖邊等了一陣子。」

沈芳菲不理會，先是對沈于鋒介紹。「這是南海郡主，榮蘭，我的好姊姊。」

沈于鋒摸了摸頭，笑著說：「郡主好。」

沈芳菲又對榮蘭說：「這是我那傻哥哥，叫沈于鋒，天天在家操練著呢。」

榮蘭福了福身，笑著說：「沈大哥好。」

沈于鋒趕緊說：「郡主不要多禮。」

他今日休息，心情極好，便說：「走，我們去別處看看。」

沈于鋒大步往前走，見兩位小姑娘被甩在身後，又緩下步子來。

榮蘭用帕子遮住嘴邊的笑意，心想，原來還是個體貼的。

沈芳菲一邊走，一邊與榮蘭說說笑笑，卻發現前面的沈于鋒停下了步子。

她加快步伐往前一看，不遠處站著的兩個小姑娘，不是沈芳霞與方知新又是誰？

沈芳菲心中暗道，莫非沈于鋒與方知新、榮蘭真是天生冤家，連這樣都能碰到一塊兒？

沈于鋒正欲走上前打招呼，卻聽沈芳霞盛氣凌人道：「妳一個小孤女也好在沈家趾高氣揚？」

方知新的眼角餘光瞄到旁邊已經來了人，為首的還是沈于鋒，她聲音淒涼地說：「三姊姊，我一介孤女，從來不可能在沈家如何。」

沈芳霞不知道身後有人，只是想著隨便遊個園都能遇見這晦氣的。「那妳在這園子裡逛什麼？這是沈家的正主兒和貴客才能逛的園子。」

方知新低下頭，微微顫抖著身子，再抬起頭來時，臉上多了兩行清淚。

「三姊姊，我知道我身分卑微，所以我只想遵循祖母的遺願，好好照顧老太太而已，其他的，別無所求。」

沈于鋒看不下去了，走出來對沈芳霞說：「今天可真湊巧，我偶遇了妹妹與南海郡主，又偶遇了妳與方表妹。」

沈芳霞聽見沈于鋒的聲音才回頭看，沈于鋒身後還跟著沈芳菲與南海郡主，令她臉上閃過一絲驚慌，又很快恢復鎮定，對沈于鋒說：「果然很湊巧。」又笑著和沈芳菲與榮蘭打了招呼。

沈芳菲在心中搖頭，想沈芳霞這樣的美貌，居然配了如此傲慢的性子，難怪前世對上方知新會慘敗收場。

榮蘭只覺得沈家三房姑娘雖驕縱，但什麼都擺在明面上反而更容易掌控，而那個被辱罵反而裝可憐的表妹，才不是省油的燈。

沈于鋒倒沒有兩人心中的彎彎繞繞，女人的心思他向來不明白，只覺得方知新如此可憐，居然還要被沈芳霞欺負，實在是太不大度了。

他雖然不喜沈芳霞跋扈，但到底不是沈芳霞的嫡親哥哥，自然不好明目張膽地指責，只能硬聲對方知新說：「以後不許說自己是孤女了，老太太是妳的姨奶奶，我是妳的表哥，為妳撐腰天經地義。」

方知新的兩行清淚還沒擦去，便以崇拜的眼光看著沈于鋒。「多謝表哥，我再也不自傷了。」

沈芳霞聞言，氣得臉都白了，急急地說道：「大哥你這是什麼意思？」

沈芳菲嘆了一口氣。「大家都是姊妹，兩句口角而已，何必當真呢？三姊姊不是故意的，表姊也不用想太多。」

沈芳霞氣呼呼地跺了一下腳。「就這個破園子，我還不屑逛呢。」說完便轉身離去。

沈芳霞走了以後，沈于鋒對方知新說：「我正要帶芳菲與南海郡主去喝涼湯消暑，妳可要一起？」

沈芳菲在心中皺了皺眉，她並不樂見沈于鋒與方知新越來越接近。

方知新看了看沈芳菲與榮蘭，沈芳菲還好，像榮蘭這樣的貴女脾氣難測，她也沒必要討她不開心，於是搖了搖頭。

「不用了，我等會兒還要去老太太那兒呢。」

沈于鋒讚許地點點頭。「自妳來了以後，老太太身體好了許多，笑聲也多了，還真辛苦妳了。」

方知新笑著揮揮手。「表哥謬讚了，我一直將老太太當作我的親奶奶，一切都是應該的。」

語畢，方知新去了老太太那兒，而沈于鋒則帶著沈芳菲與榮蘭一起去了書房喝涼湯。

沈于鋒多叫了一碗，又要小廝給方知新送去，沈芳菲叫住小廝。「再給三姊姊也端一碗過去，總不能厚待了這家，虧待了那家啊。」

沈于鋒有些不贊同，但也沒駁回妹妹的面子。

沈于鋒畢竟是外男，不好與沈芳菲、榮蘭在書房久待，喝完涼湯，找個藉口便走了。

沈芳菲眨眨眼。「妳覺得我哥哥如何？」

榮蘭笑而不語。「妳那個表姊，沒有表面上來得那麼柔弱。」

沈芳菲自然知道她的意思，笑說：「我想她也翻不起什麼浪花。」

南海郡王的妾侍真不少，南海郡王妃料理起妾侍也是一把好手，榮蘭雖然沒得到這方面的真傳，但是看過的女人也不少，方知新的這些舉動，在她看來，簡直是小兒科。不過既然沈芳菲都不在意方知新的小動作，那她也不便多說。

榮蘭回了郡王府，南海郡王妃問說：「今天可開心？」

榮蘭依偎在母親的懷裡。「沈府的荷花真是美得驚人。」

南海郡王妃摸了摸女兒的頭。「妳要是喜歡沈家姑娘的話，就多去轉轉，或者邀她來咱們這兒。」

女兒在家的時候，可以多邀幾個手帕交盡情地玩樂，出嫁了，可就不能這樣隨意了。

第十三章

沈芳菲在家中繡花，突然接到了淑妃的傳召，她有些摸不著頭腦，只能盛裝打扮，往宮裡趕去。

到了淑妃宮裡，她見到淑妃站在門口，微笑地說：「妳這個小沒良心的，許久沒進宮了，不僅是沈老太妃想念妳，連我的珊兒也想念妳得緊。」

珊兒正是三公主。

三公主從淑妃身後走了出來，笑嘻嘻地對沈芳菲說：「是不是嚇妳一大跳？」

沈芳菲拍了拍胸口，故作受驚。「真是嚇死我了。」

三公主生長在宮廷，母親又是寵妃，性子略微驕傲，難與其他姊妹處得和和美美的，之前和沈氏姊妹關係不錯，卻又因為朝暮之一事，弄得沈氏姊妹鮮少進宮，現在沈芳怡嫁給了朝暮之，沈家與北定王府的姻親關係倒讓三公主對沈芳菲越發親近了。

沈芳菲也不討厭三公主，她雖然傲慢，但是對心裡認定的人極好，不像沈芳霞那般傲慢，如一把刀子，見誰誰都不好。

三公主嬉笑著攬著沈芳菲的手，對淑妃說：「我與菲兒去玩了。」

淑妃笑著揮揮手。「去吧，去吧。」

三公主拉著沈芳菲的手。「多久了也沒見妳來找我。」

沈芳菲調皮地說：「妳以為皇宮是我家後花園，想來就來，想走就走啊。」

三公主想了想。「那下次我想找妳的話，還是叫我母妃傳召。」

沈芳菲連聲說好。

三公主將沈芳菲帶到自己的偏殿，遣走身邊的人，悄悄對沈芳菲說：「我母妃說，父皇已經在幫我相看駙馬了。」

三公主與榮蘭的年齡差不多，南海郡王妃也在選女婿了，沒想到，皇帝也在選。

沈芳菲想到前世三公主遠嫁他鄉，心裡便不是滋味，但是此時太子未薨，淑妃的權勢未倒，九皇子的手自然不會伸到三公主的婚事上。

沈芳菲抓著三公主的手。「公主妳一定能找個如意郎君，好好地過日子。」

「那當然。」三公主驕傲地仰起頭。「如果駙馬不聽話，我就拿鞭子抽他。」

沈芳菲注視著三公主的臉，她容貌似淑妃，面容姣美，神色熠熠生輝，不可一世，充滿著對未來的期許。

她笑著點點頭。「誰不會拜倒在公主的石榴裙下呢？」

三公主帶沈芳菲進了閨房，給她看了最近得到的名貴頭面，有些是外族進貢的，有些是從太后的私房裡拿的，這些華美的首飾讓饒是見過不少世面的沈芳菲都嘖嘖稱奇，暗嘆三公主真是好福氣。

上輩子太子因為過於勞累，加上身子出了小問題又沒有診治出來，最後病來如山倒。而這世太子十分注重養生，身體一直很康健，也許能扭轉前世結局。太子向來尊重淑妃，定會讓淑妃和三公主過上安穩日子。三公主目前唯一緊要的，就是選一個好駙馬了。

三公主拿出一支金步搖，上面點綴著紅色透光的石榴石。「我一拿到這支步搖就立刻想到了妳。」

沈芳菲也不與三公主客套，微屈了屈膝。「謝謝三公主賞賜。」

三公主笑著說：「就妳敢從我這兒要一些好東西去，聽說妳最近和南海郡主走得挺近？」

沈芳菲點點頭。「是，她家的珍獸園可算得上是一絕了。」

三公主眼裡充滿好奇。「我也想去看看。」

「待我與榮蘭說說，到時候請公主遊園。」

三公主在宮中一向寂寞，又不好隨意與一般人交際，聽到沈芳菲這麼說，更是笑得春光燦爛。

沈芳菲出了宮，叫下人遞了信箋給榮蘭。

榮蘭拿著沈芳菲信箋去與南海郡王妃說，南海郡王妃點點頭。

「三公主身分高貴，雖然有些驕傲，但是也沒有聽過其他不好的傳言，多交際些準沒錯。」

南海郡王妃說完，心中其實又高看了沈府，沈家小姐能與三公主成為手帕交，說明沈家教養女兒還是很不錯的。

榮蘭第二日給三公主遞了帖子，這帖子在後宮倒是沒有引起什麼漣漪，畢竟只是小姑娘之間的交往。只是聖上聽了淑妃順便說了，就點點頭說：「三公主小姑娘家的，是該多幾個玩伴。」

三公主穿著一身大紅色騎裝，顯得乾脆又爽利，她低調地在侍衛的保護下進了南海郡王府，下車的時候，一張小臉因興奮而通紅，而沈芳菲和榮蘭就在門口笑吟吟地候著。

兩人正要給三公主鞠躬，三公主便不耐煩地說：「在宮裡也是經常被人敬著，在外面也要被敬著嗎？這些就免了吧。」

沈芳菲與榮蘭對視一眼，起身笑了笑。「禮不可廢。」

三公主與沈芳菲已經很熟，但是與榮蘭卻是第一次見面。

她與榮蘭互相打量，她見榮蘭也穿著騎裝，印象便好了三分，又見榮蘭眉毛纖纖，一雙大眼十分清明，更覺得這樣的女子可以相交。

榮蘭見三公主穿著大紅色騎裝，容貌似淑妃秀美，眉目中閃過驕傲，卻不讓人覺得討厭，彷彿這樣的女子生來便應該是神采飛揚的，也露出幾分真心的微笑。

接著三公主遊賞南海郡王府的園子，見到那些珍禽異獸時，不由得發出讚嘆的驚呼。

「我本以為皇宮裡的珍獸園已經是最齊全的了，看來南海郡王府的珍獸也多得很。」

榮蘭聽到這話，自然不敢自滿。「三公主沒有逛過我家的珍獸園，當然眼前一亮。哪像我，天天期盼著去看看皇宮內的珍獸園呢。」

三公主想想也是，拍著雙手說：「下次邀請妳去宮裡的珍獸園看看。對了，妳家的小白獅子狗下崽了，不能只給芳菲，也得給我一隻。」

榮蘭自然答應。

三公主回了淑妃宮殿，見皇帝正在陪淑妃用餐，便恭敬地走過去，對皇帝行了大禮。

皇帝剛剛訓了調皮貪玩的十一皇子一頓，但還是很願意在女兒面前扮演慈父，於是慈祥地對三公主說：「南海郡王府好玩嗎？」

十一皇子性子調皮，聽見皇帝的聲音如此溫柔，不由得在他身後悄悄地對三公主做著鬼臉。

三公主噗哧一笑，連忙擺出正經的神色道：「回父皇，南海郡王府挺好的，不過那珍獸園還是沒有咱們的好。」

皇帝早就聽說南海郡王府的珍獸園為京中一絕，心中有些不服氣，聽寵愛的女兒這麼一說，心裡的不滿便抹平了，不由得感嘆說：「我女兒是世上最好的地方養出來的，不知道什麼地方能繼續供養她啊？」

三公主一聽，不由得羞紅了臉，抓著皇帝的手臂搖了搖。「父皇就不想一輩子養著我嗎？」

皇帝聽了此話，哈哈大笑。「傻孩子，哪有將女兒老留在身邊的？到時候就算妳不怪我，妳母妃都要愁白了頭髮嘍。」

淑妃心中雖然對皇帝已經失望透頂，但是在女兒的親事上面，倒是有志一同。「不知道哪家的好兒郎能配得上我的女兒啊？」

皇帝雙眼一瞪。「必須是最好的！」

兩人一來一往，逗得三公主又羞又氣又期待，跺跺腳居然跑了。

公主自古就難嫁，地位高的世家大族，不想娶一尊活佛供著；而想娶公主的，卻都是妄想一步登天的。皇帝也有不少姑姑、姊妹因為所嫁非人，而夜夜流淚，或者乾脆和離玩起面首的。

皇帝想到此，不由得有些頭疼，心想要好好選個合適的人選才行。「三公主的事，妳還要多費費心。」

淑妃的心突然之間軟了起來。「那當然，她是我們的女兒，除了你我，還有誰會為她這麼費心呢？」

這時，十一皇子揮著拳頭道：「誰要是欺負我姊姊，我就揍他！」

他與三公主從小一起長大，感情甚好。

皇帝狠狠瞪了十一皇子一眼。「把《道德經》抄一百遍再來見我。」

立秋日是大梁朝的大日子。

大家從炎熱的夏天中逃出來，迎來了涼爽豐收的秋季。所以在立秋這天，大梁朝的好少年們，都會以各種方式迎接秋天的到來。

而皇帝在今年，就將適齡的兒郎們召集起來，辦了比試大會。

朝暮之聽到此消息，笑說：「皇家有女初長成啊。」

沈芳怡好奇問：「聖上這是為了嫁女兒？」

朝暮之笑著點點頭。

沈芳怡聽了此話，皺了皺眉頭。「那我得讓鋒兒表現得拙劣點。」

沒有大家族願意娶公主的，再加上沈于鋒將來是沈家的當家家主，可不能娶了個不管事的公主回家供著。

朝暮之揮揮手。

「萬萬不可。聖上雖然抱著嫁女兒的心情，但也想考驗考驗年輕男子，若為了不娶公主而故意表現差，在聖上心中也就完了。」

沈芳怡聽了，不由得嘆了口氣。

朝暮之笑著安慰說：「何必這麼擔心，聖上心中自有分寸，不可能把三公主嫁與沈家的。」

除非是三公主自己看上了去求。

沈芳怡聞言，又想到自己與三公主一向交好，不由得又嘆了口氣。「不知道聖上屬意哪家呢？」

「大概是哪家清貴文臣的嫡次子，身分夠了，也不用當家，最好性格和軟一點，對於三公主來說就是良配了。」

朝暮之的想法與皇帝不謀而合。

他將清貴文臣中的嫡次子好好挑選了一遍，覺得中書侍郎家的那小子還不錯，但是選來選去，三公主自己的意思也很重要，如果是三公主自己看上的，又不妨礙大局，聖上不介意做一個順著女兒的慈父。

貴女們也很期待立秋這天，因為她們可以在看臺上看著自己的哥哥、弟弟在場上爭光爭彩，或者瞧瞧別家的男兒生得什麼模樣。有不少人就這麼喜歡表現優異者，回去央求母親關注的也有。

所以，沈母在出發那天，笑著對沈芳菲說：「妳可要多看看場上的好男兒。」

沈芳怡因為朝暮之公事忙，所以與沈母、沈芳菲同去。

她聽見母親這麼說，亦點頭說是，她還記得自己未嫁時，沈芳菲幾次開口稱讚九皇子，妹妹果然該多見見世面。

沈芳菲撇撇嘴，一臉不置可否，只笑說：「三公主約了我與榮蘭姊姊坐在高臺看。」

公主的位置當然是最好的。

沈母苦笑道：「妳啊妳。」

沈毅貴為大司馬，位高權大；姊姊是北定王世子妃，貴不可言；連玩伴都是郡主和公主，沈芳菲的身分自然水漲船高。她這個母親要做的，就是高高供著女兒，等著別人來求娶罷了。

沈芳菲向臺上的各位貴夫人請了安，便前往三公主所在的高臺。

三公主所在的高臺是皇帝特地為她準備的，三公主指了指案上的精巧點心與水果。「咱可以一邊吃一邊看。」

榮蘭福了福身，俏皮地說：「謝公主賞賜了。」

三公主一襲紅衣，頭面上全是南海來的珍珠，是真正的天之驕女，她如一隻小鳥般站在高臺上，好奇地對下面看了看，回頭朝兩位笑道：「快來看我大梁的優秀男兒，以後都是國之棟梁。」

底下的少年們，知道臺上有貴女瞧著，甚至還有皇帝的掌上明珠明珊公主，更是摩拳擦掌，想要傲視群雄。

第十四章

沈芳菲也站在高臺上急急地往下探，不為別的，因為場子裡有她的嫡親哥哥，沈于鋒。

沈于鋒穿著黑色勁裝，帶著少年獨特的清瘦，他一雙大眼愣愣地往臺上看，看見沈芳菲後，笑著揮了揮手，露出一雙酒窩。

這令沈芳菲想起前世時，沈于鋒上戰場以後就很少笑了，只因為他笑起來有一雙好看的小酒窩。

當時他為酒窩所惱的模樣仍歷歷在目，害得她不由得笑出聲。

三公主見沈芳菲笑了，好奇地看了看臺下。「那是誰？」

沈芳菲笑道：「那是我大哥沈于鋒，公主不記得了？」

三公主皺了皺眉，印象中童年時似乎有個邋遢的小子，老是張著大眼睛，笑起來有酒窩，還帶著她跑到御花園的池塘裡撈過魚來著。

她回憶了下，臉紅了紅，當時她身邊沒有玩伴，所以特別黏這個邋遢小子，老是跟在他身後叫沈哥哥。朝暮之年紀大些，當時雖然調皮得很，但很照顧她，還曾經毅然幫她頂下打碎花瓶的黑鍋。

三公主愣愣地問：「他小時候是不是經常進宮？」

沈芳菲笑說：「是，我哥哥小時候在宮裡也是個鬼見愁的人物，還打破了聖上最喜歡的花瓶，聖上雖然沒有追究，但是他回去後被我父親狠狠揍了一頓，自此以後便被拘在宅子裡，學習文武呢。」

三公主聽了這話，心裡十分內疚，她當時年紀小，又害怕被罵，即使感謝這個邋遢小子，總想著等有一天再報恩，卻不料，再也沒見過這個邋遢小子了。

時光匆匆，當年的小孩子都成了少年、少女，需要說親了。

三公主正在沈思，聽見場下一陣歡呼，原來是比賽開始了，便緊緊注視著場下的情景。

沈于鋒在馬球比賽裡，繫著紅隊的頭巾，騎著從西域進貢的上好駿馬，挺著胸，握著長柄球槌，十足朝氣蓬勃，如朝陽正要昇起。

觀眾一陣又一陣的驚呼，感嘆沈于鋒的馬球技巧純熟，這少年，從騎射到馬球，無一不精，簡直是天才。

沈芳菲在臺子上掩著嘴偷笑。

天才？

沒有誰比她知道哥哥在練習時常被父親打得唉唉叫，一遍又一遍、一日又一日地練習著，才能在場上讓眾人驚豔。

她看著優秀的哥哥，突然想起了莊子裡的石磊，他身為賤民，卻是個真正的天才，她本想對石磊伸出援手，讓他依附於沈家。但是左右一個英雄的人生，沈芳菲終究做不到。

沈于鋒騎著馬在球場裡，手中握著長柄球槌，緊緊地盯著馬球，他能感受到帝王讚許的目光——父親曾經一遍又一遍地對他說：沈家的一切就靠你了。

所以他，不能輸。

三公主看著臺下的沈于鋒，面色有些紅潤，那個曾經愛笑的邋遢小子不知道去哪兒了？他變得如此優秀，但眉頭卻皺皺的，似乎多了許多心事。

榮蘭盯著沈于鋒，目光有些暗淡，她是世家貴女，也見過父親在外逢場作戲，知道男人不是專一的，所以她自小就覺得和丈夫在一起，是相敬如賓的，從不奢求心意相通。

但是當她第一眼看見沈于鋒，就無法控制自己的心跳。不過這樣的感覺，只適合深深藏在心裡。

三個貴女坐在高臺上，各懷心事，最後反而只有沈芳菲能專心地為沈于鋒加油了。

在一陣追逐中，沈于鋒用最後一球結束了比賽。

他帶領的紅隊，贏了！

皇帝在看臺上哈哈大笑。「沈家百年傳承，又出了一個好人才！」

皇帝向來喜歡英雄少年，對沈于鋒這樣的少年盡是好詞讚嘆，除了賞賜金銀外，還把宮內最好的駿馬贈與他。

「沈愛卿將是我大梁朝以後的千里馬！」

在下眾人皆驚嘆沈家榮寵之盛。

大梁朝百姓富裕，地域肥沃，可是卻敵不過邊境外族的騷擾，往往花錢消災了事，所以皇帝對優秀的武將格外看重。

沈毅也趕緊俯身。「多謝皇上對犬子的讚譽。」

皇帝揮手道：「他值得。」

有了皇帝的讚譽，沈于鋒肩上的壓力會更重，人人都會盯著他，如果他不比別人更優秀，大家會說他不過如此。

沈芳菲知道這次以後，哥哥會一步一步成為大梁朝的人才，那個愛笑的少年，再也回不去了。

沈于鋒進宮領了皇帝的獎賞，又陪著說了一會兒話。

從皇宮回來時，天色已晚。

他低著頭走進大門，心中有無限激情與惆悵，卻碰上一個面容皎潔的少女，還沒等他道歉，便聽見少女抬頭驚呼。

「表哥？」

沈于鋒匆匆抬頭，這才看清少女的樣貌，白色肌膚，一雙盈盈杏眼惹人憐愛，不是方知新又是誰？

沈于鋒愣了一會兒。「對不起，表妹，我正想著事情呢。」

方知新盈盈一笑，如天上的新月。「我知道表哥今日露臉了呢。」

他敷衍地笑了笑，今天恭喜他的人太多了，不缺方知新一個。

方知新誇讚完沈于鋒，又深深嘆了口氣，惹得沈于鋒好奇地問：「表妹，妳這是何故？」

方知新欲言又止。「表哥這樣一來，壓力又大了。」

沈于鋒雖然很開心大家對自己的讚譽，但是想到自己總要成熟起來擔起應該擔的擔子，可是誰能看見他身上的千斤重呢？

聽聞方知新此言，他動動嘴正要說什麼，卻被遠處的沈芳菲打斷了。「哥哥，母親等了你許久呢。」

沈于鋒聽見妹妹的叫聲，回頭對方知新歉意地笑了笑，轉身離去。

沈芳菲並未跟著兄長離開，而是站在臺階上，淡淡地看著方知新。

方知新見這個比她小的少女，一臉淡漠地看著她，隨即又輕蔑地笑了笑，這表情稍縱即逝，讓她以為自己看錯了。

「表姊年紀也不小了，不要和外房的表哥們走得太近了，免得說親的時候夫家說嘴。」沈芳菲不鹹不淡地說。

方知新從來不知道總是笑咪咪的小表妹能說出這樣的話，她一向對她掉以輕心，但是今日正視時卻發現，她該盛氣凌人的時候，絕不遜於他人。

方知新內心一團混亂，露出楚楚可憐的神色。「我只是心疼表哥……」

沈芳菲嘲諷地笑了笑。「表姊好自為之吧。」

方知新有些震驚地看著沈芳菲，這樣的嘲諷絕不是這個年齡該有的。

沈芳菲卻又換上另一副表情，笑嘻嘻地說：「得空我得向表姊學學，如何伺候老太太。」

方知新一時不明白沈芳菲的轉變，只能笑著說：「老太太可心疼表妹了，怎麼捨得讓表妹伺候？」

沈芳菲笑了笑，轉身離去。

沈于鋒在房裡陪沈母說了好些話，沈母雖對兒子今日的表現很滿意，但是並未表現出來，只是讓兒子更加勤勉。

她坐在榻上又想了想。「你也該訂親了，想想自己喜歡什麼樣的女孩，跟母親說說，母親好照著幫你選選。」

沈于鋒知道自己的婚姻關乎沈府的未來，根本沒有選擇的餘地，心中不免閃過一絲難受，但是面上仍不變地說：「任憑母親安排。」

等沈于鋒離開後，沈母長長地嘆了一口氣，對身邊的嬤嬤說：「我這兒子啊……」

明明是愛笑愛鬧的性子，卻因為要擔負沈家的未來而不得不堅強起來。雖然他一路走來做得很好，但是也讓人擔心。

沈于鋒從沈母的房裡走出來時，沈芳菲已經等候多時，他見到自己的小妹妹，不由得咧嘴一笑。「妹妹，等我？」

沈芳菲沒有了在方知新面前的譏誚，成了愛撒嬌的小姑娘。

「是，我等哥哥。」

沈于鋒一邊開懷於妹妹心中有自己，一邊又害怕妹妹在秋風裡著涼。「有什麼事？沒事早點回房吧，夜風冷。」

沈芳菲嬌氣道：「我等哥哥揹我。」

沈于鋒啞然失笑，沈芳菲小時候懶得很，大家在一起玩的時候，沈芳菲老不願意走。他這個當哥哥的，只好揹著這個小胖妞到處跑。只是年歲大了，就很少揹沈芳菲了。

「妳別胡鬧。」

沈芳菲跺跺腳，不說話，一副你不揹我我就站在這兒整夜的架勢，讓沈于鋒不得不妥協了。

沈于鋒半蹲在地上，示意沈芳菲上來，沈芳菲樂呵呵地趴在他的背上。「哥哥快走。」

沈于鋒站了起來，差點一個踉蹌，連小時候叫沈芳菲的小名都出來了。「我的醜妞兒，妳怎麼這麼重？」

沈芳菲用力拍了一下沈于鋒的頭。「我這不是長大了嗎？」

沈于鋒笑呵呵。「是是是，醜妞兒長大了。」

沈芳菲趴在他背後。「無論我長多大，都需要哥哥的保護。」

沈于鋒驕傲地說：「那當然，我妹妹這麼漂亮，哥哥不保護怎麼能安心？」

他揹著沈芳菲走了幾步，發現自己的後頸濕濕的，背後竟傳來沈芳菲的啜泣聲。

他有些驚慌地問：「妹妹這是怎麼了？」

沈芳菲吸吸鼻子。「我心疼哥哥。為了保護我、保護我們家，付出這麼多。」

聽到此話，沈于鋒心中所有委屈全部煙消雲散。

他笑道：「這算什麼？這是我的責任，我必須成長，妹妹以後就等著嫁個好夫婿享福吧，到時候我給妳做後盾！」

比試大會結束後，淑妃叫三公主過來問：「有沒有看上哪家的兒郎？」

三公主面色潮紅，扭捏了一會兒，始終不肯開口。

淑妃盯著手上精緻的玉鐲道：「女兒啊，只要是不太過分的，為娘的都能想辦法幫妳求來，但是妳不說，就只能讓妳父皇指婚了。」

三公主這才小聲說道：「沈于鋒。」

「他？」

淑妃聽到沈于鋒的名字時，皺了皺眉頭，又想起沈于鋒在比試大賽上的精采表現，自古美人都是愛少年英雄的，三公主會動心，也不算意外。

淑妃轉了轉眼睛，將沈家的情形梳理了一遍，手握重權且家中沒有不省心的人，沈夫人是個性子溫和的，連沈芳菲也一向與三公主交好，沈于鋒對三公主來說，算得上是良配。

三公主說完，一雙大眼睛悄悄地盯著母親看，見母親面上沒有不快，才悄悄吁了口氣。

「妳的意思我明白了。」淑妃並不打算在三公主面前表現出很滿意沈于鋒的樣子。「我再思量下。」

「母妃……」

三公主聽見這話，不由得扭著身子鑽進了淑妃的懷裡。

淑妃無奈又寵溺地笑了笑。這孩子，只有有求於她的時候才這麼黏人。可是，她就是拒絕不了。

第二日，淑妃向皇上透露過三公主的心意，並得到皇上首肯後，就將自己的嫂子北定王妃召進宮來。

在前往宮廷的路上，北定王妃已從淑妃的心腹內侍那兒知道了淑妃的意思，進宮後，她向淑妃行了禮。

淑妃連忙扶起她。「嫂子不要多禮。」

北定王妃左右看了看，低聲說：「禮不可廢。」

淑妃笑了笑。「我在宮中努力這麼多年，要是連嫂子都不能喊一句，那我真是失敗了。」

淑妃坐在椅子上，與北定王妃扯了扯家常，之後猶豫了一下，才說：「聖上的賜婚還不會這麼早定下，只是口頭上答應而已，是否能讓嫂子去幫我提點一下？免得那家自己定下了。」

雖不說是哪家，但是兩人都知道是誰。

北定王妃嘆了口氣。「這真是緣分，要不怎麼就……」

淑妃也嘆了口氣。「幸虧是個好的，不然還真是讓我操碎了心。」

北定王妃見淑妃言談之中對沈于鋒十分滿意，心中想著沒辦法，只能和沈家再結一樁親了，但是想起媳婦的娘家聲勢又更如日中天時，不免有些不服氣。

第十五章

大學士之子陳誠最近鬱悶得很，他父親因為上回門口那齣鬧劇，狠狠地揍了他一頓。

更甚者，他母親千挑萬選，給自己選了一個小小文官的女兒做妻子，那毫無韻味的臉、毫無情趣的性子，讓他碰一次便膩了。

自從錯過沈家大小姐這樣的國色天香，他便對這些官家小姐想入非非，若是將那位沈家大小姐收在家中，細細品味……

陳誠越想越是夜夜難眠，在女人上，是更沒有節制了，越發不肯回家。

大學士見兒子如此，又想狠狠教訓一頓，卻被大學士夫人攔著，一把鼻涕一把淚地數落當年他外放的時候，將他們娘兒倆留在京城時的艱難，惹得大學士心中厭煩，將袖子一甩，對兒子怒道：「我不管你怎麼玩，總而言之，良家女子你不能沾！」

有了大學士這句話，陳誠便更加放浪形骸起來，與麗妃的弟弟李理沆瀣一氣，兩個人一起將青樓裡那些賣笑女子在床上折磨得要死。弄得煙花之地的女子們都偷偷流傳——接這兩位大爺的客是苦事。

大學士夫人見管不住兒子，便將怒火轉移到兒媳婦身上，說是她沒手段，管不住自己的丈夫。

當時，陳誠的那些破事被傳出去之後，願意結親的女子少之又少，她只得拚命尋覓，好不容易找了個小文官，將其女兒文秋娶了過來，卻發現兒媳婦木訥又小家子氣，完全不敵沈芳怡的一分。

而陳誠本來就是個混蛋，對妻子自然不會多尊重，心情好了，便不搭理，心情不好，則拳打腳踢。

文秋本來是嫡女出身，卻因為母親早逝，府上被父親的寵妾把持住，不僅她的嫡親弟弟被養成了體弱的廢物，連她也為了父親所謂的前程，被草草嫁進大學士府。

她身無任何籌碼，只能成為弱者，恨不得早日解脫。

那陳誠在煙花之地廝混久了，卻覺得有些無趣起來，這些賣笑女子油滑得很，不像他當時脅迫的那些女子，又剛又烈，玩起來才有意思。

麗妃的弟弟李理也覺得如此，當陳誠酒醉與他再次說起沈家大小姐的時候，李理的一雙眼睛閃了閃。

「我記得……沈家大小姐還有一個妹妹，養在深閨，相貌比起她姊姊來，可是各有千秋。」

「哦？」陳誠喝了一大口酒，有些不屑地說道：「那又怎麼樣？難道她願意給我做妾？」

「若是你上門求娶，她自然是不願意給你做妾的，但若是你壞了她的名節呢？」

李理在陳誠耳邊悄悄地說道。

不知道朝暮之如果知道自己的小姨子被這樣一個畜生糟蹋了，會有什麼樣的感想？

自從他被朝暮之打斷腿之後，本想讓姊姊幫他出頭，卻害得姊姊被皇帝冷落，而他在家中的地位也越來越低，這個仇，不報誓不為人。

陳誠在府中被寵得無法無天，也不是沒幹過強搶民女的事，他被李理這麼一說，還真有些心動。

李理見陳誠動了心思，便又加了一把火。

「怎麼，難道你還怕了？」

「誰、誰說我怕了？」陳誠恨恨地說道，他咬了咬手指頭。「只是此事還得細細籌謀。」

「你放心，你的事，我必然會幫忙。」李理在他耳邊悄悄地說了一些話，讓陳誠的眼中閃出了興奮的光芒。

呵……大家閨秀落到他手中，還不是任他蹂躪？

沈芳菲並不知道有人將壞主意打到了她頭上，她正在宮中與三公主嬉耍。

三公主與她撲了一會兒蝶，香汗淋漓後，漫不經心地問：「妳家那位笨哥哥最近在幹什麼？」

沈芳菲聽到此話，愣了一愣。「還不就是在家向文武師傅們學習。」

三公主聽到此話，笑了一笑，顯得有些高深莫測。

沈芳菲見三公主如此表情，又聯想到她對自己這一陣子的親熱，心中咯噔一下。

難道三公主看上了哥哥？

那榮蘭怎麼辦？

她雖然不樂見三公主遠嫁異族，但是也無法想像三公主會與自己的哥哥在一起。

這一世畢竟與上一世有很多不同，沈芳怡已經與九皇子斷了緣分，太子仍沒有離世，莫非三公主真的會嫁到沈家？

她暗暗握了握拳，表情顯得有些迷惘。

前世的一切，彷彿黃粱一夢，並沒有發生過。

三公主自然不會跟沈芳菲說自己早就中意沈于鋒，更不會說父皇將要指婚，只將話題轉到了別處。

沈芳菲不好細問，也只能順著三公主的話說下去。

兩人聊了半晌，沈芳菲起身告辭，出宮前，三公主握著沈芳菲的手。「妳有空就來看看我，父皇老是把我拘在這宮裡，無趣極了。」

沈芳菲笑著點頭稱是。

沈家現在算是步步高升，沈芳菲的排場也越來越大，她出了宮，進了馬車，旁邊有嬤嬤和小丫鬟伺候著，外面還有開道的家丁。

沈芳菲在馬車上喝了一口杏仁奶，想著前世的事，不禁有些頭疼，她緩緩靠在軟墊上，閉目養神。

突然之間，在通往沈家一條小徑上，馬車停了下來。

一陣喧鬧聲湧向馬車，沈芳菲張開眼睛，對身邊的小丫鬟說：「去看看怎麼回事。」

小丫鬟清脆地答了一聲，弓身下了馬車。

馬車外，直直地跪著一個面色慘白的少女，任憑家丁怎麼驅趕都不走，家丁們著了急，想將她拉走，卻不料她像生了根一樣，不願意走。

「我的妹妹被人抓走了，求貴人救命！」少女淒厲地喊道。

被抓走了？

沈芳菲皺了皺眉頭，在京城裡，光天化日行凶還有沒有王法？但是這少女出現得詭異，讓她心中又有些戒心。

跪著的少女似乎知道馬車裡面貴人的猶豫，遂拚命磕起頭來。「求求貴人，求求貴人了！」

她的額頭磕出了血，讓圍在一邊看著的家丁分外不忍。

誰不是窮苦人家出來的？誰沒有幾個姊姊妹妹？誰的姊姊妹妹被混蛋搶走了，那都是很焦急的。

可是再同情，家丁們也沒有忘記自己的本職，他們可是要保護車中小姐的，所以遲疑地看了看馬車，馬車中卻沒有任何聲響。

主子沒有發話，家丁們哪敢浪費時間？有一名個子稍高的家丁走了出來，拉住這少女的手。「姑娘……」

卻不料這家丁話還沒說完，少女身上就傳來了一陣異香，他還沒來得及大喊，身子便軟軟地倒在地上。

旁邊的家丁面面相覷，覺得這少女實在詭異，又有膽大的跑去拉她，卻不料這少女居然敞開衣襟，讓身上的香味飄散出來。

「是迷藥！」

一個家丁大聲說道，他的心中充滿了絕望，居然有人敢對沈府下手？若是讓他們得逞，傷了小姐，那他們都沒活路了！

聽到了家丁的預警，車夫連忙揚了一鞭子，馬兒便瘋跑起來。

沈芳菲在馬車裡已經感覺不妙，她緊緊抓著馬車的簾子，往外看去，只見後面有幾個黑衣男子騎著高頭大馬向他們奔來。

幾個體壯的婆子想擋住那些黑衣男子，卻不料被黑衣男子幾刀就砍了去，而另外一邊的家丁正與幾名黑衣男子拚命死搏。

沈芳菲一雙手顫抖起來，她在上一世可沒有遇見過如此驚險的場景。

若是落到這些人手裡，後果必定不堪設想。

她看了看馬車外，馬車跑去的不遠處有一大片野地，那裡的樹叢枝葉茂盛，足以藏得下一個小姑娘。

而在前面駕車的車夫顯然也想到這點，他回過頭朝馬車裡吼道：「小姐，前面有一片野地，到那兒的時候我會讓馬兒跑慢點，您跳下去吧，沿著那片野地往前面跑，便是沈家的莊子！」

沈芳菲來不及說好，只能咬著下唇，蒼白的手指握住車門。

待馬車路過那片野地的時候，沈芳菲對車夫匆匆說道：「你要小心。」

便毅然跳下了馬車。

她在地上滾了幾圈，粗糙的野草早已劃傷她裸露的皮膚，惹得一陣一陣火辣的疼，她來不及細看，只能踉踉蹌蹌往那野地更深處跑去。

黑衣人正與家丁纏鬥，沒看見前方馬車上這驚險的一幕，他們徹底解決了家丁，便快馬加鞭追起馬車來。

一路塵土，馬車與黑衣人都從這野地的岔路口跑了過去，沈芳菲捂著嘴在野地裡狂奔，卻不料被一塊石頭絆倒，一個踉蹌，摔在地上。

她心中驚濤駭浪，想站起來繼續跑，卻已經沒了力氣。

她癱坐在地上，身上濕濕的，分不清是血還是汗，野地上野草是半人高，沈芳菲看不到遠處是什麼光景，她只能抬起頭看著那一片湛藍的天空，心中一片絕望。

「沈……小姐？」突然一個聲音傳進了沈芳菲的耳畔。

她顫抖著轉過頭，一名穿著粗布衣的清秀少年正揹著簍子關切地看著她。

這名少年，正是她在沈家莊子上見過的石磊。

石磊是沈家莊子附近的人，她能在這兒遇見他，說明已經離沈家莊子不遠了，一想到此，沈芳菲鬆了口氣，眼淚不由自主地流了下來。

石磊沒想到在這野地裡找野菜的時候，能遇見沈小姐，他起先只是遠遠地看著一個少女無力地坐在那兒。他本想走近提醒這少女，野地裡毒蟲、毒蛇太多，不宜久留。卻不料走近了，才發現這少女分外狼狽，而當他細看少女的臉，卻發現這少女竟是沈芳菲，教人大感意外。

沈芳菲身上的錦衣被鋒利的野草割破，頭髮也散了，連繡花鞋都落了一隻，但就算這樣，在石磊眼中，她還是美得不可方物。

他遲疑了一下，又看見沈芳菲滿是割傷的手，實在不忍，便將背簍放到地上，拿出乾淨的布條走到沈芳菲身邊。「沈小姐，發生什麼事了？」

他不認為沈家的掌上明珠出現在這片野地是偶然。

「我本是要回家的，但是在路上遇見了黑衣人，像是要來抓我的。」沈芳菲驚魂未定，一雙手卻乖乖地伸著任石磊包紮。

石磊看見沈芳菲的動作，一雙眸子變得有些深沈，他原以為她會推開他，怒斥他的靠近，卻不料她會如此信任自己。

其實沈芳菲知道石磊會是個戰無不勝的大將軍，所以莫名將一腔信任投注在這個還未成名的少年身上。

「我家的車夫讓我跳了車，沿著這條路一直跑。」

石磊看了看沈芳菲手指的方向，搖了搖頭說：「反了。」

若不是他今日正好來這野地，這少女將遇見什麼樣的境況呢？被野獸毒蛇攻擊？還是被那群黑衣人抓走？

石磊一顆心揪得緊緊的。

「反了？」沈芳菲皺著眉，看上去很喪氣。

「不用擔心，我送妳回莊子。」石磊動作敏捷地幫她包紮好了傷口，有些猶豫地問道：「妳可以走嗎？」

「我好像扭了腳。」沈芳菲睜著大眼睛，看著這個冷靜的少年，不知為何，心中有些委屈。

「扭了腳？」石磊愣了半晌，才半跪在沈芳菲面前，又從身上撕了一塊布條下來。「沈小姐，失禮了。」

他拿起沈芳菲的腳摸了摸，沈吟一番，將布條綁在傷處。

「其實……你不用救我的，也許那些黑衣人就在不遠處，我的家丁與丫鬟、婆子們，只怕都遇害了。」

沈芳菲看著石磊沈靜的模樣，不由得開口說道。

說完她又想捶死自己，好不容易重生一次，難道就這樣不明不白地死在這野地裡？

石磊沒有說話，深深地看了她一眼，見她一臉懊惱，不由得咧了咧嘴，從身上拿出一個粗糙的香包掛在沈芳菲身上。

「這是什麼？」沈芳菲難掩好奇地問道。

「這是除毒蟲的香囊，沈小姐不要嫌棄它粗糙。」石磊轉過身去，背對著沈芳菲。「情況緊急，還是由我揹妳吧。」

「你揹我？」沈芳菲有些驚訝。

儘管大梁朝男女之防不重，但是她自小養在閨中，便被教育不要與外男接近，可是如今石磊卻說要揹她！

「小姐放心，此事我絕對不會說出去。」石磊沈沈說道。

沈芳菲看了看四周，又覺得自己有些傻。

都到性命關頭了，她居然還在乎什麼名節？

於是她往前挪了挪。「你過來一些，我才好上來呀。」

那聲音裡，居然有著一絲自己都沒有發覺的撒嬌。

石磊自然也沒發覺，只往後走了一步，讓沈芳菲上了他的背。

沈芳菲無論前世今生，都只被哥哥揹過。

而此時，卻被一個陌生的少年揹著，少年的肩不是很結實，甚至有些削瘦，但是卻莫名地讓沈芳菲心安。

她知道，他是個重然諾的人。只要答應救她，便不會拋棄她。

想到這裡，沈芳菲又想到前世的丈夫柳湛清，在她最危難的時候，他只會一退再退，甚至……

石磊一路走著，背後的少女很沈默，可是他卻能在耳邊聽見她均勻的呼吸聲。

「我是不是很重？」

半晌，沈芳菲在石磊的耳邊輕輕問道。

無論是不是世家小姐，果然都是小姑娘。

石磊無聲地笑了笑。「我揹著沈小姐，如揹著一隻輕盈的鳥兒。」

「喔。」

沈芳菲點了點頭，看著前面越來越狹窄的道路，不由得有些害怕。

「這時候不能走大路，這條小路雖然難走了點，但是離你們家莊子不遠了。」石磊感覺到沈芳菲身上微微的顫抖，不由得安撫道。

「嗯……我們家看到我沒回家，只怕炸開了鍋呢。」沈芳菲趴在石磊背上，有些擔憂地說道。「母親要擔心我了。」

「只要妳好好的，沈夫人擔心一會兒也是樂意的。」

小道上的石頭越來越鋒利了，石磊也被劃傷了腳，但是他並沒有停下腳步，反而步伐越來越快。

沈芳菲低頭看了看石磊的腳，見他的腳上滲出了絲絲血跡，只能喃喃地說著：「對不起。」

「不用擔心，我們這種走山路的，腳受傷是常有的事。」石磊淡淡說道。

沈芳菲見石磊辛苦，便不願意再與他說話，分散他的注意力，只沈默地看著石磊後頸上的汗水，偶爾幫他擦一擦。

待兩人走到一個開闊的路口，石磊將她放在野草叢生的隱蔽處。「沈小姐，妳且在這兒等著，我去叫人來。」

第十六章

沈芳菲一路上已經對石磊生了依賴，見石磊要走，反射性地抓住他的袖子。

石磊被此舉弄得心中一暖，輕輕地說：「前面便是沈家莊子了，我去採採路，若是沒有黑衣人的話，我馬上便過來。」

沈芳菲聽了石磊的話，點了點頭，將自己在這野草堆裡縮成一團，那樣子，可憐又可愛得很。

石磊看了幾眼，才大步走開了。

過沒一會兒，他便帶著莊子上的人來了。

沈家小姐失蹤可是大事，沈夫人急得要死，卻不敢到處宣揚，生怕破壞了女兒的名節，只叫了最心腹的人四處尋找。

石磊去了莊子也沒宣揚，只跟小廝偷偷說了情況。

那小廝聽了，臉色都變了。一溜煙跑進莊子與沈夫人的心腹王婆子說了。王婆子趕緊帶了幾個嘴緊的人，駕了馬車跟著石磊去找沈芳菲。

當看見沈芳菲的時候，王婆子倒吸了一口涼氣。

他們家的小姐可是從小捧到大的，哪裡受過這種折磨？

她趕緊將沈芳菲扶上了馬車，又笑著對石磊說：「要不您跟著我們去一趟沈府？我們夫人一定會重重感謝您的。」

石磊看了看在馬車上沒有生氣的沈芳菲，搖了搖頭。「我只是路過，看見這位小姐躲在這兒，便怕她是走丟了，幫她給家中報個信而已。」

他言談之中隱去了自己揹沈芳菲走了一大段路的事。

王婆子鬆了一口氣，她看石磊雙眼清明，並不是那種挾恩圖報的人，便對石磊深深鞠了個躬。「多謝您幫忙了。」

小姐身分金貴，禁不起太多人知道她失蹤一事，這位少年淡然處之，是對小姐最好的保護了。

石磊揮了揮手。「這只是舉手之勞而已。」

沈芳菲坐在馬車裡，偷偷掀開簾子看著石磊轉身離去，有些惱怒自己連謝謝都沒跟他說，又想著以後再來莊子尋他，又因為太累，便靠在身後軟枕上，睡了過去。

石磊走回家後，呆妞看見兄長腳上血跡斑駁，不由得驚訝地問道：「哥哥，你怎麼了？你的簍子呢？」

石磊看了看呆妞，只淡淡地說：「路上遇見了猛獸。」

「猛獸？哥哥可有受傷？」呆妞有些著急地打量著石磊，石磊卻沒有興致與妹妹說今日的事。

他回了房，有些呆愣。他不過是個毛頭小子，而且過去從沒遇見像沈芳菲那麼嬌美的小姑娘，有誰不會將她放在心上呢？

他曾以為，自己與沈芳菲只是萍水相逢而已，她依然是她的世家小姐，他則是他的貧窮小子。

可是今日卻又……

石磊有些煩悶地躺在床上，翻來覆去卻摸到一個硬硬的東西，拿出來看了，居然是一支桃花釵。

只怕是他揹著沈芳菲時，從她身上落下的。

石磊將這桃花釵細細端詳了，又放入懷中。

沈芳菲剛回到家，便見姊姊與母親站在廂房裡，面色凝重。

當看到她時，兩人明顯鬆了一口氣，沈夫人更是走上前將她攬在懷裡，心肝兒的叫個不停。

沈芳菲見母親如此，不由得也落下淚來。

沈芳怡見沈芳菲如此狼狽，腦中閃過千萬種猜測，到底是誰與她沈家有仇？居然對這麼一個小姑娘下手，妹妹到底有沒有……

她唇角動了動，有些問題始終都沒有問出口。

沈夫人將沈芳菲從頭到腳打量一番，才有些猶豫地問道：「這到底是怎麼回事？」

沈芳菲兩世為人，早已不是什麼都不懂的單純小姑娘，她知道姊姊與母親擔心的是什麼，便老老實實地將來龍去脈說了。

但是她還是隱瞞了石磊揹她的事，若讓她們知道這麼一個窮小子近了自己的身，只怕對石磊不利。

「阿彌陀佛。」沈夫人對天唸了一句佛號，這才定下心來。「幸虧我女兒福德深厚。」

「跟著妳的那些丫頭、婆子、家丁都被那些黑衣人滅了口。」

沈芳怡皺著眉說，要不是這群黑衣人出現得突然，她必定要挖地三尺找到他們的背後指使者，讓他付出代價。

沈芳菲雖然心中已經有了底，但是聽沈芳怡這麼說，仍很難過。

若不是他們拚命為自己拖延了時間，她搞不好已落入那群人手中。「還請母親多多撫恤他們的家人了。」

這些都是沈家的家生子，忠心得很。

沈夫人點了點頭。「這是自然。」

稍後，沈家的太醫幫沈芳菲看了傷口，說都是皮肉傷，搽了藥，又開了安神藥。

沈芳菲淨了身，喝了一碗安神湯，在床榻上好好睡了一覺。

她醒來後，卻見荷歡拿了一個粗糙的香囊，過來問道：「小姐，這是否要扔掉？」

沈芳菲看了那香囊，想起這是石磊給她掛著驅蚊蟲的，又想起石磊揹著自己走過那條小徑，腳上也受了傷，不由得想著石磊是不是搽藥了？若是他的傷口發膿了怎麼辦？

「不了，我還要還給別人呢。」

荷歡見小姐遇險後回來，快快不樂，便開口勸慰。「小姐您好好養著，一切都有夫人與大小姐呢。」

沈芳菲再世為人，便是想保護母親與姊姊的，可是不料出了這等事，反倒給母親、姊姊添了麻煩。

沈毅回府後，聽說了沈芳菲的事，不由得拍桌子，大聲怒道：「我看是誰吃了雄心豹子膽，敢動我的女兒！」

沈夫人見沈毅動了怒，也不攔著，她是和善，但是她的兒女便是她的逆鱗！

可惜沈府如何查，也查不出蛛絲馬跡。

至於石磊，他救了沈芳菲，沈家派人給他送了不少好東西，他看著這些東西，皺了皺眉頭，對來者說：「我不是為了這些才救沈小姐的。」

來送東西的小廝是個機靈的，他看石磊這雖然窮苦但不失氣節，便對他高看了三分。

「這些東西您還是先拿著吧，有備無患。」

這些東西可是平常人家要省下幾年花用才買得起的呢。

石磊本執意不要，卻抵不過雙親哀求的目光。

他嘆了一口氣，將這些東西收了。心中有些沈甸甸的難受，若他不接受沈家的謝禮，那麼她便永遠欠他一點點，如今他接受了，她與他，便是兩清了。

李理一直盯著沈府動靜，見沈府不敢將此事張揚，只能暗暗地查，心中便十分得意，就算沒有將沈芳菲如何了，能讓沈府添點堵也不錯。

但是陳誠卻十分不甘心，就差一點，差一點那沈芳菲便成了他的枕邊人啊。

他派人悄悄打探了，知道那日是一個農家少年報了信，沈芳菲才能安全回到家。

他恨得牙癢癢的，想立刻將這少年揍得只剩下一口氣，可是得知這少年還有個親妹妹後，不由得轉了轉眼睛。

嘿，你壞我好事，我便動你妹妹。

石磊除了跟著老秀才唸書之外，其餘時間都在農地裡耕作。呆妞是個懂事的，經常給父兄送些吃的、清水過來。

而今日，石磊與石父等了半天，都沒有見呆妞的行蹤，不由得有些焦急。

「石大哥，呆妞被人抓走了！」和呆妞經常一起玩耍的小丫頭急急跑過來說道。

石磊面色一凝。「怎麼回事？」

「我與呆妞約好了中午一起來為你們送飯送水，卻看見一輛馬車停在呆妞身邊，將她帶走了！」小丫頭說得很急。「和我一起的阿吳也在，他跑得快，便偷偷跟在馬車後面，讓我來給你們報信呢。」

石父聽見女兒被人擄走，一時之間有些六神無主。「這到底該怎麼辦喲？」

石磊在心中迅速盤算了一番，他家只能算是鄉野中人，怎麼可能得罪什麼大人物？只怕是上次準備擄走沈芳菲的人心有不甘，前來報復的。如今此事，只怕只能依靠沈家之力，才能救到呆妞了。

石磊心中定了定，對父親說：「父親，您不要著急，我們家與沈家還算有些淵源，我且想辦法請他們幫我們。」

「對，對！找沈家，他們會有辦法的！」石父像是抓住了救命稻草，拖著石磊的手說道。

石磊點了點頭，待阿吳趕來告知他，呆妞被擄去何處後，再匆匆忙忙地從田間趕到了莊子，找到了管事。「我想見沈小姐。」

想見沈小姐？

管事差點要笑掉大牙，名門世家的小姐豈是一個農家小子想見就能見的？不過他又想起小姐交代過，如果石磊有什麼事的話，他一定要相幫，便轉了轉眼睛。「有的事不需要見小姐，我便可以幫你解決。」

偏偏石磊不可能對管事說出事情的來龍去脈，只能堅定地跪在地上，死命磕頭，都磕出血來了。「我一定要見沈小姐。」

管事見石磊如此堅定，不由得有些遲疑。

小姐顯然對石磊有著不可言說的重視，若是他耽誤了石磊的事……好在，沈芳菲身邊的荷歡，便是這個莊子上的，今日她正回來看望父母。

管事將此事與荷歡說了，荷歡是知道石磊救過沈芳菲的，連忙與石磊見了面，知道事情的原委後，她凝著臉對石磊說：「你放心，我一定會將此事告訴小姐。」

說完，便匆匆忙忙地回了沈府。

沈芳菲聽見荷歡說了此事，不由得大驚。「擄走呆妞的馬車進了城中東三街的大宅子裡？」那不正是大學士府？

「此事不能善了！」她咬了咬牙說道。

她叫荷歡與她盛妝去了宮中，將事情跟三公主說了，其中隱去了大學士之子可能想擄走她一事，直說他擄了她一個看重的丫鬟。

三公主素來嫉惡如仇，聽見如此惡行後，狠狠地將桌子拍了一拍。「今兒我就出宮，和妳一起會一會這個狼心狗肺之人！」

沈芳菲只想借三公主的勢將呆妞要回來，卻不料三公主要親自出馬，急忙說：「其實不必煩勞公主親自出馬的。」

三公主調皮地笑了。「我在宮裡待久了，正好活動活動筋骨。」

而且她也覺得自己即將下嫁沈家，已將沈芳菲當成自己的小姑，沈芳菲的腰她是要撐的。

沈芳菲與三公主為了在勢頭上壓住大學士夫人，決定精心打扮後再前往大學士府。

三公主身穿大紅色長裙，袖口上繡著金色蓮花，裙角還用金絲勾出了幾片祥雲，髮上戴著御賜的鏤金鳳釵，顯得貴氣逼人。

沈芳菲則穿著淡紫色長裙，外披銀絲薄紗，長髮用沈太妃賜的藍煙暖玉輕綰，頸間一條晶瑩寶石項鍊，襯得氣質清冷得讓人不敢接近。

三人還未對峙，大學士夫人已經落了下風。

在廂房裡偷看的文秋，看了這兩個貴女，不由得心生自卑，心想人和人的命果然是不一樣的。

三公主將沈芳菲當成了自己的小姑子，自然不會喧賓奪主，她朝沈芳菲使了使眼色，讓她先開口。

沈芳菲感激地對三公主笑了笑，清了清嗓子說：「我邀三公主去我家的莊子遊玩，卻不見一直在使喚的粗使丫鬟，聽她家人說，她被大學士府借來了，所以我來瞧瞧，把那個不成器的丫鬟給要回去。」

文秋在廂房心裡一突，想起陳誠從外面綁來一個丫頭，那丫頭雖然不是頂美的，但是有一股鄉野的天真爛漫之氣，看著瘦瘦小小的，力氣卻很大，陳誠欲對其不軌，卻被她打了回去。

大學士夫人自然不那麼清楚兒子房裡的事，她知道兒子愛玩女人，那就去玩好了，反正買進來的女子，生死都由命了。但是她不知道，自從兒子結識了那個斷了腿的李理，兩人在一起，一個是惡名昭彰，一個是前途盡毀，反而越來越放浪形骸了。

大學士夫人聽了沈芳菲的話，笑道：「我不記得我有去過沈家莊子啊，更不記得我向沈家借過什麼粗使丫鬟，怕是沈小姐記錯了吧。」

沈芳菲也學著大學士夫人笑道：「大學士夫人是沒借，但是您兒子呢？」

大學士夫人見矛頭指向自己的兒子，不由得臉色一變。「沈小姐可不要血口噴人，如果我兒子真的借了，請拿出證據來，而不是突然找我們要人，有的丫鬟心可大了，誰知道去哪兒了呢？」

大學士夫人這話說得有些不客氣。

一旁始終沈默不語的三公主皺了皺眉，重重地咳嗽了一聲。

大學士夫人見三公主在一旁，聲音又軟了下來。「沈小姐妳一定是弄錯了，誠兒自從出了那事，便被他父親勒令在家讀書，哪兒都不去的。」

大學士夫人矢口否認，即使三公主在場，沈芳菲也是無法帶著眾人搜查大學士府，只得偃旗息鼓。「如果夫人見到我那粗使丫頭，還請將她還給我，她一家老小還盼著她回去呢。」

三公主在一旁，高傲地說道：「那丫頭天真可愛，我還挺喜歡的，要是被我知道誰拐了她，我饒不了那個人。」

大學士夫人見三公主、沈芳菲來得突然，又十足肯定那個丫頭必定在這裡，心中早已沒了信心，只得應道：「我也幫沈小姐找找這個丫鬟，三公主放心，有了三公主的話，還有誰敢動這丫頭呢？」

三公主點了點頭，沈芳菲則笑說：「那就麻煩大學士夫人了。」

沈芳菲與三公主對視一眼，今日此行也不期待能很快找出呆妞，只是對大學士夫人起到敲山震虎的作用，免得陳誠那混蛋對呆妞做出不能彌補的傷害。

第十七章

大學士夫人叫文秋替自己送客，文秋一副唯唯諾諾的樣子，送著兩位貴女到門口。

三公主對文秋這樣的女子十分不耐，沈芳菲倒是對她溫和地笑了笑。文秋見像沈芳菲這樣的貴女還能給自己好臉色，不禁心存感激。

沈芳菲盈盈笑道：「還煩勞夫人幫我找找我那粗使丫頭，只要夫人幫了我這個忙，我必定湧泉相報。」

文秋心中一突，直說好。

大學士夫人待兩位貴女走後，板著臉將兒媳婦叫上來問話。「最近誠兒在家裡有沒有好好唸書？」

文秋早就被丈夫打怕了，戰戰兢兢地說：「相公一直在家裡苦讀。」

大學士夫人坐在椅子上不說話，沈默了一陣子。「真是這樣？」

文秋想了想，小心翼翼斟酌字句後才說：「相公偶爾與麗妃的弟弟李理在一起。」

「混帳！」

大學士夫人狠狠地將茶杯扔到地上，茶水濺了文秋一身，文秋急急跪下。「母親息怒。」

「你們眼裡還有我這個母親？」大學士夫人怒極反笑。「誰不知道那麗妃的弟弟被打斷腿以後，便荒唐度日，誠兒與他一起還有好樣可學？」

文秋欲哭無淚，丈夫怪她管得太多，對她拳打腳踢，婆婆嫌她管不住丈夫，對她任意辱罵，這一切的一切都讓她忍無可忍。

大學士夫人坐在椅子上想了想，對跪在地上的兒媳婦說：「妳去查查家裡是不是真的有這樣一個丫頭，沒有也就罷了，如果有的話……」她疲憊地揮揮手。「把她了結了吧。」

文秋唯唯諾諾稱是。

大學士夫人看著跪在地上的媳婦，心生厭惡。

哪家後院沒有一點糟心事？偏生娶回來一個傻的，連丈夫後院裡進了什麼人都不知道。

文秋進了丈夫經常去的小偏院，呆妞正被關在那兒，她死活都不肯換下剛被搶來時穿的衣服，所以身上沾著灰。

呆妞見文秋帶著丫鬟走進來了，有些防備。

「妳叫呆妞？」文秋緩緩地問道。

莫名其妙被抓走，讓呆妞又急又怕，再加上對陳誠的防備，讓她整個人變得渾身帶刺。

「是又如何？不是又如何？」

「妳家小姐來尋妳了。」文秋如此說道，她突然有些羨慕呆妞，這個世上還是有在意她、惦記她的人啊。

「沈小姐來尋我了？」呆妞一雙眼睛瞪得大大的，十分激動。「我能回去了？」

她忍了許久的淚水，終於嘩啦啦地流了下來。

文秋沒有回呆妞的話，而是靜靜地坐在她對面，審視著這個女孩，彷彿她是一件奇貨可居的貨物。

如果她此刻聽了婆婆的話，除掉呆妞的話，她在大學士府的生活不會有任何改變；但如果她將呆妞送出去，進而得到三公主、沈小姐的幫助，是不是就能逃離大學士府這個地獄呢？

到底賭還是不賭？

文秋看著呆妞，神色變幻莫測。

呆妞生於山野，不會知道大宅裡女人的海底針心思，只是撲通一聲跪下來。「求妳幫幫我！」

「少奶奶？」文秋的心腹丫鬟春喜在一邊喚著。

文秋聽了淒涼一笑，大學士府沒有人看得起她，除了她帶來的陪嫁丫鬟，誰把她放在眼裡？可是她帶來的四個心腹丫鬟，活活被陳誠折磨死了兩個，還有一個被賣到了青樓，她身邊也只剩這一個心腹丫鬟了。

春喜也有自己的小心思，她眼看其他姊妹都折損在姑爺手裡，而小姐完全沒有反擊的餘地，加上此刻看出了文秋的猶豫，為了文秋，也為了自己，她必須賭一賭。

「是奴婢見呆妞姑娘可憐，私自將她放了，和少奶奶並沒有任何關係。」春喜道。

文秋的唇在顫抖，她鎮定了一會兒才說：「就按妳說的做吧。」

文秋轉身離開囚禁呆妞的小院，留下春喜一個人對呆妞說：「姑娘，跟我來。」

春喜趁夜深人靜之時，將呆妞裝扮成婆子，悄悄送到了大學士府最不起眼的側門，門口早有接應，是她自小就認識的張小掌櫃。

呆妞結結巴巴地說：「這位姊姊的大恩，我一定沒齒難忘。」

春喜嘆了一口氣。「如果妳真的感激我，就求求你們家小姐幫幫我家少奶奶吧。」

呆妞聽了此話，想到陳誠的無賴與殘暴，鄭重地點了點頭。

春喜將呆妞送走之後，又在亂葬崗找了一具女屍冒充呆妞，從頭到尾，煞費苦心。

文秋見呆妞已被送走，便帶人去回覆了大學士夫人，說陳誠帶回來的那個丫頭正是沈芳菲的粗使丫鬟，便將她處理了。

大學士夫人聞言，滿意地笑了笑，這個媳婦還是有可取之處的。她撥了撥手中的佛珠。「將那丫鬟葬在義人塚吧，為她燒點紙錢，讓她好上路。」

陳誠剛與李理在外面廝混回來，興沖沖地跑到偏院裡，準備逗弄呆妞一番，卻不料呆妞已經消失不見。

陳誠在大怒之下，叫來了伺候丫頭問清楚原委，知道呆妞被文秋處理了，氣沖沖地走進文秋的廂房，文秋正欲迎上去，便被他一腳踢在地上。

「真是膽子大了，連我中意的人都敢處理了！」

陳誠怒髮衝冠的樣子，讓身邊深受其害的丫鬟嚇得瑟瑟發抖，還沒等文秋撐起身子，他走上去又是一頓好踢，春喜實在看不過去，跑過去抱著文秋。「姑爺，別打了，是夫人吩咐這麼做的。」

陳誠挺直身子，春喜以前因為姿色不顯，從未被他注意過，但是這一回抱著文秋，反而讓陳誠發現她身形豐滿，別有一番風味。

他淫笑道：「我從未發現春喜妳豐乳細腰，如此有韻味呢。」

文秋聽了此話大驚，能夠忠心耿耿陪在她身邊的陪嫁丫鬟，就只有春喜了，如果春喜再被陳誠要去，她在這大學士府裡，可就真正的孤掌難鳴了。

春喜聽了陳誠的話，全身都在顫抖，她與文秋陪嫁鋪子裡的張小掌櫃青梅竹馬長大，互相約定等年紀到了，便求文秋成全。

可是不料，小姐嫁給了中山狼，兩人的事便延遲下來。

春喜暗暗發誓，與其被陳誠侮辱，還不如死了算了。

正當主僕二人萬念俱灰之時，外面小廝進來了，大學士夫人聽說兒子回來了，要兒子速速去見。

文秋見陳誠走了，鬆了一口氣，在春喜的攙扶下站起來，硬生生地吐了一口血。

春喜大驚，連聲叫著小姐，並要請大夫過來。

文秋按了按春喜的手，心如死灰地說：「不用了。我過幾天便把妳和張小掌櫃的事辦了。如果我葬在這裡了，就只有妳會逢年過節給我幾炷香了。」

春喜連連說不要，文秋只是搖搖頭，和衣睡去。

大學士夫人見了兒子後，將其訓斥一頓，但又因為慈母之心，在陳誠發誓不再強搶民女之後，便承諾給兒子多採買幾個清白的女孩。

張小掌櫃行事認真，既然主子親自吩咐了事情，他一定會盡全力辦妥。

他親自在半夜送著呆妞到了沈府側門，沈芳菲似乎早就預料到文秋會如何選擇，便吩咐了管家，如果有人帶著一個濃眉大眼的姑娘上門，就將她帶到跟前來。

張小掌櫃跟著出來迎接的侍女走進沈府，有些焦灼地等待著。

這時，裡面走出一個俏生生的丫鬟，這名丫鬟不是別人，正是荷歡。

張小掌櫃見這丫鬟的穿著不比尋常富人家小姐差，便知道這一定是沈小姐身邊的得意丫鬟，他諂笑著說：「這位姊姊，我算是完璧歸趙了。」

荷歡清脆地笑了笑，露出了兩個小梨渦。

她遞給張小掌櫃一個紅底金絲線的荷包。「這是我們小姐謝謝你的。」

張小掌櫃接過荷包，發現荷包裡的銀錢是滿滿的，他想到自家少奶奶的委託，搖了搖頭，又將荷包遞給荷歡。「這都是舉手之勞，但是還希望沈小姐能幫幫我家小姐。」

荷歡愣了愣，對張小掌櫃說：「你稍等。」便又進了芳園。

張小掌櫃靜立了一會兒，荷歡走了出來，對他說：「我家小姐說了，答應你家少奶奶的事情，絕不食言。」

張小掌櫃吁了一口氣。「那我也能安心回覆主人了。」

荷歡笑了，又將手上的荷包遞給了張小掌櫃。「小姐說了，必須要感謝您跑這一趟。」

張小掌櫃這才拿了荷包，發現荷包似乎比之前的更沈了。

呆妞被荷歡帶進了芳園，她還沒進園子，就聞到一股莫名的清香。

她低頭盯著腳下的青石板，她曾聽鄉裡有見識的人說過：「沈家的青石板都是從雲南運來的名貴品。」

思及此，她更是不敢抬頭，看著自己有些破舊的鞋，越發拘束起來。

「呆妞？」

直到聽見有人叫她，這才急忙抬頭，她看見一個少女懶懶地坐在琴邊，穿著名貴絲綢製的衣裳，露出鎖骨，這個少女正是沈芳菲。

沈芳菲自重生以來，就喜歡純潔的人與物，呆妞天真純樸，給她留下了很深的印象。

沈芳菲笑看著呆妞好好地站在她面前，雖然面容略微憔悴，但是眼中沒有絕望與怨恨，便知道陳誠暫時沒有動她，於是笑嘻嘻地對呆妞說：「那個陳誠有沒有欺負妳？如果他欺負妳了，我幫妳揍他。」

沈芳菲在呆妞心中一直都是天上的仙女，仙女講這種話讓呆妞驚訝地張大了嘴，她搖了搖頭，小聲說：「我已經揍過他了。」

呆妞在山野裡長大，力氣比尋常女子要大一些，在陳誠對她動手動腳的時候，她可是卯足全力反抗。

沈芳菲聽了哈哈大笑，直說：「呆妞妳真是個寶貝。」

呆妞摸了摸頭，並不知道沈芳菲在笑什麼，她突然想起春喜的話，直直地跪下說：「求小姐幫幫大學士府少奶奶。」

沈芳菲在大學士府已經見過文秋面色憔悴，知道她日子過得不好，卻不料聽了呆妞的話，才知道文秋的日子過得比她想像中的還差得多。

她一邊同情文秋，一邊後怕要是姊姊當時嫁給了陳誠，豈不是這一輩子都毀了？

她鄭重地點點頭。「我承諾的事，一定辦到。」

這一晚，石磊度日如年。

他原以為日子會一天一天好起來，妹妹能等到他考取功名後，在他的庇護下幸福生活，卻不料，呆妞卻被擄走了。

原來再怎麼努力上進，沒有權勢就還是只能如一隻螞蟻，在那些權貴的手上，可以生，可以死。

他守在沈府正門外等著消息，看著那高高的牆，突然有一種莫名的絕望。

什麼時候，他才能庇護妹妹和家人？

什麼時候，他才能光明正大地踏過那道牆，走到沈小姐面前，有什麼話都能與她說？

正當他深感無力之時，看門的終於來到他身邊，說道：「快進來，你妹妹回來了。」

石磊這才終於看見一絲曙光。

第十八章

沈芳菲正坐在榻上和呆妞聊天，呆妞說著農莊裡的事情，沈芳菲聽得很入迷。她在前世也好，今生也罷，從來都是貴女，不曾在農莊上生活過，不知道那裡也如此有意思。

石磊跟著侍女走進沈府，他見著青石路旁燈火通明，正前方是一堵築在水上的白牆，上覆黑瓦，牆頭砌成高低起伏的波浪狀，正中一個月洞紅漆大門虛掩著，有琴音隱約傳來，門上黑色匾額書寫「芳園」兩個燙金大字。

侍女走到這兒，抱歉地對石磊笑了笑。「請您稍等片刻。」

石磊這才停下了腳步，他儘管沒有看過如此美麗的園子，卻不四處張望。

他其實對貴女們並無好感，覺得她們驕傲又自大，心情不好的時候還會騎著馬踏過莊稼，若是攔著她們的路了，還會挨上一鞭子。

可是，沈芳菲卻與她們不同。

當侍女帶他來到芳園大堂，石磊原以為只有妹妹等著他，卻不料還有沈家小姐。

沈芳菲的嬌容雖然經常在石磊的腦中晃著，可是他並不敢抬頭放肆看，他低著頭，只看到那一雙鑲著大顆珍珠的繡鞋，他的心似乎被繡鞋上的珍珠刺了刺，跪在地上。「多謝沈小姐搭救。」

沈芳菲被石磊這一跪，驚得站了起來。「你這是做什麼?當初你救了我，我還沒有謝謝你呢。」

石磊聽沈芳菲的聲音毫無鄙夷，不由得抬頭看了她一眼。

只見她面色紅潤，不再是那天的蒼白，即使未施粉黛，卻清新動人，雙眸似水。

還不等石磊說什麼，呆妞驚叫。「哥哥，你的額頭怎麼了?」

石磊聽到妹妹的叫聲，抬了一下頭，才發覺磕頭時流下的血還未拭去，在他的臉上怕是顯得有些駭人。

沈芳菲看著石磊的額頭，不由得皺了皺眉。

「你這個人，怎麼這麼不愛惜自己?」

上次他揹著自己時，雙腳流血也是面不改色的。她招呼荷歡拿了藥膏來給呆妞，讓呆妞盯著石磊，每日按時搽藥。

荷歡看沈芳菲的鄭重其事，不由得有些驚訝，她家小姐對不相干的人都是輕描淡寫的，但是對這個少年卻很是上心。

「我要去從軍。」

莫名的，石磊突然對沈芳菲冒出這句話，說完這句，他又覺得有些失言，他參不參軍與沈小姐有什麼關係?

這是他思索一晚後得出的結論，與其耗費多年寒窗苦讀，不如從軍立功來得快速，才能好好庇護家人。

四周的人聽著這話，都是一愣，在大梁朝，只有走投無路的人才主動參軍，參軍雖然薪餉高，但那是出生入死的行當，也許今天去了，明天就回不來了，怕是連個屍首，都只能留在異鄉。

沈芳菲卻不是如此想的。

石磊便是從軍中起家的，他由一個小兵做到大梁朝的大將軍，靠的不只是運氣而已。

按理說，她應該支持石磊從軍，可是她的心中卻閃過一絲離愁。

「男兒志在四方，我沈家也是靠參軍起家的，你未必不能混出名頭來。可是戰場上向來刀劍無眼，你要記著，總有人，等你回來。」沈芳菲坐在椅子上，淡淡地說道。

那些等我回來的人裡面，有沒有妳？石磊在心中默默問道，最終只對沈芳菲深深地鞠了個躬。「小姐說得是。」

「既然呆妞被擄一事是因我而起，你去從軍的日子裡，我會幫你照顧她。」沈芳菲說道，她不願意如此英雄，在戰場上還有牽掛。

石磊看著沈芳菲，眼中閃過的不只是感激，還有一些別的。

第二日，沈芳菲吩咐了官家要了推薦的名帖，並將沈于鋒手抄的兵書叫呆妞送給了石磊。

石磊接到名帖與兵書，靜靜地將它們放在床邊，床上還有一瓶沈芳菲叫人拿來的傷藥，他盯著這些東西，愣了半晌，當日便去軍營裡報了名。

在他準備跟大軍離去的前夜，呆妞有些神秘的從衣襟裡拿出一個小香包，遞給他。

「這是什麼？」石磊皺著眉頭問道。

「難道哥哥忘了？是沈小姐讓我給你的。」呆妞眨巴著大眼睛說道。

石磊這才想起那日，他見她皮膚細膩，怕她被毒蟲毒蛇騷擾了，便將這個香包取下來給她，她居然沒有將這個香包扔掉？

石磊接過香包，卻發現裡面的香料已經被人換過了，以前隨便採摘的刺鼻草藥大概換成了名貴香料，在石磊手中散發著陣陣幽香。

明明知道，這幽香不可能來自沈小姐身上，但是石磊又不由得有些聯想，他萬分珍惜地將這香包揣入了懷中。「幫我多謝沈小姐。」

「那是自然。」呆妞點了點頭，又輕輕說道：「沈小姐讓我叫你一路保重。」

哥哥對香包珍惜的神情讓呆妞猜到，莫非哥哥喜歡沈小姐？可這一個是天、一個是泥的，她有些擔憂起來。「哥哥……」

「妳不要說了，我都知道。」石磊淡淡地說道，只希望她能來得及等他建功立業……

沈芳菲的一舉一動瞞不過沈夫人的眼睛，她喚來人一問，便知道事情的來龍去脈，只怕那日想要擄走沈芳菲的，便是大學士府的人。

可是此事並沒有證據，若是貿然捅破了，壞的還是沈芳菲的名節，沈家只能忍下此事，給大學士在朝上添了不少堵。

沈芳菲開始想著如何回報文秋，像她這樣的小姑娘，根本沒有辦法管到已嫁的婦人，她沈吟了一下，眼睛一轉，想到了辦法。

冬日來臨，她纏著沈夫人幫她舉辦賞梅詩會，沈夫人向來寵女兒，見女兒如此想和其他小姑娘聚聚，便不假思索答應了下來。

再過兩年，沈芳菲也是要嫁的，讓她多辦辦詩會，交交朋友也是好的。

沈芳菲細細寫了帖子，請了幾家京城裡數得上名頭的小姐、小媳婦，還特地設計了請柬，讓荷歡看得都呆了，直說從來沒見過如此雅致的請柬。

她將帖子寫完後，交給荷歡，讓她交由下人分發出去，又歪頭想了想。「我得寫封信給南海郡主。」

榮蘭接到信後，細細地看了，又小心地放在暗箱裡，她笑說：「我這個妹妹，之前一直不知道在忙什麼，忙完了吧，又開始交代我事情了。」

榮蘭的心腹丫鬟曉蓮聽到這話，看了看榮蘭的神色並無不滿，反而有些開心。像榮蘭和沈芳菲這種貴女，平時能客客氣氣的，相敬如賓，可是關鍵時刻，她能寫信來要妳幫忙，反而是將妳放在了心上。

榮蘭對曉蓮說：「她怎麼開始捧起大學士府的媳婦來了?因為她姊姊的事，沈家不是一直與大學士府不對盤嗎？」

「郡主下次去問問沈小姐便是了，何苦猜來猜去呢？」

榮蘭想了想。「也是。」

文秋進了大學士府後，就過著深居簡出的日子，大學士夫人接到帖子時還以為自己看錯了，居然有人邀請文秋參加詩會，邀請的人還是沈芳菲!

她在大堂上對文秋從頭到腳掃視了幾遍，沈芳菲會邀請文秋，怕也是看在大學士府的面子上。

畢竟她小姑娘家上次跑來要一個粗使丫頭，是很不妥的。這次邀請文秋，也算是變相地示好了。

她掀了掀眼簾，將帖子遞給文秋。「打扮得好一點，免得讓人家還以為我們虧待了妳。」

文秋接過帖子，內心十分激動，原本她見沈芳菲沒有任何反應，還以為她已經忘記了約定，卻不料，這帖子來了。

她回房後，看到陳誠正待在房裡。

他最近看上了春喜，再加上母親的呵斥，倒是對文秋客氣不少。

文秋對著鏡子描眉，陳誠走過來笑著坐下。「我來幫夫人。」

文秋愣愣地轉過身看著陳誠，她在娘家一向被人忽視，突然被訂親為大學士之子的媳婦，內心深處是有幾分竊喜的。

再加上陳誠高大英俊，說話做事都很得體，讓剛嫁過來的她芳心暗許，心想著也許那個在大門口哭訴的老頭，真如大學士府所說，是政敵安排的。可是好景不長，陳誠原形畢露、婆婆的自私勢利，都讓她如同生活在地獄中。

她在娘家之時，父親一心陶醉詩書，家裡被父親的寵妾把持住，她雖然知書達禮，但是無奈一手爛牌，連出嫁了，也不能翻身。

陳誠不發狂打人的時候，還是一個翩翩如玉公子，他幫文秋細細描完眉，說：「夫人，妳真是芙蓉面。」

文秋摸了摸臉，心想——我如此憔悴，還是芙蓉面嗎？

她想到沈芳菲的帖子，一顆曾經死去的心又跳動起來。

這一把，必須贏。她對自己這麼說。

小寒那日，文秋打扮好了，卻十分緊張地問春喜。「我這樣如何？」

春喜笑著說：「少奶奶這樣打扮，倒是讓我看出濃妝淡抹總相宜的味道。」

文秋搖了搖頭，她沒有穿婆婆叫人拿來的大紅大紫衣物，而是穿了月白色錦衣，倒顯得不落俗套。

她披了銀狐毛大氅，陳誠還送出來。「夫人慢走，那春喜……？」

就這麼等不及？

文秋嘲諷地笑了笑。「等我回來再議吧。」

文秋在陳誠面前一向懦弱，陳誠以為她是妥協了，連忙鬆開握著文秋的手。「夫人早點回來。」

文秋到了沈府門口，早已經有人在等，那個人不是別人，正是呆妞。

呆妞穿著粉紅色衣裳顯得喜氣洋洋，她看見文秋下了車，連忙迎上去。「陳少奶奶到了。」

文秋對呆妞笑了笑，親熱地握住了她的手。「瞧妳這小手冷的，趕緊和我一起進去暖暖。」

沈芳菲欣賞呆妞，便留她在身邊辦事，但知道石磊他日會功成名就，所以並不會派遣呆妞做什麼，今日是因為呆妞認為文秋是救命恩人，所以特地在門口等著。

文秋見呆妞穿得不比一般富家小姐差，便知道在沈芳菲心裡，呆妞的分量不小，心中的一塊石頭落了下來。

在沈芳菲的芳園裡，她要好的一些小姊妹早就來了，屋子裡地暖燒得足足的，讓人一進去就感覺到熱氣。

「說曹操，曹操就到。」沈芳菲抬眼見文秋來了，連忙走出門外，嬌聲說著：「秋姊姊，妳可來了。」

榮蘭已聽沈芳菲說過事情的前因後果，知道她辦這場詩會的目的，就是為了提升文秋的地位，再多結交幾個貴女朋友，讓大學士府不至於太輕視她。

她也笑盈盈地走過來拉著文秋另一隻手。「我聽芳菲說起妳很久了，但是百聞不如一見，居然是個這麼風流的人物。」

沈芳菲和榮蘭一唱一和，讓在場所有人的目光都盯在文秋身上，她們早就耳聞過大學士之子陳誠的劣跡斑斑，卻從未看過他的妻子。

在場眾人已經知道她所嫁非人，但是沈芳菲這個主人和榮蘭這個郡主一唱一和，無論真心與否，大家都會說文秋好。

「咦？這位姑娘好是面善。」葉家的小女兒葉婷說道，她祖父是吏部尚書，父親是太常卿，身分貴不可言，所以一向心直口快。

文秋仔細看了看葉婷，笑說：「我與葉小姐從未見過。」

葉婷在回憶裡搜索了一遍，確定沒有見過文秋，又嘟囔著。「我和這位姊姊真的彷彿見過。」

葉婷自小迷糊，沈芳菲當然不會怪她，笑著對葉婷說：「只怕妳作夢的時候夢見的神仙姊姊就是這位吧。」

葉婷並沒有反駁，而是一臉疑惑地又看了看文秋。一般人被葉婷這麼看，老早就發怒了，但是文秋不笑不怒，任由葉婷打量，讓在場幾位對文秋又多了幾分好感。

「哎呀，我們就窩在這屋子裡？不是說今日要賞梅吟詩的嗎？」沈芳菲打斷了葉婷的打量。

葉婷的注意力被打斷，連聲叫著。「快去快去，我聽說妳府上的梅花可好看了。」

於是一行小姐們，披著大衣，來到了沈府的梅園。

第十九章

沈芳菲邀請貴女們來看梅花，就是因為對自家的梅園十分有自信。

貴女們披著大氅，站在走廊下，看著外面的梅花，沈家的走廊竟然也有厚厚的地暖，貴女們走在上面，絲毫不覺得冷。

外面下著雪，梅花在雪中一簇一簇，豔麗而不妖，清新而淡雅，像一位倔強的美人，面對嚴寒厲風，都不曾妥協。

丫鬟們端上了暖身的熱茶，遞給貴女們，榮蘭輕輕抿了一口。「真是美景美人交映啊。」

沈芳菲打趣道：「就妳嘴甜。」

其他貴女們哄笑了一陣，沈芳菲又說道：「既然今日開的是詩會，那麼我們就以梅為題，來作作詩好了。」

葉婷笑鬧著說：「妳這不是故意讓我丟人嗎？」

沈芳菲故作生氣。「誰都知道葉家小姐才思敏捷，居然還說我讓妳丟人？」

御史大夫家的小姐捂著唇笑說：「那我們要看看誰的詩最好了。」

眾小姐沈吟了一陣，開始作詩。

沈芳菲從來都無意做出色的才女，隨意在丫鬟拿來的箋上寫了一首中規中矩的詩，便當作充數。

其他小姐有好強的，便開始皺著眉冥思苦想；有中規中矩的，便看看梅花又在案頭寫幾筆；還有壓根兒對寫詩沒有興趣的武家姑娘，只是寥寥幾筆，就把詩箋放進裝詩的小匣子裡，又開始喝起茶來。

文秋的手有些抖，她外公雖然是個清閒的小官，但是文學造詣一向很高，包括她母親也是才女一名，既然是才女教出來的女兒，作詩水準一定不會低，她甚至十分自傲自己的文采，而在這裡，她卻不知道是該出色的好，還是該隱藏鋒芒的好？

沈芳菲早打聽到文秋的文采十分斐然，她喝了喝茶，笑著說：「姊妹們，可要把本事亮出來啊，不然我第一個不依。」

文秋聽了這話，雙眼亮了亮，思考了一下，開始寫起來。

她身邊的小姐看到她一手秀麗的小篆，不由得佩服道：「陳家少奶奶真是寫的一手好字。」

半晌後，貴女們將寫好的詩落好款，統統放到小匣子裡，由荷歡唸出來。

荷歡的聲音清脆，如大珠小珠落玉盤，一些姑娘覺得雖然自己的詩寫得一般，但是被荷歡唸出來，也別有一番風味。

荷歡唸到沈芳菲的詩時，特意看了她一眼，沈芳菲知道自己是什麼水準，對其他貴女們客套上的稱讚並不放在心上，倒是榮蘭說了一句實在話。「妹妹寫的詩，不在精巧在愜意。」

沈芳菲嗔怒地看了榮蘭一眼，玩笑說：「是是是，我的詩比起榮姊姊的，拍馬也難及啊。」

其他貴女見沈芳菲對自己的詩好不好完全不放在心上，也與沈芳菲開起玩笑來。

荷歡拿到最後一張詩箋時，面上閃過一絲驚異，她也算是伺候過小姐文墨的人，對詩歌略通一二，這首詩短短幾句，雖然用詞平常，卻能讓人感受到寫詩人的志趣。

她清了清嗓子，朗聲讀道：「耐得人間雪與霜，百花頭上爾先香。任他桃李爭歡賞，不為繁華易素心。」

在場的貴女聽見文秋這詩詞，微微一愣，她們首先驚訝於這樣一個小文官的女兒，詩詞居然寫得這般好，另外，她們在沒見過文秋之前，早就認定她是攀附富貴之人，才會不惜嫁給聲名狼藉的陳誠。

如今聽到文秋此詩，倒是有別的觀感——聽說她父親一向古板，使得貴妾把持家裡，只怕儘管文秋身為嫡女，有很多事也身不由己。

沈芳菲帶頭稱讚。「文姊姊的詩實在寫得太好了，任我是女子，聽了也覺得心中一震，深感梅中之魂高潔呢。」

其他貴女也紛紛點頭稱讚。

沈芳菲拍了拍掌，旁邊的侍女捧出一束紅梅來，她笑著說：「現在我們每人得一枝梅花，將梅花送給自己認為寫得最好的人。」

眾女嬉笑著拿過梅花，一陣送梅過後，文秋手中的梅花居然最多。

大家見她穿著素色衣裳，手捧著怒放的紅色梅花，煞是好看，又想起她的詞句，對她的同情與好感便多了幾分。

第二日，葉婷居然又上門，沈芳菲一邊叫丫鬟們布茶，一邊笑著說：「妳這是饞著我這兒的梅花糕？怎麼又來了？」

葉婷不管沈芳菲打趣，一臉神秘地說道：「我終於想起陳少奶奶像誰了。」

「哦？」沈芳菲挑了挑眉。

「像我家老爺子的姊姊！」葉婷說完，像是爆了一個驚天大料。

沈芳菲一向覺得葉婷可愛，打趣說：「人和人相像之事也是常常有的，莫非陳少奶奶還是妳家老爺子姊姊的後人不成？」

葉婷的臉色變了，搞不好還真有可能！

但這是葉家的私事，她也不好對沈芳菲和盤托出，只好彎彎繞繞地問起文秋的情況。

沈芳菲知道的也不多，她想了想說：「她父親是進士出身，母親倒是出自文官家，只不過她外公雖然才華橫溢，為官之道卻一竅不通。關於其他的，我就不知道了。」

葉婷聽了此話，喃喃道：「還真有些對上了。」

沈芳菲沒聽清葉婷的話，問說：「妳說什麼呢？」

葉婷如夢初醒。「沒有說什麼，今日我可要走了，改日事情成了再謝謝妳。」說完，便一陣風般地走了。

沈芳菲看著桌上還沒涼的茶，搖搖頭說：「真是個急性子。」

其實她也很好奇，葉婷跑來問文秋的事是為什麼？不過日子久了，總會有答案的。

當年葉婷母親生下三個兒子，全家都期盼著生個女兒嬌寵著，葉婷就在這樣的背景下出生了，她是嫡女，頭上又有三個哥哥，從小就是天不怕、地不怕的人物，連葉老爺子都拿她沒有辦法。

葉老爺子雖然對子女嚴厲，但是對這個小孫女卻是格外通融的，任由小孫女小時候坐上他的膝蓋、揪著他的鬍子，長大了還在他的書房隨意拿書看。

葉老爺子書房裡藏著的畫，就是被她在一次偶然的機會下看到的。

葉婷雖然被嬌寵，但不是個沒腦子的，她偷偷將畫放回原處，又悄悄地問自己的父親。「爺爺房裡那幅畫上的女人是誰？」

葉大人聽到小女兒的提問，愣了一下，神秘兮兮地說：「那是老爺子的姊姊。」說是葉老爺子的姊姊，其實也不大對。

葉老爺子年少時家境優渥，但是因其父親在官場上犯了錯入獄，一時之間，葉家便從天堂掉到了地獄。

葉老爺子的好友任飛見葉家落魄，便私下接濟多時，並指點其學業。任飛只有一女叫任秀，比葉老爺子稍大些，性格賢良淑德，與葉老爺子頗為契合，葉母便作主讓兩人訂了親。

時光流逝，葉老爺子上京趕考，約定回來與任秀成婚，卻不料一朝成了探花郎，又被京城貴女看上。

葉母見京城貴女美麗端莊，且娘家能扶持兒子，讓葉家東山再起，便起了與任家悔婚的心思。

當時任飛已去世，只剩下一個女兒孤苦伶仃，他本以為女兒能受到葉家的庇護，卻不料葉母也有嫌貧愛富的一天。葉老爺子死都不願意迎娶貴女，但是任秀心高氣傲，不願接受葉母的為難，於是修書一封，解釋她與葉老爺子只是姊弟，並無婚約，從此再也沒了消息。

葉老爺子回鄉之後，聽到此消息，心魂俱裂，再去尋任秀時，卻聽聞她已嫁人，所嫁之人才高八斗，與他不分上下，這才停止尋找。最後也未與葉母看中的貴女成婚，而是娶了一個小官的女兒，氣得葉母連聲說不認這個兒子。

葉老爺子這一段過去，葉老夫人也知道。

她從來都是心寬之人，笑說沒有任秀就沒有今天的葉老爺子，畢竟葉老爺子當日拮据之時，任秀私下貼補了不少的。

葉老夫人的大度也讓葉老爺子心存感激，一生並無納妾。

葉婷回家以後，便將這件事告訴了母親，葉夫人也曾聽丈夫說過，任秀始終是公公心中的一根刺，這根刺在時間的流逝中並沒有淡去，反而成了毒瘤。

她想了許久，將此事告訴了葉老夫人。

葉老夫人聞言，閉了閉眼。

「叫婷兒明日下個帖子，要那位姑娘來見一見。」

葉夫人在堂下愣了半天，料不到婆婆竟然是這個態度。

葉老夫人嘆了口氣。「這男人啊，堵不如疏。」

如果她當年進門，見相公心心念念著任秀而大吵大鬧，失了和氣，那麼如今的她便不可能安安穩穩坐在堂上了。

葉老爺子下了朝，第一件事便是陪葉老夫人吃飯。

他倆伉儷幾十年，葉老夫人一向都是溫柔和婉的，從未與他紅過臉。

就算他剛開始惦記著任秀，她也是不言不語地陪在他身邊。

她為他生了三個兒子，個個都是有本事的，連他刁鑽刻薄的母親也被她照顧得很好，他為什麼不將她放在心上呢？

葉老爺子不喜歡讓兒媳婦伺候，吃飯都是他們兩人。今天葉老爺子吃飯時，發現老妻有些心事重重，不管怎麼問，也問不出心中在想什麼，他十分懊惱，叫來兒子，要兒子回去和媳婦說，對婆婆多上點心。

葉夫人當然知道婆婆心中的事是什麼事，但是有些事，不到最後，還不能說。

文秋接到葉家的帖子後，感到十分錯愕。

沈芳菲是因為呆妞之事才邀請她，而她與葉婷素來沒有交集，這邀請就有些不合常理了。她又看了看帖子，葉婷說還邀請了沈芳菲與榮蘭，於是想著，大概是沈芳菲說要邀請她，她才順便被邀請的吧？

她將帖子放在一旁的匣子裡，對春喜說：「明日我穿那件翠色的袍子。」

春喜喜孜孜地應了。

沈芳菲接到帖子時，正與榮蘭在一起看書。

她看著帖子，百思不得其解。「葉婷這是玩什麼花樣？還沒幾天呢，就邀請我們與文秋去她家。她與文秋在那場詩會上沒有什麼交集啊？」

之後，沈芳菲、榮蘭、文秋進了葉府。

葉婷早就帶著人在府前候著了，她將頭髮綰成垂雲鬢，斜插了一支雪玉釵，一條束腰月白散花裙，襯得她格外嬌俏，她看著三人，笑說：「三位姊姊真是美人，倒讓我自愧不如了。」

沈芳菲親熱地攬住葉婷的手。「以前可沒見妳這麼勤快地邀請我，是不是有什麼好東西要和我們分享啊？」

葉婷的雙眼在文秋身上停了一會兒。「有什麼好東西呀？是我家老夫人在家實在閒得無趣，教我叫幾個小丫頭來給她解解悶呢。」

葉老夫人？沈芳菲知道，沈太妃最佩服的人中就有葉老夫人一個，她曾經對沈芳菲說——「妳是沒有機會見到葉老夫人，不然一定要和她學學。」做一個溫婉的女子容易，做一個讓身邊人想對她好的溫婉女子卻很難。

榮蘭自然也聽過葉老夫人的事，對這樣一位老夫人又好奇又有些敬畏，她笑著說：「敢情妳是要我們來幫妳彩衣娛親的？」

文秋看著她們三個說說笑笑，心中還是有些自卑，但也附和著笑了幾句。

葉婷瞅了瞅文秋，笑著說：「老夫人看了文秋的詩後，很是喜歡，連聲說要見見寫詩人是不是也如此可人呢。」

文秋的雙頰閃過一抹紅，不好意思地說：「老夫人過獎了。」

三人進了大堂，葉老夫人坐在上位，一眼就認出了文秋。

她長得和任秀可真像，她年輕的時候經常看到葉老爺子書房裡的那幅畫，任秀的長相，可是她這輩子不會忘的。

她眼神黯了黯，既然已經過世了，怎麼上天又弄了個一模一樣的外孫女過來？這些年來，別以為她心中沒恨、沒怨，其實剛剛嫁過來的時候，婆婆為難，丈夫心心念念的都是那任秀，娶她不過是因為她好拿捏而已。她一直告訴自己，不能將情緒外顯，丈夫想要什麼樣的妻子，她就做什麼樣的妻子，這麼多年了，居然也修成正果了。

「那個穿著翠色衣裳的可是文秋？」葉老太太問道。

還沒等文秋回答，葉婷就笑著說：「祖母真是好毒的眼光，一眼就看出文秋是誰。」

葉老太太揮了揮手，笑著說：「妳當我是傻子？」

文秋連忙走上前，對葉老夫人行了禮。「葉老夫人好。」

榮蘭和沈芳菲對視一眼，覺得葉老太太此次是衝著文秋來的，但是葉家與文家素無瓜葛，不可能有什麼交集啊？

葉老夫人細細地打量了文秋，笑說：「妳這模樣，還真和我過世的一位老姊妹很像。」

文秀的心動了動，她母親曾經說過她長得極似外祖母，而她外祖母也才華橫溢，有一顆七竅玲瓏心。但是她不敢貿然相認，只是答說：「聽我母親說，我與我外祖母是十分相似的。」

葉老夫人聽了此話，心中更確定了兩、三分。「妳外祖母可叫任秀？」

文秋點了點頭。「我外祖母正是任秀。」

第二十章

葉老夫人聽了此話，面上表情不變，仍是一臉和藹，內心卻五味雜陳。

她花了大半生的時間消除任秀的陰影，卻不料她的外孫女竟硬生生地站在她面前。

她頓了頓問道：「妳外祖母有沒有跟妳說起過我？」

文秋搖了搖頭。「我外祖母過世得早，連母親對她的印象都很模糊。」她心中酸澀，如果早知道外祖母有這樣的摯交，那當時她是否能求一求？自己就不用嫁進中山狼家，連弟弟也能得到栽培。

葉老夫人深深嘆了口氣。「妳外祖母也是命苦。」

文秋對外祖母的事知道得很少，所以並不搭腔，只笑說：「如果外祖母知道老夫人這麼惦記她，心中肯定十分感激。」

葉老夫人知道任秀去世後，興致不是太高，但還是叫身邊的嬤嬤拿了最好的翠玉鐲子送給文秋。「這算是我代妳外祖母送給妳的。」

文秋見這鐲子剔透貴重，連忙揮手。「小輩萬萬不能收。」

葉老夫人說：「長輩之物不可推辭，妳就接著吧。」

沈芳菲在旁邊笑嘻嘻道：「文姊姊，這麼好的鐲子我們都看了眼饞呢，還不快接著？」

文秋這才接過了鐲子。

葉老夫人指了指沈芳菲與榮蘭，笑說：「今天別怪老夫人我偏心，見者有分。」她又讓嬤嬤拿了兩套頭面過來，都是上上的精品。

沈芳菲和榮蘭大方地受了。「今天真是運氣好。」

葉老夫人跟幾個小姑娘說了會兒話，似乎有些倦了，她對文秋說：「既然我與妳外祖母是舊識，如果妳有什麼事就來找我，我必然要為姊妹的外孫女出一把力的。」

文秋感激地謝過。

葉婷送沈芳菲、榮蘭、文秋上了馬車後，回到大堂，見自己的母親伺候在老夫人面前，老夫人的興致似乎不太高昂——有幾個看見了昔日情敵的外孫女能開心的？她能送出貴重的鐲子和願意要出一把力，算是很難得了。

葉夫人暗暗地將自己擺在老夫人的位置上想了想，搖了搖頭，那時候，老夫人的心裡可真苦。

葉老爺子下朝回來後，覺得自己的老妻還是挺不對勁的，他搖頭晃腦地說：「是誰給妳添堵？我找他算帳去。」

葉老夫人緩緩放下了筷子，一雙眼睛盯著葉老爺子有些幽深。

葉老爺子被盯得有些訝異，低頭看了看自己。「我臉上沒有什麼吧？」

葉老夫人閉了閉眼，似下定了決心，幽幽地嘆道：「我今日見到了一個小媳婦，模樣和當年的任秀一模一樣。」

葉老爺子雙眼閃爍了下，但是多年的朝堂經歷已經讓他變得很是沈著。「一模一樣？世界上哪有一模一樣的人兒？」

「你可記得陳大學士的兒子？他虐待侍女的事弄得京城裡都知道，大家都不願意把女兒嫁給他，只好找了一個小文官的女兒娶了，誰知道那個女兒居然是任秀的外孫女呢。」

葉老爺子將茶杯端端正正地放在桌上，他對任秀內疚頗深，這件事也曾讓妻子嫁過來的時候受盡委屈，但是妻子為他操勞一輩子，如何再讓她為任秀的事傷心？

他咳了咳。「任秀曾對我施恩，而我又無法實現當初的承諾，只求夫人看在任秀這一點血脈的分上，幫那個小媳婦一把。」

文秋因為沈芳菲、葉婷頻頻邀請的緣故，終於在大學士府被另眼相看，大學士夫人雖然對她還是冷嘲熱諷，但是態度和緩了很多。

陳誠雖然對文秋表面上尊重了一些，但是話裡話外，還是想要納了春喜的意思。

春喜某日在陳誠調戲的眼光中，匆匆走出房間，躲在隔壁小廂房裡。

文秋待陳誠走後，對春喜說：「明日妳叫張小掌櫃來一趟，得把你們的事給定了。」

春喜聽了，連忙跪下。「我走了，那少奶奶怎麼辦？」

「難道妳想給陳誠做通房丫鬟？」
春喜連連搖頭。「少奶奶，您知道我的意思。」如果連她都出去了，那麼文秋在大學士府就真的孤掌難鳴了。
文秋說：「妳嫁出去還是得幫我做事的，妳與張小掌櫃幫我把鋪子料理得好好的，總有一天，我用得上。」
春喜不能留在大學士府了，陳誠最愛的就是搶人家的老婆，她伺候了她這麼久，如果還讓陳誠糟蹋了，寒的可不只是她的心。
第二日，陳誠見文秋招了自己嫁妝鋪子裡的張小掌櫃過來，叮囑了一陣，又見春喜與他兩人都一臉喜色，等兩人走了之後，好奇地問文秋。「這是發生什麼好事了？」
文秋笑了笑。「張小掌櫃與春喜自幼青梅竹馬，是時候該置辦一下了。」
陳誠聽了此話，剛剛臉色還如陽春三月，現在卻黑得像閻羅王，他一腳踢翻文秋身邊的小櫃子。「我不是說了，春喜給我留著嗎？」
「可是我從來沒有答應過。」文秋淡淡地說。
陳誠想一巴掌搧到文秋臉上，卻想起她經常和貴女們見面，又忍了下來，直接一腳踢在她身上。
文秋挨了一腳，火辣辣地疼，她咬了咬牙說：「外面的女人多了，相公何必只盯著我身邊的丫鬟？」

陳誠見文秋完全沒有了以往的唯唯諾諾，反而有些咄咄逼人，冷聲道：「妳倒是長進了。」

文秋不甘示弱。「這都是相公逼的。」

「哦？」陳誠覺得有些意思。「妳以為被幾個貴女邀請參加詩會，妳就能翻身作主了？也不照照鏡子看看自己長什麼樣。」

文秋動了動嘴巴，沒說話，只是運足氣，狠狠地甩了陳誠一個巴掌。

陳誠從小嬌生慣養，哪裡受過這樣的氣？

他凸著雙眼如同暴躁的狼想吞了文秋。「看來夫人是想要我將放在其他女人身上的手段為妳示範一次？」

方才文秋一巴掌下去後，便有些膽怯，但她覺得自己已經到了絕路，橫豎是死，所以又不懼怕陳誠了。

「我的兩個祖宗啊，鬧什麼呢？」大學士夫人身邊的老嬤嬤走過來驚呼道，這一對夫妻，正跟仇人似的怒瞪著對方，讓老嬤嬤不由得嘆氣，心想這真是上天給的孽緣。

大學士夫人已經囑咐她多次，讓她看著文秋與陳誠，卻不料他們今日竟對峙起來，真是讓人頭疼。

大學士夫人知道消息以後，叫兩人到大堂，罵了他們幾句，對兒子她是輕描淡寫地就放過了，但是對於文秋卻沒有這麼好聲好氣，將其敲打了一頓。

陳誠並沒有將被打一巴掌的事告訴母親，畢竟實在太沒面子了，但是他在出來時狠狠地對文秋說：「妳給我等著。」

文秋回了房，默默地坐在床邊拭著淚，春喜走過來，幫她脫去外衣，看見腰間有一個大大的瘀青，不由得驚呼一聲。「他這是要踢死少奶奶啊！」

文秋斜著嘴角笑了笑。「死？就算是死，我也要拖著他們下地獄。」

第二日，葉婷興致勃勃地邀著沈芳菲、榮蘭、文秋去葉府遊園，四人向葉老夫人請了安，嬉笑了一陣。

葉老夫人笑說：「要是每天有幾個像妳們這樣的小姑娘向我請安，我都可以年輕好幾歲了。」

葉婷攬著文秋的腰。「我可是最喜歡文姊姊這樣如水做的女子。」

文秋的腰被碰到，昨日被陳誠踢的傷還隱隱作疼，她驚呼了一聲，葉婷好奇地問：「姊姊怎麼了？」

沈芳菲想起陳誠的不良事跡，一張臉黑了下來。「還請葉老夫人身邊懂醫理的嬤嬤幫姊姊看看，萬一姊姊傷著碰著了，我們也好生內疚。」

葉老夫人不知道沈芳菲在玩什麼把戲，只是被葉婷碰了一下，值得這麼大驚小怪？但是她又想起了陳誠的名聲，不由得臉色一沈，叫身邊的趙嬤嬤帶著文秋去旁邊的廂房看看。

文秋並不想讓別人知道自己受傷的事，卻說不過葉老夫人，只好跟著嬤嬤進了廂房。

趙嬤嬤進了廂房，見文秋腰上有道駭人的瘀青，倒吸了一口氣。她看著面色不堪的文秋，轉了轉眼睛，心下有了定論。

她與文秋再次來到大堂的時候，只是笑了笑。「老夫人真是把這些姑娘當作瓷做的人了，怎麼碰一碰就會碎了？陳少奶奶好得很。」

文秋的臉色本來蒼白，但是聽見趙嬤嬤這麼說，心下略定，感激地看了趙嬤嬤一眼。

在場眾人都覺得有些蹊蹺，但是也不會當場直白地問出來，只是笑著說：「老夫人真疼我們。」

等眾人走後，趙嬤嬤才悄悄地對葉老夫人說：「陳少奶奶腰上有一個瘀青，挺駭人的，怕是被誰踢的。」

葉老夫人聽到這句話，狠狠地拍了拍座椅的把手。「陳家好大的膽子！」

文秋娘家人丁再單薄，她好歹也是一個文官的女兒、大學士府的當家媳婦，除了陳誠誰敢動她？

葉老夫人為人和善，這麼多年來也是任人欺負的主兒，如今年紀大了，沒有人給她添堵了，但是這件事，讓她怒了一回。

她叫趙嬤嬤從庫房裡拿了上好的傷藥送去給文秋，文秋拿著傷藥，感激地說：「多謝老夫人，我真是……」

趙嬤嬤是葉老夫人的親信，知道任秀與葉老爺子的瓜葛，雖然心中對任秀也有刺，但是見到文秋實在可憐，不由得安慰道：「一切自有老夫人。」

文秋哽咽道：「我何德何能受到老夫人如此青睞？」

趙嬤嬤笑說：「一切都是緣分。」

大學士夫人聽見是葉老夫人的心腹嬤嬤來了，連忙叫人打賞，並笑嘻嘻地說：「怎能辛苦趙嬤嬤呢？」

趙嬤嬤在後宅中待久了，也是個老狐狸了，她笑著說：「還不是怪老奴，沒有照看好陳少奶奶，讓她扭了腰。我家老夫人可心疼了，把我罵得狗血淋頭，我這張老臉啊，實在沒有地方放，只能來大學士府請罪了。」

大學士夫人的面色一變，她當然知道文秋的腰被陳誠踢傷了，卻摸不清趙嬤嬤這話是真是假。這到底是文秋的推脫之詞，還是葉老夫人在暗示她早就什麼都知道了？

她隱下百般思緒，面上和善道：「不小心扭傷是意外，這怎麼能怪趙嬤嬤？」

趙嬤嬤苦著臉。「陳少奶奶的外祖母與我家老夫人曾是摯交，卻因為嫁了人而失去了聯繫，我家老夫人看見她就彷彿看見了自己的手帕交，憐惜得不得了，這次回去，我這把老骨頭有的受罰了。」

大學士夫人叫人將文秋扶進房，笑著說：「嬤嬤不用擔心，您是葉老夫人的心腹，怎麼可能會受罰呢？」

趙嬤嬤見文秋進了房，知道目的已達到，她笑著說：「那老奴就不打擾府上了，這次還請大學士府莫怪罪。」

大學士夫人怎麼可能怪罪葉府，只得笑笑說：「怎麼會。」

趙嬤嬤走後，大學士夫人倚在榻上，冷笑了一聲。「這翅膀倒是越來越硬了。」

文秋的父親文理一直在翰林院編書，一向與世無爭。

某日，他編完書，走出門，看見自己一向欽佩的葉大人站在門口。

葉大人在文人中頗具清名，文理雖然一心讀聖賢書，但是也懂官場上的基本禮儀，走上去與葉大人行了禮。

葉大人看著文理，心中有些複雜，娘親叫他來為文理作一樁媒，不要只顧著編書，任小妾把持家裡。

什麼時候，他也需要管別人家的家務事了？葉大人想了想，罷了罷了，好歹是自家老爹欠下的債。

文理見葉大人並沒有轉身而去，而是看著自己欲言又止，便問道：「大人有何事指教？」

葉大人搖了搖扇子。「指教不敢，只是家母與你亡故夫人的母親有一段淵源，又偶然遇見了文秋，心中疼愛得緊，聽文秋說你自文夫人亡故以後，就再也沒有續弦？」

文理聽葉大人提及亡妻與女兒，臉上閃過一絲愧色。

自文夫人去世以後，他便如失了魂一般，鎮日埋首在編書上。連那一雙兒女，都不大樂意見了。好在亡妻的丫鬟紫英自擔重任，為他培育兒女、管持家裡。這個紫英並不是別人，而是將文秋嫁入大學士府的小妾。

葉大人見文理臉上有愧色，也見過文理的文章，知道他並不是那種為了權勢將女兒推入火坑的人，只是他一心編書，難免被蒙蔽了。

他一嘆說：「我家老夫人遠方親戚家有一女兒，人是極好的，就是入宮後做了姑姑，好在聖上仁慈，將到了年紀的宮女放出宮，不知道文大人是否有意？」

文理聽見這話，不由得一愣，葉家聖眷正濃，與葉老夫人遠方親戚的女兒結親，就是與葉家有了千絲萬縷的關係，這一樁婚事，於他是大大有利的。

他沈吟了片刻，對葉大人說：「多謝葉老夫人厚愛，我不日便差人準備禮品，前來提親。」

「說來說去，老夫人還是憐惜晟哥兒，小小年紀沒了母親，將來說出去，只怕是要被人笑話的。」葉大人輕描淡寫地說。

文理不是傻子，知道葉大人的言下之意，於是正色道：「我真是糊塗，多虧葉大人提點。」

第二十一章

文理回到家，紫英早已經在門口候著了，她每日都在門口等著，只為了給文理喝一口最新泡好的熱茶。

文理今日卻沒心思喝這口熱茶，他叫了旁邊的小廝。「你請二嬸娘來一趟。」

文理父母早亡，二叔如他父親，提親之事，自然是要二嬸來操辦的。

他坐在大堂等二嬸過來，紫英站在一旁柔柔地說：「大人今日連茶都不喝了，急急地叫二嬸過來，所為何事呢？」

文理並不回答，紫英面有委屈，但是她深諳文理為人，便也沈默起來。

二嬸來到文家大堂，見紫英在一旁，側了臉並不與她打招呼。

她一直覺得這個女人表面和善，內心歹毒得很。要不是如此，文秋怎麼會嫁進大學士府？

大學士府雖然已經解釋那場鬧劇是誤會，但是誰願意將女兒活活賠進去？只有文理這樣兩耳不聞窗外事的書呆子，才會認為這是一樁好親！

文理與二嬸寒暄了片刻，對二嬸說：「有人為姪兒保了一樁媒，還煩請二嬸幫我走一趟了。」

紫英聽到此話，心神俱裂，她以為自己的好日子會過上一輩子，卻不料文理人到中年，想起要續弦了。

二嬸瞥了瞥紫英，心中閃過一絲快意，總有人要來壓住這個不安分的女人了。「是哪家為你保了媒呢？」

「葉家，葉老夫人。」文理如是說道。

二嬸神色中閃過一絲詫異，葉家與文家，可是八竿子打不著的。

文理解釋道：「葉老夫人與靈兒的母親未出閣時是手帕交，她想著照看著老姊妹的這點血脈。」

葉老夫人在京城中的名聲極好，算是個頂頂聰明的人，如果是她選的人，二嬸也就放了心，別人隨便保的，她還怕正室被妾室拿捏住，兩個女人繼續鬥的話，這個姪兒的後院，算是徹底地完了。

之後她去提親的時候，見到了葉老夫人遠房親戚的女兒，心中更是一百個滿意，這姑娘叫葉湘，面容雖然不是頂標致，但勝在氣派與端莊。

葉老夫人更是輕描淡寫地說：「她在宮裡可是賢妃都倚重的姑姑。」

二嬸聽了此話，露出十分滿意的笑容。「葉老夫人保的媒，可沒有不成的，您放心，我那姪兒絕對會對葉姑娘好的。」

葉老夫人點點頭，兩家人交換了庚帖。

二嬸回去將見聞告訴了文理。「這葉家姑娘人美也知禮，持家是再好不過的，聽葉老太太說，她也是通文墨的，與你定能琴瑟和鳴。」

紫英在一旁面色不豫，她是丫鬟出身，大字不識幾個，所以與文理並不能談天說地。

二嬸看了看紫英，知道她又在打什麼主意，笑著說：「妳好好將這府裡的事理一理，等新夫人過門了，妳也可以舒坦幾天。」

紫英盈盈一拜。「我必定將府裡的事理得順順當當的，等夫人來接手。」

二嬸笑說：「那就好。」

葉湘入了門，讓文老爺有些喜出望外——這個妻子十分知書達禮，而且學識淵博。他向來都喜歡有才華的女子，文秋的母親去了，他就一心陷在編書上，卻不料，誤打誤撞之下得了個好的。

葉湘不知道任秀與葉家的糾葛，只當葉老夫人與文秋的外祖母真的是手帕交，決定照看文秋與她弟弟一番。

文秋聽了父親娶了新婦，按照道理來說是要上門拜訪的，但是她對娘家、夫家都極度失望，完全不想探望。

她雖然不上門，但是葉湘卻上門來了。

葉湘坐在大學士府上，笑著對大學士夫人說：「不知道我那閨女給府上添麻煩沒有？」

喲，這還撿了一個便宜閨女？

大學士夫人心中腹誹，但是面上卻不顯。

葉湘是蒙恩放出來的，在宮裡是極有臉面的，她嫁了文大人，一眾貴人都添了妝，在外行走時，其他夫人也是不敢小覷的。

大學士夫人叫了文秋出來，葉湘看著文秋，不動聲色地皺了皺眉。

她臉色蒼白，瘦得很，年紀輕輕，嘴邊皺紋卻很深，一看就是過得不愉快。

文秋站在婆婆身後，也在端詳葉湘。她相貌並不是最出挑的，好在有一雙美目，鼻子挺拔，倒像是旺夫相。

文秋行了禮，大學士夫人笑說：「我可不叨擾妳們母女相聚了，先去歇歇。」

這話說得帶刺，但是葉湘卻面不改色，笑著說：「謝謝親家了。」

大學士夫人下去後，葉湘與文秋之間有些沈默，她們本就是第一次見面，何來母女之情？

葉湘最終打破沈默。「太瘦了。」

文秋聽到此話，心中一暖，原來這世上還有人在乎她瘦不瘦。

「我是葉老太太的遠房親戚，妳有什麼都儘管可以說。」葉湘柔柔地說道，她是真心心疼這個莫名其妙被嫁了的小姑娘。

文秋靜了一會兒，說：「我只想您好好照顧我弟弟。」

葉湘在文秋這麼大的時候，也有一個弟弟，她為了弟弟，才咬著牙進了宮，所以十分理解文秋的心情。

她沈吟了下。「可妳怎麼辦？」

文秋笑了笑。「我？一條賤命而已。」

葉湘聽見文秋如此說，沈聲道：「妳怎麼能這般想？」

見文秋但笑不語，她知道自己得多顧著這小姑娘一點。

葉湘回家深深嘆了口氣，這文理在編書上算是盡心盡力了，可是這家裡卻是一塌糊塗。如果他有一個能幹的夫人，倒還好，可偏偏去世了，他也不續娶，弄得後院烏煙瘴氣，也害了兩個孩子。

所幸文秋的弟弟還小，縱使被縱成了喜歡偷雞摸狗的性子，也能糾正得過來。

但是文秋嫁了人，就難說了。

文秋在大學士府，娘家母親與葉老夫人都為她撐了腰，她的日子比以往好過了很多。

但是如此，她仍每日深居簡出，只是請安時少了婆婆的刁難，能夠安安心心地在房裡繡繡東西。

她的刺繡本事是極好的，可是這日繡著繡著，居然被銀針刺到了手，一滴血滴在帕子上。

旁邊的青草說：「少奶奶，您以前可從未刺到手的。」

青草是葉湘見文秋身邊沒什麼貼心人，特地派來照顧她的，她活潑嬌俏，給這院子裡添了不少生機。

「人人都有失手的時候呢。」文秋吸了吸傷口，繼續繡起來，但是心中卻有些忐忑不安，總覺得要發生什麼似的。

「春喜最近備嫁還算順利嗎？」文秋霍地抬起頭問道，她前幾日將春喜放了出去，過幾天就要成親了。

「您放心吧。」青草笑著說。「春喜姊和張小掌櫃青梅竹馬，難道他還能辜負了她不成？」

到了下午，門房走進來對文秋說：「少奶奶，門外張小掌櫃求見。」

「張小掌櫃，他來幹什麼？」文秋知道張小掌櫃一定有要緊事，連忙叫人將張小掌櫃引進門。

張小掌櫃一臉焦急，連禮都沒對文秋敬，匆匆地說：「少奶奶，春喜不見了！」

「不見了？」文秋聽到此話大驚失色。「不見了多久?!」

張小掌櫃忍住心中的焦灼。「兩日了。我四處尋找，實在是沒有辦法，不得已才來尋少奶奶。」

文秋身子顫抖，想起失蹤的呆妞，又想起失蹤的春喜，她直了直身子。「我知道了，你先回去吧。」

春喜與她情同姊妹，無論是在娘家還是在大學士府，都為她擋去不少風吹雨打。文秋自以為給了她一個很好的歸宿，卻不料她失蹤了，而害她失蹤的，搞不好就是她的好夫君。

青草見夫人聽見春喜失蹤的消息，知道她倆之間的感情，便勸慰道：「少奶奶不用擔心，春喜姊吉人自有天相的。」

文秋一雙木訥的眼看了看青草，並沒有說話。

夜裡，陳誠回來了，渾身醉醺醺的樣子讓人厭惡。

他看著文秋穿著白衣坐在廂房裡一動不動，口中調戲著說：「如此良宵，夫人居然等著我，莫非是想我呢？」

文秋一雙手冰冷，狠狠地看著陳誠不出聲。

他見文秋並不殷勤，心中一把怒火升起，說的話更加肆無忌憚。「看什麼看？妳怎麼和妳那死鬼丫鬟一樣？怎麼都不會伺候爺。」

文秋聞言，霍地站起來。「春喜在你那兒？」

陳誠聽到此話，扭曲地笑道：「我還以為妳真護著她呢，她失蹤了兩天妳都不知道？我叫了一群弟兄好好照顧她，她可是叫天不應、叫地不靈，一個不小心，居然就自己撞死了，妳說她是不是死鬼啊？」

文秋胸中如擂鼓，臉色煞白，狠狠地給了陳誠一個耳光。

陳誠向來在這府裡是霸王，哪裡容得別人打他？

他狠狠踢了文秋一腳，將她踢翻在地，再一頓老拳，打得文秋的嘴角都流下血來。

文秋握了握拳，想著這樣還不如死了。

她被揍得眼冒金星，胡亂爬起來，拿過旁邊針線笸子裡的剪刀，狠狠地插在陳誠身上。這剪刀，不偏不倚正好插在陳誠的下半身。他慘叫一聲，抱著下半身直打滾，旁邊的小廝看了嚇破了膽，大聲叫道：「來人啊！殺人了，殺人了！」

文秋只剩下一口氣，半躺在地上，看著陳誠冷笑。

大學士夫人來了，見到此情景，「心肝兒」叫個不停，又狠狠打了文秋一巴掌。「妳這個毒婦！」

當夜文秋便被扭送官府，關了起來。因為她是官家女兒，又是大學士府的家務事，獄卒倒是沒怎麼整治她。

青草見形勢不對，連夜跑到文府報信。

文理聽了此消息大為震驚，張大嘴巴說：「可不是錯了？」他女兒一向知禮，性子柔和得很，連踩死一隻螞蟻都心疼，怎麼可能傷害自己的夫君？

葉湘聽了此話，心中也是一驚，但是又想到文秋飄忽的眼神，又生生心疼起來，這姑娘，怕是被逼狠了。

「到底發生了什麼事？」葉湘不顧文理的錯愕，問著青草。

青草小臉蛋上全是淚，但是說起事來卻有條不紊。

「不知道怎麼著，少奶奶和姑爺發生了口角，姑爺一時心焦，就狠狠打了少奶奶，後來就……」

文理聽了這話，臉色一黑，青草見老爺不說話，連忙跪下。「姑爺打少奶奶不是一次兩次了，少奶奶的腰還被踢得青紫了呢，請老爺、夫人救救少奶奶啊！」話還沒說完，青草在地上磕起頭來，滲出了血絲。

文理半晌沒說話，對身邊的小廝說：「叫紫英姨娘過來。」

紫英聽見文理叫她，不由得得意起來。

「老爺心中還是有我的。」她對身邊的丫頭說，再整了整頭髮，走了出去。

還沒走到大堂，便見文理面色不豫地站在那兒，地上還跪著小丫頭青草，額頭上滲著血絲，看著怪嚇人的。

「這是怎麼了？」紫英看著場面，心中忐忑起來。

「當時妳是怎麼跟我說的？大學士府的公子學識好、人品佳，對文秋更是一見傾心，才不惜往下求娶？」

文理一腳踢在紫英身上，氣得渾身發抖。

紫英聽了此話，心下一驚，難道事情暴露了？她不由得兩腿一軟，哭著說：「老爺冤枉啊，當時大學士府確是這麼說的。」

「確是這麼說的？人家喜歡虐待女人的事都傳遍京城了，妳居然還不知道？」文理目光冷峻。

「老爺，我只是區區一個妾而已，怎麼可能知道這麼多？大不了我們把小姐接回來住上一陣子，讓大學士府服軟便是了，畢竟沒有成仇的夫妻啊。」紫英在地上哭著。

葉湘看著文理，不由得有些頭疼，當時葉老夫人就說過。「這個文理啊，在生活上格外糊塗，妳管著就是了。」卻不料他這麼糊塗。

她立即對下人說：「先把紫姨娘關到房間拘著，等事情完了再慢慢算帳。」

看著下人拖走爛泥一般的紫英後，她嘆了口氣對文理說：「老爺還是想想如何解決這樁事吧。婦人無故傷害丈夫，在大梁律法裡，可是要判處重刑的。」

文理聽到此話，狠狠地拍桌罵道：「判處重刑？也得看看什麼因由，我拚了這條命，也要和大學士府論個誰對誰錯！」

葉湘聽到此話，心中安慰一些，如果文理真的對女兒不管不顧，才是真的讓她心寒。

而陳誠被醫生包紮後，仍是疼得唉唉叫，大學士夫人心疼得直掉淚，大學士則氣得吹鬍子瞪眼睛，不把那賤婦處以極刑，難解他心頭之恨。

文秋坐在牢裡，一雙眼睛無神地看著自己的手，呵呵一笑嘆道：「一手爛牌。」

這一個夜，對於身在其中的每一個人都煎熬。

第二十二章

第二日，沈芳菲聽到消息，面色一驚。「之前不是好好的？怎麼突然這樣了？」

葉婷與榮蘭聞訊也趕來沈府。

葉婷說：「聽我姑姑說，是陳誠擄走文秋的心腹丫鬟，虐待致死了呢。」

沈芳菲不由得心頭發冷，這種敗類，不除真是讓人心頭難安；而榮蘭則嚇得一臉蒼白。

沈芳菲咬了咬牙，對於文秋，她不能坐視不管，從一開始的單純報恩，到後來談論書畫，她是真心將這個恬淡的女子當成朋友的。

「荷歡，為我更衣，我去宮裡一趟。」沈芳菲咬了咬牙，又歪頭想了想，對身邊的人說：「叫我哥哥過來。」

沈父為了讓沈于鋒歷練，已經將他安插至皇家侍衛隊，今天正值他休息，正在家裡的兵器庫把玩大刀呢。

聽說妹妹叫他過去，他歪頭笑了笑。「這可奇了，以前盡與其他姊妹聚在一起，今天居然想起了我。」

荷歡知道來龍去脈，心中自然急迫，跺跺腳說：「大少爺，您就加緊點吧。」

一路上，荷歡將文秋的事告訴了沈于鋒，他聽說那個陳誠差點成了沈芳怡的夫婿時，一張臉黑成了煤炭。

他走進芳園，見旁邊有兩個小姑娘，一個氣質活潑，是沒見過的；還有一個正是他之前見過的榮蘭，他與兩位點了點頭，對沈芳菲說：「妹妹有什麼事盡可與我商量。」

沈芳菲咬牙切齒道：「我聽說陳誠將文秋的丫鬟春喜擄了去，還煩請哥哥找到春喜，活要見人，死要見屍。」

在場幾人從未見過沈芳菲如此氣煞的模樣，都愣了一愣。

沈于鋒點點頭。「妹妹放心，我翻遍京城所有角落，必要將她找出來。」

葉婷在一旁說：「是是是，我也回家了，看我那遠房姑姑是否回了葉家求助。」

文理只是一個小文官，想翻案，難得很。

沈芳菲想了一想，又叫荷歡為她換衣服，她抱歉地對榮蘭說：「姊姊，今日不能陪妳了，我要進宮找三公主和沈太妃。」

榮蘭自然十分體諒。「時間緊急，我怎麼會與妳計較？」

葉婷急急離開，沈芳菲去換衣服，榮蘭正準備離開，卻見沈于鋒面色猶豫的看著自己，似乎有什麼事情要說。

於是她走上前問道：「沈家大哥是否還有事？」

沈于鋒撓了撓頭，一臉為難。「我這妹妹真心急，我壓根兒不知道那個丫頭的長相怎麼找？」

榮蘭聽到這話，大方地笑道：「這有什麼難的，我的貼身丫頭是見過春喜的，叫她陪你走一趟便是了。」

沈于鋒對榮蘭抱了抱拳。「謝謝郡主相助。」

沈芳菲盛裝進了宮，與沈太妃、三公主活靈活現地說了陳誠的可惡與文秋的可憐。

三公主早就知道陳誠混蛋，不由得憤憤說：「捅他一刀算什麼？要是我，一刀殺了他都不過分。」

沈太妃瞥了瞥三公主，道：「姑娘家的，怎麼老是打打殺殺。」

三公主覺得自己以後就是沈家的人了，所以對沈太妃的話只是笑了笑，並未回嘴。無論是沈太妃也好、三公主也好，都是女人，都是十分同情文秋的，即使她傷了夫君，那也是逼不得已。

另一頭，沈于鋒得了榮蘭的丫頭相助，又出門抓著陳誠的小廝，在威逼利誘之下，居然找到了春喜！春喜還活著，只是那身上被折磨得，沒見一處好了，連沈于鋒見了都十分不忍。

他將春喜送回了文家，文家昔日與春喜交好的丫鬟去探望時，都不禁痛哭失聲——她一雙眼睛已經被戳瞎，全身上下都是被人咬過的傷痕，青紫駭人。

春喜為了指證陳誠，堅決不肯讓大夫醫治，身上又髒又臭，張小掌櫃心疼得直掉眼淚。
沈于鋒在離開的時候，還順便瞧了一眼關在柴房裡哭都哭不出的紫英。
他將丫頭交付給榮蘭後，回了家，見妹妹正在喝茶，他與沈芳菲說了春喜的慘狀，搖了搖頭。「世上竟有這麼狠的人。」
沈芳菲心思一動，對沈于鋒說：「你可看見了文府的紫英姨娘？」
沈于鋒點點頭。「可以說禍始於她。」
沈芳菲摸了摸茶杯，面色深沈地說：「哥哥，你可莫信了那種表面溫柔，內心歹毒的女子，寧願喜歡一個直爽的，也不要那彎彎腸子的。」
沈于鋒哈哈大笑。
「妹妹今日可是受了刺激，我可不是文大人。」他雖然這麼說，但是文理放縱小妾，弄得家宅不寧，甚至禍及子女的事，仍在他心中刻下了深深的痕跡。
事到如今，葉湘是肯定要回葉家的，不過她抓不準葉老夫人對當年的姊妹有多少情誼，因此寒暄時將事情小心翼翼地說出，得到的卻是葉老夫人的震怒。
「混帳！原以為抬舉了文秋，大學士府會對她好點，卻不料居然上演全武行了，還逼得一個弱女子拔刀反抗，這是多麼的橫行霸道！」她將杯子砸在地上，身邊的人見了，動都不敢動。

葉湘一震，葉老夫人這番話，全是維護文秋，指責大學士府的不是，可見這文秋，在她心中地位不低。

葉老夫人對身邊的小丫鬟說：「請老爺子來。」

她又重新坐下來，捻了捻佛珠，對葉湘說：「後院的事，我們婦人可以自己解決，若是一旦要鬧上大堂，還真得靠男人了。」

葉老爺子正在逗鳥，見小丫頭抖抖索索地來請自己，好奇問道：「妳不是一向在老夫人面前很得臉嗎？怎麼今日一張臉白得跟什麼似的？」

小丫頭只說：「老爺子您快去吧！」

葉老爺子進了葉老夫人的香堂，見地上有一灘茶水，還有破碎的瓷片，頓時也嚴肅起來。「誰惹妳了？」

葉老夫人不欲多說，指了指葉湘。「你讓她說。」

葉湘一五一十地將事情說了。

葉老爺子一聽，臉也黑了，任秀是他一生都虧欠的女人，如果他放縱大學士府活活將文秋逼死，他簡直是豬狗不如！

他怒聲問道：「妳那不中用的夫君現在幹啥呢？」

「他權勢也不大，正準備去應天府擊鼓鳴冤呢。」文官喊冤，無論如何都會引起重視的，但是與此同時，臉面也就沒有了。

葉老爺子聞言，緩了緩氣。「還算是一個好父親。」

他叫了心腹小廝進來，吩咐他去查查被陳誠害過的女子，又叫另外一個小廝過來，聯絡了關係交好的御史大夫，準備告上大學士一狀。

御史大夫一向嫉惡如仇，聽到這等駭人聽聞的事，揚言定要好好管一管。

大學士正欲速速要求應天府處決了文秋這個惡婦，卻不料文理能夠拋下面子擊鼓鳴冤，應天府正想賣大學士一個面子，可是見文理將事情鬧得這麼大，一時之間不敢妄判。

於此同時，御史大夫在朝上狠狠告了大學士一狀，說他放縱兒子，害得多少少女入了狼口，還說文秋此舉，簡直是為民除害。

氣得大學士一個踉蹌，暈倒在朝上。在一片嘈雜聲中，皇帝突然覺得，這事情難辦了。

皇帝下了朝，被三公主攔住，皇帝看著氣呼呼的三公主，頭有些疼。「妳來幹什麼？」

「父皇，請您救救文秋！」

她將事情的來龍去脈說了一遍，當時大學士府門口擺著受虐女屍一事，皇帝是記得的，卻不料這人屢教不改。

他突然想起那擊鼓鳴冤的文理，他身為文官，最好臉面，卻不惜擊鼓鳴冤，無論因果，可見一顆拳拳愛女之心。

應天府府尹趙大人最近可是頭疼得很，大學士的人找他談話完了，葉府的人也找他談話，兩派他都不想得罪，只能好聲好氣地應答著。

兩家不僅找了他私下討論，連在朝堂上也是爭吵不休，如果他不將這件事辦好了，不僅得罪了人，連皇帝對他的看法都會有所改變。

這一日，他坐在案前正猶豫著，屬下悄悄走過來。「上頭那位身邊的人來了。」身邊的人？

趙大人雙眼一亮，連聲說：「快請進來。」

進來的人穿著太監服飾，趙大人定睛一看，這不是皇帝身邊最受寵的安太監嗎？

趙大人的一張老臉堆滿笑，連忙叫下人倒茶，驚訝道：「您怎麼來了？」

安太監笑著說：「皇上吩咐我給大人帶幾句話。」

趙大人一聽，立刻就知道此事，皇帝已經有了決斷。「聖上英明，有什麼決斷還請您示下。」

安太監閉了閉眼。「聖上讓您秉公處理，不用拘於小節。」

趙大人聽到此話，知道了皇帝心中所想，一塊大石落定，從懷裡拿出一個荷包。「辛苦公公跑一趟了。」

趙大人見了安太監，一掃之前的愁悶，讓底下人見了都有些摸不清頭緒，有個膽大的衙役走上前問道：「皇上並沒有說什麼啊？」

趙大人見在座都是自己人，笑著說：「皇上讓我不要太拘於小節，已經告訴我他的決斷了。」

像這樣婦人傷丈夫的案子，一般都是判決死刑的，但是陳誠名聲太臭，文秋又太可憐，導致這件案子也有了不同的聲音。

趙大人內心深處對文秋還是同情的，誰家沒有女兒呢？

至於大學士那一派，雖然都在朝前幫著大學士，但是內心仍覺得大學士連兒子都教不好，陳家到這一代也就完了，並沒有真心為其說話的打算，只不過礙於面子罷了。

此案在大家的期待下升堂了。

趙大人在大堂上一拍桌子。「帶陳誠與文秋。」

大堂上一陣威武聲後，陳誠躺在躺椅上被抬了上來，文秋也被衙役帶了上來。

圍看此案的人，先看了看陳誠，他一臉虛弱地坐著，臉色蒼白，大腿根部包紮著，讓人不由得聯想，他那兒是不是廢了？

而文秋穿著粗布白衣，在牢中雖然沒有被虐待，但是清瘦不少，熟悉她的人會驚訝地發現，她一雙怯怯的雙眼，現在十分堅定。

一個人，連死都不怕了，那還怕什麼呢？

陳誠見文秋，仇人相見分外眼紅，指著文秋罵道：「妳這個毒婦，不好好地相夫教子、傳宗接代，居然謀殺親夫！」

理啊！」

陳誠的話還沒說完，大學士夫人哇的一聲，哭得跪在了地上。「趙大人，您可要秉公處

大家對陳氏母子看得一愣一愣的，有人私下咬耳朵說：「見過潑婦滾地的，沒見過官家夫人也這麼潑辣。」

大學士看見文秋，恨得牙癢癢的，他的其他庶子都被養廢了，以後陳家唯一能依靠的就是陳誠一個，結果好端端的兒子居然被刺傷了，大夫還說以後都難以人道了。

他怎能不恨？

第二十三章

趙大人咳了咳。「堂下的罪婦，妳可有什麼好說？」

文理聽見趙大人這麼稱呼文秋，心中一陣絞痛。

他走了出來，將身上大衣拿下披在衣裳單薄的女兒身上。

文秋在家一向被父親忽視，如今她愣愣地看著文理，有些驚訝。

文理一心編書，卻不料兒女對自己陌生成這樣，一陣鼻酸。「無論發生什麼事，妳照實說，我拚了這條命，也要給妳撐腰。」

文秋跪在地上，知道自己難逃一劫，她咬了咬嘴唇，正想說什麼，大堂外一陣喧譁，原來是葉老爺子來了。

他怎麼來了？趙大人一陣頭疼，連忙走下堂，對葉老爺子恭敬道：「葉大人，您怎麼來了？」

葉老爺子穿著官服，顯然是剛下朝，他直了直腰。「剛陪皇上聊了一會兒，下了朝，來看看我那老太太的遠房親戚。」

眾人聽了這話，交換了下眼神。葉老爺子對這個文秋也太過關注了。

趙大人心裡打了一個突，對身邊的衙役說：「還不拿椅子給葉大人坐？」

稍後，葉老爺子坐在椅子上，拿著茶杯的手有些顫抖。

文秋實在太像任秀了，她那一雙眼睛，割得他的心生生地疼。無論如何，他都不會讓任秀的血脈就這樣斷了。

趙大人招待完葉老爺子，又坐到堂上對文秋說：「妳這次可以說了。」

不看僧面看佛面，趙大人這次的聲音溫柔了些許。

文秋只知大概是葉老太太的緣故，才讓葉老爺子來為她撐腰，她感激地對葉老爺子笑了笑，又看了看自己的糊塗父親，嘆了一口氣道：「我本不想當毒婦，可是陳誠他逼得我不得不當。」

「妳放屁！」陳誠聽到此話，情緒激動得很。

趙大人拍了拍案。「大堂之上豈容人喧譁？肅靜！」

文秋搖了搖頭，又繼續說：「自我嫁入陳家以來，陳誠便對我非打即罵，還將我的陪嫁丫鬟折磨得只剩一個，春喜是我最後一個貼身丫鬟，與我從小情同姊妹長大，卻又被他折辱了，我實在氣不過……」

「哼。」陳誠嘲諷地笑了笑。「我睡幾個丫鬟怎麼了？哪個男人不在後院碰碰丫鬟的？」

「你這是叫只碰碰？如果你真的只碰碰，我願意將丫鬟全給你抬為妾，你忘了春笙是怎麼死的？她被你活活用鞭子抽死的，而春年呢？被你和你朋友一晚上輪流折辱到氣竭而死，我只想保住春喜，將她嫁給我陪嫁鋪子裡的掌櫃，你居然還擄了她，放在莊子裡折磨，你是不是人？」

大家聽了文秋的話，嗡嗡的全是議論聲，男人好色是常態，但是好色到將女人都折辱成這個樣子，就不應該了。

陳誠大怒。「妳血口噴人！」

文秋將衣袖捲起。「大人，您看看我是不是血口噴人。」

只見文秋雙臂上的瘀青十分駭人，紛紛倒吸一口氣。能對一家主母下如此狠手的，除了她的丈夫還能有誰。

文理見女兒如此，紅了雙眼。

就連葉老爺子，也狠狠地哼了一聲。

趙大人看見文秋身上的瘀青，極為同情她。但是沒有確切的證據，他也不能為文秋翻案。正當趙大人猶豫著，外面走進來一名俊逸少年，這個人不是別人，正是沈于鋒。

他對趙大人行了禮。「文姊姊與我家妹妹是閨中好友，我妹妹聽聞文姊姊的事，急著讓我向陳誠尋個說法。」

趙大人見到沈于鋒，心知他前途不可限量，這心中的天平又向文秋斜了斜。

陳誠笑著說：「找我要說法？那誰給我說法？」

「你不用給我說法，你得給她一個說法。」

沈于鋒拍了拍手，他的小廝們抬來一副擔架，大家仰頭看著擔架上的人，都發出了驚呼。

擔架上的是一個瘦弱的女子，她的雙眼已經被刺瞎，臉上有著極為駭人的傷痕，頭已經被剃成了陰陽頭，就連跪在地上的文秋，也無法將她與那個秀麗的春喜聯想在一起。

「少奶奶，我無法給您磕頭了。」擔架上的女子說道，她的聲音嘶啞得很。

文秋急急轉過頭。「春喜！妳還活著？」

「我還活著，無法化為厲鬼向陳誠索命，實在是可惜。」

大家看見這個鬼一般的女子如此說道，心中十分害怕，就連陳誠也不由得驚道：「妳不是死了嗎？」

春喜冷笑著說：「我哪那麼容易死？」

趙大人免了春喜的行禮，春喜蒼涼地說：「老天留我一條命，就是讓我指證你的。青天大老爺，求你滅了這個人渣吧，被他如此糟蹋的女子不知道有多少，難道因為我們是女子、是奴婢，就活該受到這樣的折磨？」

春喜脫下外衣，露出肚兜，但是眾人無法有任何遐想，因為她的背上被刺著「婊子」兩個大字，在雪白肌膚的映襯下，格外讓人心驚。

文秋見狀，臉色蒼白，對陳誠冷笑道：「我只恨沒早點動手了結你。」

見陳誠在躺椅上有些沒了主意，大學士急急走出來。

「這一碼算一碼，先解決了這毒婦再說這事，誰知道是誰把這女子擄了去？莫不是她太過風騷，得罪了誰吧？」

春喜聽見此話，呸了一口。「你莫血口噴人，你兒子害了這麼多無辜女子，難道你不怕半夜鬼敲門？就算不敲門，你也會斷子絕孫！」

大學士聽到此話氣得發抖，一個勁兒地叫著毒婦。

趙大人見場面有些失控，拍了拍桌子對大學士說：「這裡畢竟是衙門，您要不要迴避下？」

一個高官為了維護自己的兒子，在衙門上罵這個罵那個，可真夠丟人的。

大學士看見他人眼中都有著鄙視，喉頭一甜，差點吐出一口血來，不由得暗恨妻子，教出這樣的兒子，讓他貽笑大方。

葉老爺子看到現在，發現文理將女兒許給了這樣一個中山狼，一雙眼睛狠狠地剜了文理一眼。

趙大人在堂前有一絲遲疑，春喜固然可憐，文秋也情有可原，又有聖上決斷，可是她確實是謀殺親夫，他如何為她開脫呢？

還沒等趙大人決斷，衙門外面又響起了喧譁聲，這一波三折的，讓他一顆心臟吊到了嗓子眼。「這又是怎麼了？」

全場的人都直直盯著闖進來的朝暮之，不知道他又有什麼驚人之語。

朝暮之卻只是嘆了一口氣。「趙大人，外面有人喊冤呢。」

今天怎麼這麼多喊冤的？

趙大人不由得頭疼。

他站起來向外看去，大家本來都圍成一圈，此時自動讓開，衙門門口居然跪了好幾十人，他們有壯的、有老的、有小的，衣著很破舊，一看就是貧民。

趙大人揚聲問：「你們又是何事？」

領頭的一個中年人站了出來。「請青天大老爺幫我們伸冤，我們的姊妹、妻子、女兒皆被這個畜生侮辱了！」

他的小女兒冰雪可愛，一條年輕生命就此殞滅在陳誠手裡，讓他如何不恨？只是陳誠身為官家，他身為貧民，無法討回公道，才將這一口惡氣狠狠憋在心裡，這次有了機會，他找齊了受陳誠所害之人，只為一次扳倒陳誠。

其他人聽中年人說完了，都對趙大人磕頭道：「請大人明察！」

趙大人坐在座位上揉著太陽穴。如果真如底下眾人所說，那麼陳誠的事可大了，而他的事也大了。假如聖上不關注的話，還能湊合著遮掩過去，但是聖上已經派了心腹太監在一邊觀審，他若由著官家子弟強擄民女，豈不是失察？

趙大人暗暗在心裡怨惱著陳誠。

陳誠見地上跪著這麼多人伸冤，驚慌說道：「朝暮之，你這集結了這麼多人，是與我過不去！大人我是冤枉的！」

他想了想，又對朝暮之說：「你是因為我曾經與……」

話還沒說完，便被朝暮之狠狠打了一巴掌，他咬到自己的舌頭，一時之間說不出話來。

「這樣狼心狗肺的人，該打。」朝暮之淡淡地說。

趙大人見朝暮之動了手，斜眼看了看皇帝的心腹太監，突然發現太監已不見蹤影，心中一突，只怕是去回稟聖上了。

朝暮之似笑非笑，對著堂上的人說：「我們都有姊妹、女兒、妻子，請大家設身處地想想這些跪著的人的處境。文秋為什麼有罪？她的罪名在於嫁到了狼窩？她的罪名在於為了情同手足的丫鬟刺傷了那如狼一般的夫君？我不認為她有罪，她是大義滅親！」

底下的人嗡嗡討論起來，甚至還有人認同地點了點頭。

趙大人見風向轉變了，叫人調來了戶籍檔案，一一與堂下之人比對，並驗證他們是否家裡有人被陳誠所害。

陳誠想起身辯解，卻被衙役押得起不了身，他一下由得意洋洋的原告，成了被告。

衙役查對之下發現，這些人家裡真的有女眷死亡，而且都是年輕女子，並無錯報。

大學士看到此結果，心涼了一半。他朝前事務繁忙，兒子交予妻子教養，卻不料妻子將兒子養成這副德行。起先他以為兒子只是玩玩府裡的賣身奴婢，卻不料越來越放肆，連平民百姓都敢擄去。

大學士夫人臉色蒼白，急急地說：「大人，我家誠兒是冤枉的啊！」卻被丈夫狠狠打了一個耳光。「蠢婦，都是妳的錯！」

這時人群裡出現了聲音。「文秋無罪，陳誠有罪！」

這種聲音如病毒一般傳開來，大家都呼喊了起來。

陳誠在躺椅上面色蒼白，他一開始是傲慢不想站起來，後來則是因為害怕到腿都軟了，無法站起來。

趙大人沈吟了下，心一橫，拍下案板。「文秋無罪，陳誠再審。」

人群中出現了歡呼聲，文秋不停地磕頭。「謝謝青天大老爺。」

陳誠癱在躺椅上，無法相信事情的發展會演變至此。

皇帝聽完太監的稟告後，面色一沈。大學士能教出這樣的兒子，恐怕自己的品性也不大好，他在這個位置上，是別想再往前走了。至於應天府府尹的處理方式，他倒是十分贊同，那個文秋面對這樣的丈夫，真是夜夜不能寐了。

淑妃聽見趙大人的判決，笑了笑。「這件事倒是讓那些苛待媳婦的家裡，不敢妄動了。」

趙大人順藤摸瓜查案，驚出一身冷汗，被陳誠傷害的女子不計其數，卻在權勢的壓迫下，不敢伸冤，如果御史硬要告他一個失察也不是不可以的。

而陳誠在牢裡，不但遭到衙役鄙視，而其他囚犯雖然也是犯事，但是對待那些強上女子的囚犯，可是一日三餐的暴揍，以至於不出幾日，陳誠就面目全非，只怕是他的娘親也認不出來。

陳誠雖然犯下的過錯足以判死罪，但是顧忌到他還有一個大學士的爹，讓趙大人為難了，遲遲未敢宣判。

直到某日皇上在御花園賞花，突然想起陳誠一事，問太監此事如何，太監回道：「趙大人顧忌著大學士，不敢處置，還關著呢。」

皇帝笑了笑。「這趙亮果然是官場上的老油條，難道還怕大學士報復不成？罷了，橫豎這個壞人我來做。」

於是一道密旨了結了陳誠的生命。

雖然文秋是無罪的，但是也沒有人敢娶她這樣的女子了。

沈芳菲問她前程何去，她笑了笑。「橫豎是這樣了，不如出家做個姑子倒也舒坦。」

文理與葉老爺子想勸，但是也知道這對她來說便是最好的去處，於是打理了一切，讓她舒舒服服地在道觀裡清修。

不過，她與一名商賈喜結良緣倒是後事了。

此時文理痛徹心腑，將紫英狠狠整治了，又將兒子帶在身邊親自教導，意欲將其培養成材。

另一邊，沈于鋒親自參與此事，心有戚戚焉，某日與妹妹逛園子時，有感而發道：「此事起於後宅，卻毀祖宗基業於一旦。」

沈芳菲雙眼一斜，意有所指地說：「誰知道那紫英姨娘柔柔弱弱、一副大善人的樣子，卻將嫡女推入火坑呢？誰知道那陳誠一臉溫文爾雅，卻背了這麼多女子的性命呢？人，不能只看表面而已。」

沈于鋒愣愣地看著沈芳菲。「妹妹真是和以前不同了。」

沈芳菲心中一咯噔，解釋道：「最近陪著母親料理家事，又見此事發生，心有所感而已。」

沈于鋒點頭。「不僅是妳，連我也深有感觸。」

他正逢少年，又是武將出生，對文弱美麗的女子難免心有期盼。但是現在，卻有些拿不定主意了。

第二十四章

沈于鋒與沈芳菲分開後，走到廊庭深處，見一柔弱少女倚在廊上繡花，風吹過來，黑髮柔柔地隨之擺動，宛若風中百合，讓人不禁想去採摘，並保護在懷裡。

少女正是方知新，她偶然中得知沈于鋒將會在此時路過，已經等了好久，見他站在走廊上愣愣地看著她，她雙頰不由得飛過兩朵紅雲，站起來，又將雙腿上的繡花掉落在地上。

她急急去撿，沈于鋒也幫著撿，兩人的手指碰了碰，方知新故作慌亂，往後面一退，反而坐在地上。

「表妹不用慌張。」沈于鋒撿起方知新的繡花，方知新的繡功一向很好，但是沈于鋒只是看了一眼，並沒有讚嘆之情。

他叫方知新的丫鬟將她扶起，又將繡花遞回去，整套動作下來，也沒有動心之情，讓方知新失落不已。

沈于鋒與方知新道別後，穿過走廊，看見榮蘭笑咪咪地看著自己。

他與榮蘭在文秋一事中打過照面，榮蘭對此事十分關心，還借了丫鬟給他尋春喜，一時之間，兩人的關係近了不少。

榮蘭打趣地說：「沈大哥好豔福。」

沈于鋒搖了搖頭。「她只是遠房表妹而已。」

榮蘭在南海郡王府中見多了一心想爬床的丫鬟，還有妄想一步登天的遠房表妹，知道方知新也屬於那一種人，而且手段比一般女子高了不少，她猶豫半晌，對沈于鋒說：「沈大哥，有句話我不知當說不當說。」

沈于鋒點點頭。「妳說。」

「越美麗的女子越會咬人。」

沈于鋒看了看榮蘭，面上一片錯愕，並往後退了一步。

榮蘭面色一沈，這句話終究是過了。

沈于鋒看著她面色有些不好，於心不忍，遂笑著說：「妳這麼好看，是不是也會咬人呢？」

榮蘭噗哧一笑。「是，我也會咬人。」

不遠處，方知新看著說笑的兩人，狠狠地握緊手中的帕子。

南海郡主身分那麼顯赫，什麼都有了，何必要與她搶沈于鋒呢？

稍後，榮蘭見著沈芳菲，拐彎抹角地讓她注意哥哥與方知新之間的事。

沈芳菲皺著眉，假裝怒道：「要不是老夫人喜歡她，我早就稟明母親將她送走了。」

她巧妙地點明了方知新的身分，榮蘭出身大家，從小耳濡目染，怎麼會不知道這種有老夫人撐腰的表妹最難纏了，不過該著急的，是沈于鋒未來的妻子。

沈芳菲見榮蘭未置可否，心中暗暗嘆氣。

陳誠的事像一顆石子砸入了水中，引得眾人議論，可是過一陣子就平息了。

冬天的大梁朝凍得很，可是誰都沒有想到，太子的重病，讓大梁朝進入了真正的冰凍期。

太子出生時雖然是早產，身體有些虛弱，可是在朝暮之的建議下，太子十分注意養生，並鍛鍊身體，卻不料一場小小的風寒，仍是讓他得了重病。

朝暮之心情很沈重，雖然與前世比起來，太子的重病晚了許久，但是他清楚地記得，太子也是被一場小小的不起眼的風寒奪去了生命。

沈芳菲聽見太子病了的消息，驚得打碎了手上的茶碗。

半年前，太子沒薨，姊姊沒有嫁九皇子，她以為今世一切都會改變，卻不料，太子終究還是要走到這一步。

皇帝則是心如刀絞，他雖然認為太子太過溫柔軟弱，但是在這個沒有戰亂的年代，太子是最適合坐上這皇位的人選，他要求御醫盡全力，卻抵不住太子病來如山倒。

他去見太子的時候，太子氣息奄奄地對他說：「兒臣自知辜負了父皇的教導，卻不得不對父皇安排下後事，我宮裡的妃子們都不要陪葬，給她們一條活路吧；御醫們也盡力了，請父皇饒恕他們。」

短短幾句話，盡顯太子的仁慈之心，皇帝的兒子多，心思多的也多，能壓得住他們並心懷寬容的，便只有太子了。

皇帝強忍住心酸，道：「混帳，哪有你這麼說話的，明日朕可得見你好好的，這是命令。」

太子笑著點了點頭，父皇不可一世慣了，幹啥都是命令的語氣。

宮中的氣氛十分壓抑，有幾個宮妃還因為得罪了皇帝，而被打入冷宮。

三公主問淑妃說：「太子會不會……」

淑妃皺了皺眉。「慎言！」

如果太子真的去了，那這座宮裡，可要起風了，而她何去何從，又要重新思考了。

淑妃重重地嘆了口氣，真心覺得累了。

宮中眾人都屏息等著太子的消息，他們有人期盼太子生，有人期盼太子薨，沒得出結果之前，還真是煎熬得很。

冬日過後的春天，對皇帝來說已經沒有什麼感覺了，因為太子薨了。

前朝和後宮都炸起了驚雷，太子已定的穩定局面又有了改變，雖然三皇子、四皇子面上悲傷，背地裡已經開始收買人心了。

在眾人搖擺之際，皇帝在朝堂怒斥。「太子是死了，我還沒死！」這些話，讓大家顫顫巍巍。

北定王聽說太子薨了，皺了皺眉對北定王妃說：「等風頭過了，進宮一趟，看看妹妹是什麼意思。」

十一皇子身分高貴，舅家強盛，是可以坐這個位置的。

朝暮之在一旁聽了，欲言又止。

北定王見兒子如此，揮了揮手。「你有什麼話便說吧。」

朝暮之雖然外在不靠譜，但是對朝廷動向還是很了解的。

朝暮之定了定。「匹夫無罪，懷璧有罪，姑姑那樣的身分、我們這樣的地位，就算不爭也有人算計著，萬一新皇上了位，心胸又是不開闊的，結果堪憂啊。」

北定王面色肅然，他榮寵太過，皇帝待見他，不代表以後的新帝會待見他，他得想一想。

過些日子，北定王妃進宮，將北定王的意思講給淑妃聽，淑妃聽了，倒是一臉淡然。

「我希望我兒快快樂樂的，那些爭啊搶的，實在是太累了。」

她曾經深愛過皇帝，知道他心中的掙扎與痛苦，不欲兒子走那條路。揮揮手便讓北定王妃回府了。

她如此淡然的態度，反而讓皇帝覺得淑妃是真心愛他這個人，而不是愛他的權力，對淑妃更加高看了。

局勢演變至今，各家人心浮動，包括沈家也是。

沈家老太爺是太子的帝師，又手握兵權，卻不料太子一朝薨了，帝師的名位和兵權反而成了燙手山芋，摟在懷裡怕燙傷了，丟在地上又失了自保能力。

三皇子、四皇子則不約而同地向沈家示好起來，三皇子還隱晦提出了聯姻的建議；四皇子則更加肆無忌憚一些，說只要沈家願意聯姻，四王妃馬上可以「病」去了。

如此情形讓沈老太爺不免搖搖頭，三皇子、四皇子都不是明君，步子邁大了，總會讓皇帝看到，沈家一時之間裝聾作啞，閉口不提。

九皇子聽見三皇子、四皇子的動靜，笑了笑，暗道——那兩個是傻瓜不成？太子去世沒多久，他們就想沈家另投他主，豈不是顯得沈家不仁不義？沈家再頭暈，也沒蠢到那個地步。

九皇子又想起沈芳怡的背影，心中暗暗嘆息，如果當初他娶了沈芳怡，那麼很多事都順理成章了。

北定王聽了朝暮之的話，琢磨了幾天，在書房裡看了不少史書後，打了幾個哆嗦。

鑑往知來，如果他的親姪兒不繼位，他這不是必死無疑嗎？

三皇子、四皇子本來就是心胸狹隘的，而九皇子雖然表面和善，卻深不見底，他身為北定王雖不跋扈，但也有些囂張，誰知道有沒有得罪過幾位皇子？

北定王當晚將朝暮之叫到房間。「我們必須扶持十一皇子繼位！」

淑妃是皇帝的寵妃，他與皇帝穿同一條褲子長大，朝暮之的妻子又是沈家嫡長女，這一條線串起來，可不是蓋的。

只是宮中那位主角，卻怎麼也不願意摻和這事。十一皇子年紀小，還沒有定性，不過看得出是個和軟愛笑的性子，比起上面幾位哥哥，威嚴少多了。

朝中眾人各懷詭計，有眼光的按兵不動，等著十一皇子長大；那些略微浮躁的，早已投靠明主，準備鳴鑼開場了……

這一日，淑妃將十一皇子叫到跟前，遣了心腹宮女去看門，直直問道：「你有沒有那個心？」

十一皇子愣了愣。「我從來沒有那個心，只希望母妃和姊姊好好的，等我長大了，有了封地，就把母妃接出去享享福。」

淑妃聽了此話，心中百感交集，自己的兒子果然是個好的，只是有的時候，不得不爭。北定王妃話中之意，她都知道。但是無論爭與不爭，她和十一皇子都得小心應對。

正當大家都為立太子一事暗潮洶湧之際，羌族使節來了，此事倒轉移了朝臣們的注意力。

皇帝從失去兒子的悲傷中掙脫出來，他笑看著臺下的羌族少將軍。「你說什麼？」

「此次前來，是我們羌族的頭領求娶大梁朝的公主！」羌族少將軍如此說道。

皇帝皺了皺眉，他親姊姊就是折損在羌族的手裡，他母親身分不顯，當羌族求和親時，後宮異口同聲指向了他親姊姊。

要知道長姊如母，他可是流著淚將姊姊送出了皇宮大門，可惜姊姊這朵嬌嫩的花兒並不適合羌族的沙土，很快便枯萎了。待他登基後，便將要他姊姊和親的人一一肅清，但是心中的遺憾還是很深的。

「可以。」皇帝輕描淡寫地說，羌族馬匹雄壯，武力強大，但是比起北方的狼族，他們更容易滿足，所以通常他們有要求，皇帝都會答應。

一個公主而已，不說後宮不受寵的公主，隨便找個宗室女子封了便是，他當初不願意犧牲姊姊，不代表現在不願意犧牲不受寵的女兒或是其他女子。

羌族的少將軍行了禮。「我們這次求娶的不是別人，正是皇上的掌上明珠，明珊公主。」

皇帝聞言，心緊了一緊，面色沈了下來，卻不欲叫羌族少將軍看見。

他哈哈大笑。「你可能不知道，明珊不僅是我的掌上明珠，也是淑妃的，我一個人可不能答應，得問問淑妃。」

羌族少將軍又行了個禮，恭敬地說：「這是自然，請大梁朝皇帝放心，我們一定會珍惜明珊公主這顆明珠。」

皇帝勉強地笑了笑，進了御書房，將桌上墨硯狠狠砸在了地上，怒道：「看來有些人也太不安分了！當我死了嗎？羌族是如何知道明珊的？」

淑妃在後宮聽到羌族想要迎娶三公主時，指甲都掰斷了，硬聲道：「當我好欺負？」

三公主知道此消息的時候，吃了一驚。她並不傻，知道太子去世以後，聖眷正隆的母妃和她弟弟便成了箭靶。

對方顯然知道她心繫沈于鋒，和親一事如何都不會願意去，淑妃和十一皇子心疼她，一定會苦苦哀求。雖然皇帝到最後會心軟答應，但是寒了皇帝的心，淑妃和十一皇子有什麼好果子吃？

十一皇子聽見消息後，急急跑向淑妃的宮殿，看見三公主正冷冷地坐在那兒後，又拉著姊姊的手往外面跑。

三公主掙脫他的手，背過身不說話。

十一皇子急道：「我們去求父皇，一天也好、兩天也罷，我們跪著，哭也好、鬧也好，都別讓父皇答應羌族！」

淑妃在一邊心煩意亂，見小兒子如此禁不住事，狠狠地打了他一巴掌，把十一皇子都打愣了。「你發什麼瘋？當初你父皇流著淚都送走了他親姊姊，這次有什麼區別？羌族是不能得罪的。」

皇帝當晚收拾了情緒便來到淑妃的寢殿，他見自己一向鍾愛的女子，與自己寵愛的女兒、小兒子在一起發愣，就知道這件事讓她頭疼了。

淑妃知道皇帝的性子，見了皇帝也沒有怪罪、請求，只是拍了拍三公主與十一皇子，示意皇帝來了。

三公主看到皇帝，撇了撇嘴就想哭，她從小都頗受皇帝寵愛，做過偷雞摸狗的事不少，每次都有皇帝為她擔下了，就連她看上沈于鋒，皇帝也二話不說答應了她的請求，卻不料此事一起，她的婚事怕是黃了。

皇帝深深地看著三公主，這個女兒長得最像他，他怎麼可能不喜歡？

羌族的要求他可以不答應，但是後果呢？大梁朝左邊是羌族，右邊是狼族，狼族土地貧瘠，糧食稀少，每年虎視眈眈都要進犯大梁朝幾次；而羌族只是每年固定向大梁要一點東西，所以他們向來是對抗狼族，拉攏羌族，如果兩個外族都鬧起來，社稷就毀於一旦了。

淑妃心中後悔，因為太子的病來得又急又快，讓她找不到合適的時機請求皇帝為三公主與沈于鋒賜婚。知道皇帝心中打算的，除了她、十一皇子、三公主外，沒有幾個，如果現在皇帝闡明早已把三公主賜給沈于鋒，反而有不想讓三公主和親，遂急急嫁了之嫌，只怕會更加惹怒羌族。

她的雙唇喃喃動了幾下，又選擇了沈默。

十一皇子迫切的聲音打破了一室的沈默。「父皇，姊姊怎麼能去那樣的地方，聽說羌族人兄弟能共娶一個妻子，人民野蠻，狂風飛沙……」

十一皇子還沒說完，三公主便打了他一個巴掌。十一皇子捂著臉，愣道：「姊姊，妳怎麼……」

三公主見皇帝臉色不豫，硬著嗓子說：「當年明善公主能去，我為什麼不能去？誰說我這朵嬌花只能開在京城？我偏偏要在羌族也過得很好！」這一席話擲地有聲，讓所有人都對她刮目相看。

皇帝的面色和緩了，他仔細端詳著女兒，說三公主像他，不如說像他那早逝的姊姊，可是誰知道，這兩人的命運又這麼相似呢？

他側著頭回想了一會兒，淑妃在一邊看著皇帝的臉色，指甲狠狠地劃破了手心。在社稷面前，一個受寵的女兒算什麼？皇帝這臉色變了又變，只怕是要下決定將三公主嫁出去了。

果然就見皇帝摸了摸女兒的頭。「妳這分心讓父皇很是感動，父皇會盡力保全妳的。」

三公主聽到此話，心裡一鬆，不論如何，父皇心中還是有她的。

第二十五章

第二日，皇帝叫人賞賜了很多東西給三公主，麗妃聽到這消息，狠狠地將茶杯摔了一地。

「淑妃聽到這個消息不應該對皇帝大吵大鬧嗎？三公主不應該跪著苦苦哀求嗎？皇上不應該對寵妃和女兒不顧大局而勃然大怒嗎？怎麼會是這個結果？」

她苦苦暗示羌族少將軍明珊是皇帝最喜愛、最值得娶的公主，讓羌族開口要了她，原以為淑妃和三公主會因此事鬧得皇帝不開心，卻不料，她們兩人反而讓皇帝更加高看了。

另一頭，三公主看了看皇帝賞賜的紅寶石頭面，冷冷地笑了笑。「這不是都在看我的笑話嗎？我偏要風華正茂給你們看！」

她打扮得越發奢華，再加上她自願出嫁，讓想嘲諷她的人都啞了嗓子。

北定王聽到和親的消息時，遣了北定王妃去宮內看看淑妃。

北定王妃進宮時，看見那一向雍容華貴的小姑子居然無心打扮，懶懶坐在軟椅上發呆，便知道這次她的打擊大了。

淑妃看見北定王妃，失去了以往的安逸笑容，只是皺著眉頭說：「嫂子坐。」

北定王妃見她一副自暴自棄的模樣，不由得勸慰。「皇上還沒答應，還是有轉圜的餘地……」

淑妃笑了笑。「皇上再心軟也不能拿社稷開玩笑，可惜我在宮中經營了這麼多年，居然無法保住女兒的一生平安，實在可笑。」

北定王妃嘆了口氣，拍了拍淑妃的手。「查到是誰做的了嗎？」

淑妃氣極反笑。「若要人不知，除非己莫為。」

她狠狠地握著拳，雙眼淬著毒。

在後宮裡面，沒有兩把刷子誰能安穩活著？淑妃身處高位，又有一兒一女，當然不用時刻算計，但是並不代表她就軟弱任人欺負了。

北定王妃琢磨了半天。「妳看看那事……」

淑妃揮了揮手，一臉疲倦。「我原以為不爭不搶便能與世無爭，卻不料就算我不爭，也有人以為我爭，嫂子先回去吧，讓我想想。」

北定王妃點了點頭，退了下去，誰家女兒要被送到那個鳥不拉屎的地方會開心？讓她先緩緩吧。

自從聽到三公主的事情後，沈芳菲在家裡坐立不安。

前世三公主嫁給狼族，她性子高傲，在狼族首領面前不得喜愛，早早便抑鬱去世了。如今聽聞消息，不免擔心。

她此世與三公主結交很深，三公主什麼事都顧著她，而她又深怕前世悲劇重演，恨不得立即飛去宮裡看看三公主。還沒等她趁著進宮探望沈太妃的機會去找三公主，淑妃便遣人接了她入宮。

沈芳菲進了寢殿時，三公主仍懶懶地躺在床上。她一襲白衣，黑髮披在肩上，一雙大眼睛布滿了血絲。

見狀，沈芳菲的心酸了酸，走過去道：「太陽都曬屁股了，三公主還不起來？」

三公主雙眼無神地看了看她，這才從床上起來，坐到梳妝檯前。

沈芳菲走上前，拿起紫水鑽髮釵往三公主髮間比了比。「妳真是越來越得皇上的心啦，誰知道那些後宮娘娘求不到的頭面，統統都送到了妳這邊。」

三公主撇了撇嘴。「連妳都嘲笑我，難道這緣由不是眾人皆知的嗎？」

沈芳菲笑了笑，擔憂地問：「公主怎麼想？」

三公主看著沈芳菲與沈于鋒相似的眼，心口發疼。「還能怎樣？難道還要死要活地說不去？讓父皇厭棄了我和母妃？」

前世，三公主鬧了又鬧，就是不想嫁與狼族，甚至在御書房前跪了一天一夜，最終仍逃不掉要和親的命運，皇帝也因而感到氣憤，連嫁妝也是按平常公主的分例給的，並無特殊。

今世的三公主卻成熟不少，甚至明白，若她稍有一步走錯，承擔後果的不僅是她，還有母親和弟弟。即使她心中藏著的是沈于鋒，但是為了母親、弟弟，她願意嫁！

沈芳菲從梳妝檯上拿起梳子，輕輕地梳著三公主的秀髮。「沈太妃老啦，看見我老是念叨。」

三公主經常去沈太妃那兒找沈芳菲玩，與沈太妃的感情也不錯，她嘴邊浮起了一絲笑。「念叨什麼？」

「沈太妃念叨說，這女人啊，不僅要是朵嬌花，還要做那仙人掌，無論到哪兒，無論和誰過日子，都能讓自己好好的。」

三公主聽了這話，就知道沈芳菲是借沈太妃的話來勸慰自己。沈芳菲真是她的手帕交，並沒有說一些惋惜的話，也沒有因為大義而一定要她嫁，只是說這日子是自己過出來的，也就是無論她選擇什麼，只要幸福就好了。

一旁的侍女端來一碗蜂蜜水，三公主喝了，笑著說：「還是妳的手巧，只是不知道我還有沒有機會享受沈家貴女的手藝了。」

沈芳菲將紫水鑽髮釵簪在三公主頭上，笑說：「八字還沒一撇，公主何必擔心？」

皇帝尚未答應羌族的要求，朝上的事，一向是拉鋸戰。

皇帝再次接見了羌族少將軍，輕描淡寫地說：「你們既然知道三公主是我的掌上明珠，何苦奪人所愛呢？我將宗室裡面最美的女子嫁給你們頭領，另外你們自己想要的，也可以儘管提。」

羌族少將軍叫景頗，他鼻子高挺，皮膚呈小麥色，薄唇緊抿透出一絲冷酷的意味。他是頭領弟弟的大兒子，地位崇高，在羌族中也是數一數二的男兒，羌族頭領為了壓制弟弟，只給了他少將軍的位置，但是皇帝從這男人的眼中看出，他要的，不只這麼一點。

景頗聽了這話，面色不變，仍笑說：「只有珍貴的花兒，才能證明我們與大梁朝的友誼長存。」

皇帝聽了這話，怒道：「誰不知道你們頭領都可以當我女兒的父親了，怎麼能將我女兒嫁過去？」

景頗並不將皇帝的怒火當一回事。「只要三公主下嫁，我們願意送一千匹戰馬給大梁朝。」

大梁朝如果跟狼族開戰，缺的就是優秀戰馬，羌族的戰馬一向慓悍，是皇帝夢寐以求的。

皇帝心中猶豫起來。

隔日上朝時，朝臣們也分為兩派，一派說大梁朝現在已經很強盛了，羌族不足為懼，何必犧牲一個公主？下嫁公主反而會讓羌族覺得自己不可一世；另一派則說大梁朝與狼族必有一場大戰，用一個公主換來與羌族的和平與戰馬，又有何妨？

皇帝看著朝臣討論，頭暈腦脹極了，只好問向北定王。「你怎麼看？」

朝中一下安靜下來，北定王可以說是三公主的嫡親舅舅，他的態度，很能影響皇上的決定。

北定王深深吸了一口氣，緩緩地說道：「能夠為大梁朝分憂，三公主必然是願意的。」雖然皇帝心中傾向讓三公主去了，這話由北定王說出來，顯得北定王府與淑妃都十分知情識趣，但是他仍格外難受，最後緩緩站了起來。

「淑妃升為淑貴妃，明珊公主升為固倫公主，淑貴妃親自操持明珊公主出嫁一事，務必讓她風光大嫁。」

明珊公主這一嫁，給淑妃帶來了更高的榮寵，也給十一皇子帶來了更高的籌碼，更為大梁朝帶來了六十年與羌族的和平共處歲月。

三公主在宮裡接到聖旨時，對身邊的心腹侍女說：「總算來了。」

她與沈于鋒終究成了陌路，這輩子終於明白了什麼叫做求之不得。

她對一向冷靜卻紅了眼眶的淑貴妃說：「我想見見沈于鋒。」

淑貴妃心疼女兒，不可能不應允，她去到沈太妃住處，一五一十將事情原原本本說給沈太妃聽，沈太妃聽了，嘆了一口氣。「是我們沈家與三公主無緣，改明兒我叫那小子進宮一趟吧。」

沈于鋒與沈芳菲被沈太妃召進了宮裡，沈太妃與兩個小輩閒聊了好一會兒，便見三公主款款走來，她一襲大紅絲裙，面似芙蓉眉如柳，一雙嫵媚大眼睛十分勾人心弦，一頭黑髮綰成高高的美人髻，髻上蝴蝶隨著步伐一動一動，似展翅飛翔。

三公主經常來沈太妃這兒找沈芳菲實屬常事，但是在沈太妃跟前與沈于鋒見面倒是不多。

沈于鋒自然知道三公主即將和親的消息，他十分佩服這位不哭不鬧的三公主，要知道一個養尊處優的貴女，能這麼快答應這樁婚事，可不是容易的事。

他對三公主行了行禮，三公主說：「好久不見，沈家大哥。」

沈太妃看著三公主和沈于鋒，心中嘆氣如果不是羌族這事，這兩人弄不好真是一對璧人，但是沒緣分就是沒緣分。

三公主一掃這些天的晦暗，懷著好奇的心問了沈于鋒很多宮外的事，沈于鋒都恭恭敬敬地答了。

他已經不似當初那個笨男孩，什麼事都挑最有意思的跟三公主說，聽得三公主如癡如醉。

「原來外面的大梁朝這麼美，可是我就要離開了。」三公主美麗的臉上布滿了憂愁，她眨了眨眼睛問：「你能答應我一件事嗎？」

沈于鋒點頭說好。

「你一定要讓大梁朝強大起來，不要再讓大梁朝其他女子重走我的路。」

沈于鋒本以為三公主會叫自己帶一些好玩的東西給她，卻不料提出如此要求，他正色道：「公主放心，我必然會成為大梁朝的銅牆鐵壁，讓羌族、狼族忌憚，不敢冒犯！」

三公主的臉上閃過了幸福的表情。「我相信你。」

三公主與沈于鋒寒暄完，便領了沈芳菲告別了沈太妃。

兩人走在小徑上，對面迎來一個男子，這男子身穿異族服裝，能在宮內穿著異族服裝走動的除了羌族少將軍還有誰？他自小在大漠裡長大，蜜色的肌膚，結實的肌肉，無一不充滿了生命力。那一雙淡漠的眼，掃到三公主身上，彷彿被黏住了，移不走。

三公主是什麼人？是大梁朝的金枝玉葉！

沈芳菲心中惱火，微微側了側身子擋住三公主。

三公主當然也注意到這火熱的眼光，她端正地走著，並沒有回眸。

少將軍很快地收回了目光，與身邊的僕從說了一句話。

聽見的人應該會膽戰心驚——

「這朵美麗的花兒遲早有一天是我的。」

這一日，當三公主來向淑貴妃請安時，淑貴妃正在整理三公主的嫁妝單子，她見三公主來了，笑著迎了三公主說：「我女兒也是大姑娘了，該是出嫁的年齡，來看看妳的嫁妝單子，有什麼需要的跟我說。」

三公主草草瞥了瞥手上的單子，笑著說：「這還用我看？母妃恨不得把庫房裡所有的好東西都給我帶上了吧。」

淑貴妃的手停了一下，又笑著說：「我女兒當然值得最好的。」

三公主聽到此話，笑著問：「那弟弟呢？」

淑貴妃愣了一會兒。「妳弟弟當然也值得最好的。」

三公主坐在一旁，看著纖長的手指說：「如今太子哥哥已去，宮中暗潮洶湧，各為其主，三哥哥、四哥哥一向野心勃勃，九哥哥雖然看似兄友弟恭，但是不會叫的狗才狠，我就要遠嫁了，母妃與弟弟有什麼打算？」

淑貴妃側頭打量了三公主一番，她這女兒彷彿是一夜長大，以前只會在自己面前撒嬌賣俏，現在卻能輕描淡寫地與她談朝政。

她嘆了一口氣。「還能怎樣？」她地位高，爭了的話，就是第一個靶子；不爭的話，也是一個靶子，她的女兒就在這些陰謀陽謀中嫁去了羌族。

三公主聞言，搖了搖頭。「我嫁去羌族了，會好好籠絡羌族首領，讓他與大梁朝好好相處，但如果不是弟弟繼位，那就難說了。」

淑貴妃看了看女兒稚嫩的臉，卻見她說出這麼老練的話，心如刀絞。「我原只想我的一雙兒女能平平安安過日子。」

三公主點點頭。「母妃已經盡力了，但命運是很難改變的。」

第二十六章

淑貴妃查到了是誰向羌族放出明珊公主的風聲時，冷冷地笑了，有些事，你吃了虧還不能吭聲，否則其他人會將你往死裡踩。

她掀了掀眼皮，對心腹侍女說：「跟麗妃宮裡的小李子傳個信，上次我救了他一家人的命，這次他有機會報答了。」

深夜裡，麗妃宮裡打掃花壇的小太監進了淑貴妃的宮裡，不知道淑貴妃和他說了些什麼，他顫顫巍巍地愣了愣，磕了一個頭。

淑貴妃見他一副捨生忘死的模樣，笑著說：「你不必壓力這麼大，跟著我的人都知道，我從不把人逼向絕路，我會盡力保你的。」

只有一種時候她會將人逼向絕路，就是那個人必死無疑！

麗妃姿色豔麗，身材姣好，又善於使用女性魅力，四皇子每每與麗妃見面時，都感到血脈賁張，他要是自己能坐上大位，第一個辦的人就是麗妃，能讓父親的女人臣服於自己身下，四皇子想想就受不了。

麗妃雖然不喜歡四皇子的眼神，卻因為九皇子的要求，只能硬著頭皮與四皇子來往。說起九皇子操縱女人心的手段可是爐火純青，他不僅讓麗妃死心塌地，還能為他做出大逆不道的事。

是日，四皇子又接到麗妃的信件，信件外觀和平常一樣，內容卻是相約晚上在宮中某隱密處一見。

四皇子好色暴虐，思想單純，他聞著紙上那淡淡的香味，有些熱血沸騰。「怎麼？父皇寶刀已老，顧不上這位豔妃了？」

四皇子抱著熊熊慾火等了一晚，麗妃始終沒有來，他氣得七竅生煙，覺得這麗妃好生可恨，引他來了又不肯相見，是什麼意思？

離奇的是，第二日又收到麗妃的信，還是約他去某隱密處一見，還說昨晚沒來是因為有事耽誤。

宮妃麼，總是事情比較多，四皇子願意體諒，並又心情激盪地前往赴約，可惜結果如前晚一般，麗妃並沒有來。

一般有警戒心的人都不會再赴約了，可是四皇子不同，足足赴了四次約，都等不到麗妃。第五日，四皇子又收到信件，他已經是怒火中燒，心想一定要辦了麗妃。

四皇子不知道，這宮中偏僻處，正是麗妃與九皇子幽會之處。

麗妃與九皇子每個月正月十五都會在這兒見面，九皇子會讓麗妃去做一些他在後宮不能插手的事。

這日麗妃如往常般換上了宮女服，戴上了面紗，走到這偏僻處，四皇子見到麗妃，口中小聲呼喚著。「寶貝兒，可讓我等到妳了。」

麗妃見到四皇子，臉色大變。「你怎麼來了？」

四皇子面色不豫。「不是妳約我的？」

麗妃甩了甩手。「簡直是不知所謂，我只是散步到這兒而已，怎麼就碰見你了？」

四皇子諂笑道：「我從未見宮妃散步到這麼偏僻的地方，莫非妳經常約不同的男子在這裡？」

麗妃氣極。「放肆！」轉身就走。

四皇子笑說：「妳不要以為我不知道妳與我那好九弟的事。」

麗妃聽了此話，臉色唰地一下白了，她咬著牙道：「有的話你可不能亂說！」

九皇子其實也來了，但是他隱隱看見不遠處麗妃正與四皇子對峙，他心中咯噔一下，知道麗妃與他必定是中了圈套，他並不管麗妃的死活，毫不猶豫地轉身離去。

其實他與麗妃一向是發乎情、止乎禮，畢竟一旦登了大位，私通父皇的宮妃會是非常大的污點，所以他不會這麼笨地犯下過錯，女人要多少有多少，何必癡迷於一個麗妃？

麗妃自知中了計，卻又啞巴吃黃連，有苦說不出。

四皇子得意地笑了笑，用手取下麗妃耳上的耳環，並在她耳畔說：「下回我再找母妃。」

說完便轉身離去，留下麗妃孤傲地站在風中瑟瑟發抖。

麗妃回過神，走向遠遠站著把風的小太監，小太監並不大明白發生了什麼事，他只見麗妃臉色陰沈，衣著有些凌亂，還一邊走一邊問。「九皇子來了沒有？」

小太監點點頭，又搖搖頭。「九皇子來了一小會兒，又走了。」

他因為口風緊，所以被麗妃用來把風，他不得不忠誠，因為一家人的性命還在麗妃的手心裡捏著呢。

麗妃咬了咬牙，難道是他？為了大位，連為她出頭與四皇子對峙都不敢？開什麼玩笑，她可不是他院子裡可以隨意送人的姬妾，她是後宮中的妃子！

第二日，九皇子遣心腹偷偷拜見麗妃，言下之意是——九皇子突然有急事便回去了，惹得麗妃在那兒等了半天，實在是對不起。

麗妃聽到此話，又氣又惱，平時愛得跟什麼一樣，可是到了緊急關頭，就不顧她的死活了，難道還想她站在他那一邊？

她假意說道：「我知道他忙，只是那隱密處我懷疑被人發現了，我們暫時還是別見面吧。」

麗妃在九皇子處吃了癟，在四皇子處受了威脅，突然開了竅，覺得還是皇帝靠得住，之前她因為對九皇子動了心，伺候皇帝也沒有以前上心了。但是如今她發現不管男人承諾得如何，女人能依靠的還是自己。

在她的討好奉承下，皇帝對她的寵愛又回來了。

偏偏有件事情叫麗妃夜夜不能安眠。

那日，四皇子取走她的耳環，是皇帝御賜的異疆黑曜石，後宮眾女都想要這對耳環，唯獨麗妃得到了。如果四皇子拿這耳環出來威脅，可怎生是好？

麗妃想著這事，倒是憔悴了不少。

淑貴妃聽了下人彙報，懶懶地說：「行了。」

身邊的貼身侍女奇怪地問道：「現在這樣就行了？」

既然使計抓到了麗妃的把柄，難道不要乘勝追擊？

淑貴妃笑著說：「他們已經心生芥蒂，麗妃本就是愚笨之人，身後沒了九皇子的指點，還能成什麼事？」

皇帝一連在麗妃處歇了幾夜，讓其他妃子嫉妒得很。

麗妃被寵幸了一個月後，居然懷上了，讓宮中又一次炸開了鍋。

九皇子聽見消息皺了皺眉，如果他不與麗妃離心，倒是能有個小弟弟支撐自己了。四皇子則只是盯著那黑曜石耳環，嘿嘿地笑了笑。

皇帝很開心，他從來不嫌兒子多，對麗妃的獎賞越來越豐厚，宮中向來是盯著受寵的，於是大家對麗妃的不滿達到了巔峰，麗妃僅僅是面對冷嘲熱諷都疲勞得很，更何況她還懷著孩子，短短時期憔悴了不少。

某日，眾位妃嬪在花園裡聊天，有人說道：「麗妃真是好命，萬一是個龍子，又有機會登上大位，可真是一步登天啊。」

麗妃心中一緊，笑著說：「眾位姊姊都有機會誕下皇子的，難道只有我有這個機會？」

眾位妃子對視一眼，又笑開來。

三公主經過時，好奇問道：「妳們這是在笑什麼？」

三公主是淑貴妃所出，又得皇帝寵愛，就算遠嫁又如何？眾位妃子都不願意得罪她。有一位貴人說：「我們在說麗妃肚子裡的小皇子。」

淑貴妃有什麼事都不瞞女兒，早就將麗妃的事都和三公主說了一遍。

三公主知道自己遠嫁是麗妃從中作梗，她反正是即將遠嫁之人，不怕得罪麗妃，於是笑著說：「小皇子？小公主也是不錯的，長大了聯姻狼族，也算是為大梁朝做了貢獻。」

這話本是很不妥，但是三公主以身作則，遠嫁羌族，沒人敢質疑她這話說得毒辣，更何況，眾人是很開心三公主這麼說的。

麗妃聽了這話，心中一緊，她明白三公主知道是她在後面使壞了，只能強顏歡笑說：「能為大梁朝有貢獻也算是幸事了。」

眾位妃子在一旁掩著嘴笑了笑，這回麗妃可難看了。三公主這麼做，是否代表了淑貴妃的意思呢？眾人心中又起了壞主意，對麗妃越發放肆起來。

其他妃子懷孕都是趾高氣揚，只有麗妃成了個受氣包。

皇帝日理萬機，只想看到妃嬪們開開心心的臉色，若見到他還沒說話就哭了的話，他便只有拔腿就走的分兒。

偏偏四皇子以耳環威脅麗妃，讓這位受盡皇上寵愛的妃子為他多說些好話，麗妃剛開了口，就被皇帝冷著臉打斷了。「老四是給了妳什麼好處？居然為他說話？」

皇帝是很忌諱後宮妃子和皇子勾結在一起的。

麗妃連忙搖頭。「我只是覺得四皇子很適合這個差事。」

皇帝深深看了麗妃一眼。「還以為妳長進了，原來是變本加厲了。」

第二日麗妃便失了寵，三公主聽見麗妃失寵的消息，並沒有特別開懷，只是掀了掀眼皮。

她本來就不是傻子，這陣子的磨難，讓她更加深沈，她在皇上面前裝成天真小女兒的嬌俏模樣，但是她內心知道，自己是再也回不去了。

十一皇子知道自己與姊姊即將要長久地分離了，所以總是儘量來陪伴三公主。

一個月後，快到三公主啟程的日子，十一皇子將自己庫房裡最好的東西全都裝在匣子裡，塞給三公主。

三公主看著這些小東西，似笑非笑道：「沒想到弟弟這麼大方，這些東西可是我向你討了好久都沒討到的。」

十一皇子不好意思地笑了笑。「當時弟弟不懂事。」

三公主經此一事，少女的青澀褪去了很多，添加的是說不清道不明的氣質，她隨意靠在窗欄上。「弟弟你也該長大了，我走了，母妃留給你保護了。」

都是在深宮中長大的人，就算十一皇子地位崇高，也看過很多宮內的機巧，他笑著說：「我當然能保護母妃。」

三公主神色一緊，嚴厲地說：「你拿什麼來保護母妃？母妃在宮中看著雖然風光，卻是高處不勝寒。本來我們與太子關係緊密，太子登基了我們也能有個善果，但是三皇子、四皇子、九皇子登基呢？你能保證他們會善待你和母妃？我去了羌族，自身難保，也不知道何時才有相見的日子。」

十一皇子聽了這話，腦中一片混沌，淑貴妃沒想著讓他爭奪皇位，所以也沒有跟他灌輸這類的想法，雖然這段日子讓他看到了許多明爭暗鬥，卻不敢面對。

三公主見十一皇子迷惘的神色，嘆了一口氣，摸了摸他的頭。「你還小。」她不在宮裡，母妃與弟弟只能相依為命了。

第二十七章

四皇子只管拿著耳環叫麗妃做事，麗妃失寵了對他的利用價值也不大了，這一頁便揭了過去。

但他不知道的是，在宮裡稀稀落落地傳起了這樣的謠言——麗妃與四皇子有染。

如果麗妃還是像以前那樣野心勃勃還好，但是幾起幾落，又失了聖寵，竟失去了鬥志，對流言變得懶散起來。本來只是杖斃幾個碎嘴宮人的事，並沒有多加約束，加上有心人煽風點火之下，變得沸沸揚揚。

當然，誰也不會讓皇帝知道這件事，沒人願意戴綠帽子，皇帝也如此，偏偏，紙包不住火。

某日深夜，皇帝閱完摺子，叫來安太監陪著自己在御花園裡走走。

安太監表情為難，皺著臉說：「皇上，都這麼晚了，您還想出去走走？萬一那花園裡不乾淨的東西髒了您的眼怎麼辦？」

皇帝聽了這話，喝道：「放肆，朕是天子，難道還怕什麼？倒是你，攔著朕不去御花園，是不是有別的心思？」

安太監輕輕打了自己兩巴掌。「哪有的事，奴才只是怕您累著了。奴才這就帶路。」

伺候皇帝的人這麼多，最忠誠的便是安太監，皇帝自然不會為難他，他笑著說：「就你歪主意多。」

安太監在前面帶著路，心裡卻叫苦不迭，這到了深夜，奴才們鬆懈了大半，要是哪個不長眼的衝撞了皇上，那他可就吃不完兜著走了。

要說安太監也真背，還真讓皇帝遇見了一群偷懶的小太監，小太監們在御花園裡站著，嘰嘰喳喳不知道說著啥。

他皺著眉頭正欲上前呵斥，卻不料皇帝眼睛一橫，制止了他。

安太監弓著腰，愁眉苦臉，要是讓皇帝聽到不該聽到的東西，那可怎麼辦呀？

皇帝悄悄走過去，他不是沒聽過壁腳，小太監們一般都是說說家長裡短，讓他覺得格外有趣。

可是這群小太監今天可不是說著家長裡短，而是說著皇帝頭上那頂疑似綠油油的帽子。

皇帝站在牆角，聽著那群人神采飛揚地說著麗妃與四皇子的軼事，活靈活現彷彿親眼看到似的。

他心頭一炸，還沒等他出聲，安太監大聲說道：「放肆！」

細細聽著，這「放肆」裡面還帶著一絲顫抖。君王之怒，誰知道會不會牽扯到自己。

小太監們聞言，往牆角一看，看到的竟是明黃色的身影，便知道自己倒了大楣，身子一軟，撲倒在地上不停地說：「皇上饒命！」

皇帝壓住心頭怒火。「你們在說什麼？」

小太監們支支吾吾的不知道說什麼好，怎麼說都是死路一條了。

皇帝臉色一陰，想到麗妃前陣子不停地說四皇子的好話，起先只以為他們有利益上的牽扯，現在想來，簡直是情根暗種啊。

皇帝連夜打死了幾個小太監，氣沖沖地到麗妃寢宮。

麗妃急急忙忙前來迎駕，不施粉黛但還是有一種天然的美。

要是以往，皇帝一定會好好憐惜她一番，可是到了今天，他一巴掌打了上去，嘴裡怒道：「妳這個賤人！」

麗妃被一巴掌打暈了頭，哭道：「皇上您這是怎麼了？」

皇帝越看麗妃越可恨，對著她又是一腳。「將這個賤人肚子裡的孩子給落了，打入冷宮！」

安太監不客氣地叫下人拖了麗妃下去，什麼罪都可以翻身，唯獨給皇帝戴綠帽子這個罪難，麗妃怕是走不出冷宮了。即使她是被冤枉的又如何？皇帝心中已經有了定論。

皇帝戴綠帽子這事不能昭告天下，也只能遮著掩著，旁的人只聽說昨晚皇帝心情大不好，杖斃了幾個小太監，還將麗妃打入了冷宮。

麗妃當寵妃的時候得罪不少人，大家只當她不小心得罪了皇帝，不想她出來的人太多，暗地裡落井下石的也有。

當皇帝聽到麗妃和四皇子勾結，對羌族放出三公主的豔名時，喉頭一甜，一口血都差點噴出來。

「他們怎敢？他們怎敢！」

他怒得拍了桌子，他本想處置了麗妃，對四皇子網開一面，但是四皇子不僅勾搭了他的皇妃，還與外族來往頻繁，連自己妹妹的名聲和幸福都不顧，這樣的人，即使是他的兒子，也是個狼心狗肺的！

皇帝叫了人，將冷宮裡的麗妃賜死，他想了想，又淡漠地說：「麗妃一個人上路孤單，連家人也跟著去吧。」

在場太監皆大驚，皇帝一向寬宏大量，妃子犯了罪，一般都不會罪及家人，而這次麗妃的全家人都栽了。

皇帝面無表情地想了想，寫了一道聖旨，安太監在一邊看著他陰晴不定的臉色，一聲都不敢吭。

第二日，朝廷皆驚，皇帝居然宣佈將四皇子過繼給鎮西王。

鎮西地處荒涼，生活極為艱苦，鎮西王這個位置實在不好做，再加上過繼了，四皇子與大位就更加無緣了。

四皇子跪在地上咬牙問：「父皇，這是為何？」

朝上眾臣子看著這家務事，恨不得消失得無影無蹤，可是又忍不住豎直了耳朵聽。

御花園死掉的太監堵了宮中眾人的嘴，但是堵不住眾人的好奇心，四皇子過繼給鎮西王，與麗妃的死，讓大家不得不浮想聯翩。

這樁事，皇帝處理得雷厲風行，後宮紛紛揚揚的傳聞，突然之間戛然而止了，但是這樁事，在宮中各位心中都有了定見——那麗妃，一定是給皇帝戴了綠帽子。

九皇子聽聞此事，表面上不動聲色，心中卻長長地吁了一口氣。麗妃終究是去了，也不枉他布局一番。女人一旦動了情，可以成為他手中的利刃，也能成為他身邊的毒藥。只有她去了，他才能夠安心，況且這局格外好，連那個不用腦子行事的四皇子也被拉了下來，無緣大鼎。

淑貴妃第一時間聽到麗妃犯事的消息，只是捏了捏手中的佛珠，嘆了句：「這宮中的妖風，是越來越盛了。」她是對此事出了手，不料還有人和她一起落井下石，讓麗妃和四皇子死得透透的。能夠做成此局之人，其心機之深，讓人心寒。淑貴妃的眼神閃爍了下，叫了心腹宮女進來，吩咐了幾句又遣她出去。

外面的風微微吹進來，淑貴妃身子瑟縮了一下，離三公主出嫁的日子越來越近了，如果沒有宮裡的撐腰，她這苦命的女兒到了苦寒的異族，花兒一樣的人兒，只怕就要枯萎了。為母則強，她總要挺直腰板爭一爭了。

當大家都在急急準備三公主的出嫁事宜時，羌族少將軍景頗居然偷偷地趕回羌族了。

皇帝聽到此消息時，狠狠地打碎了一個茶杯。

羌族這是什麼意思？如果是看不起他大梁朝就不要來求親，正當皇帝準備藉此發作取消這樁親事時，卻接到邊境的消息，羌族，居然亂了！

羌族頭領四十多歲了，還膝下空虛，只有一個六歲的兒子，這兒子的母親只是一個小小的女奴，並無強勢的外家支撐，頭領想了各種辦法都未再有一子，只能嘆氣培養這個身分低微的兒子。

但是他身邊的人豈是這麼容易打發的，都對頭領的位置虎視眈眈。

頭領自以為身子強壯，還能等個十年看著兒子坐上大位，他卻因意外墜馬重傷了。一時間羌族人心蠢動，讓個六歲的奶娃娃當頭領？莫叫人笑掉大牙，但是要自己上位，還是扶持傀儡？倒要細細斟酌。

景頗的父親景廉便是其中一個，他是頭領的嫡親弟弟，自有貴族支持。

開玩笑，讓個女奴生的兒子當頭領，會讓其他部族笑掉大牙的。景廉的妻族血統高貴，兒子又年富力強，不是他上位是誰上位？於是景廉在這場亂局裡推波助瀾，對這個位置勢在必得。

麗妃的風波剛過，宮中各位還沒有鬆口氣，三公主要聯姻的那位居然死了，那她是嫁還是不嫁？這成為宮中眾人最關心的問題，更有甚者在私底下悄悄說著，這三公主是不是喪門星？還沒嫁過去，那位就死了，既然是這樣，把三公主拉到羌族一溜，那準備與她聯姻的上位者豈不是要死透了？

宮中向來是個踩低捧高的地方，皇帝因為麗妃與四皇子的事一直心緒不佳，鮮少在後宮出現，再加上羌族這一亂，讓大家紛紛揣測，這個從小盛寵到大的三公主，終究是失寵了。

三公主豈不知宮中眾人的議論紛紛，越是這樣，她越得裝作若無其事，為母親與弟弟將門面撐起來。

淑貴妃見女兒憋得慌，便叫了沈芳菲進宮陪陪她，好歹三公主與沈芳菲之間還是有些情分的。

沈芳菲進宮見三公主，因三公主與她交好，並不欲在她面前逞強，她看到的便是一個輕裝素釵的三公主。

她緩緩地打量著三公主，淡淡地嘆了一口氣，三公主見她有些黯然，好笑地說：「妳同她們一樣同情我？」

沈芳菲搖搖頭，笑著說：「我今日可是來找公主看看首飾，學一些宮裡流行的花樣出去，饞死我那群姊妹們。」

三公主用手指點了點沈芳菲的額頭。「就妳愛美。」她揮手叫了宮女將最近新得的首飾統統拿出來，與沈芳菲一起鑑賞。

兩個少女嘰嘰喳喳了一下午，讓悄悄來探視的淑貴妃點了點頭。

三公主拿出一支釵子看著沈芳菲欲言又止，沈芳菲笑著說：「三公主這是怎麼了？」

三公主拿著帕子捂著嘴笑了一會兒，輕輕地說：「妳哥哥最近如何？」

沈芳菲心裡咯噔了一下，卻還是裝作若無其事。「吃得好睡得好，只是還是那麼傻。」

三公主微微點了一下頭。「我曾經向父皇求過嫁給妳哥哥，父皇也答應了。」

沈芳菲雖然心中早有猜測，聽到此話還是大驚。

「罷了，罷了，也算是我們沒緣分。」三公主自言自語了一句。

「這事我本應該爛在肚子裡的，但是卻忍不住與妳提了。」三公主的遺憾必須要找一個知情人說出來，而這個人，沈于鋒的妹妹沈芳菲再合適不過。

她又將目光放在珠花上。「妳父母應該曾經隱約得到了父皇的意思，不過他們不必顧忌著我會吵鬧著退了羌族的婚，非要嫁給沈大哥。」

沈芳菲有些驚愕地看著三公主，只見三公主冷笑道：「大家都看著我能纏著父皇把羌族的婚退了，嫁給朝中哪個倒楣蛋做媳婦呢。」

以皇帝對三公主的寵愛，他怎能眼睜睜看著她嫁給一塊墓碑，在異族了此殘生？要退了這樁婚事的法子還是有的，只是誰能接下三公主這塊燙手山芋了。

沈芳菲盯著三公主半晌，只見她雙唇微微顫抖沒了血色，堅定地說道：「三公主對於沈家來說，從來都是金枝玉葉，不是燙手山芋。」

三公主聽到此話，欣慰地笑了笑。「我就知道自己沒看錯人。」

沈芳菲與三公主相處良久，三公主事事都為她著想，她見三公主如此，於心不忍道：「我哥哥天天勤於練武，說要成為大梁的棟梁，不再讓公主這樣尊貴的女孩去那荒涼的地方。」

三公主聽了心一暖，笑著說：「妳大哥有這恆心，自然是能實現的。」

沈芳菲走了以後，聽著她們說話的心腹宮女不由得出聲問：「三公主您這是……」

三公主肅然坐在榻上，思緒萬千，輕輕嘆了一口氣。

她與沈芳菲說這麼多只是妄想，如今的她退不得，鬧不得，就算是死，也要死在羌族。只希望弟弟能早日成熟起來，成為她與母親的倚靠。

第二十八章

皇帝為羌族這事弄得心緒不佳，好不容易狠心將最寵愛的女兒推出去了，卻不料羌族亂了，讓他一顆心七上八下的。

不過羌族亂了也好，就只怕上位的是主戰派，到時候在邊境上為非作歹，也足夠令大梁頭疼好一陣子了。

偏偏更令皇帝頭疼的是，在北定王政敵的煽動下，朝中居然起了三公主到底是嫁還是不嫁的論潮，守舊派的大臣們言之鑿鑿——「皇上既然已經將三公主許了羌族，就一定要嫁出去，無論嫁的是不是一塊墓碑。」

而站在北定王府這邊的強勢派也不甘示弱。「三公主許的就是羌族的前頭領，如今他死了，三公主又沒嫁過去，何必犧牲一個公主？羌族如果有意見，大梁朝有的是機會狠狠教訓他們！」

守舊派與強勢派的罵戰持續了幾天。

沈于鋒帶著一群有為的世家子弟，跪在朝堂前。「寧願自己上陣流血，也不願我朝嬌貴的公主嫁給異族的一塊墓碑！」

朝暮之也站在大堂上，對著那些滿臉皺紋、鬍子都白了的大臣狠道：「你們如此涼薄，將天之貴女推向火坑，以後有你們女兒、孫女填坑吃苦的時候！」
其中一位守舊大臣聽到此話，支支吾吾了半天，居然暈了過去。
皇帝心中暗暗叫好，卻只能輕描淡寫地說：「今日曹大人都這樣了，不如休朝，曹大人先在家休息三個月吧。」
眾臣聽了皇帝的口氣，聰明一點的都知道他偏向哪邊，畢竟三公主是皇帝的女兒啊。
夜裡，皇帝分別召見了九皇子與三皇子，討論了一番國家大事之後，皇帝把玩著鎮紙，裝作無意地問起兩位皇子對三公主和親的看法。
三皇子聽到問題，心中一顫，他的外祖父是守舊派的領頭人，於情於理都得站在三公主和親的那一邊，他沈吟了一下，緩緩地說：「三妹妹是必然要嫁的，我大梁十年前與狼族一戰可以說是慘勝，如今的大梁朝需要的是休養生息，而不是為了這一點小事就和羌族打起來。」
皇帝聽了這話，面上有些不明，這些他都知道，但三公主是他放在心上的女兒啊。
「如果父皇心中有愧，補償淑貴妃和十一皇子就是了。」三皇子見皇帝面色不豫，又補了一句。
皇帝有些意興闌珊，揮了揮手，讓三皇子下去了。
九皇子聽到這個問題，心中一陣雀躍，四皇子失去登上大位的機會之後，皇帝終於看到了自己，他沒有任何思考，急急跪下說：「求父皇憐惜三妹，收回三妹和親的成命。羌族的訂親頭領已死，大梁毀了婚約，羌族也挑不出錯來。」

皇帝聽九皇子如此說，一雙眼盯著九皇子晦澀不明。「那如果羌族執意要明珊嫁給一塊墓碑呢？」

「那就打仗吧，兒子願意為大梁朝的尊嚴獻上生命。」九皇子這話擲地有聲，讓皇帝不由得舒展了眉頭。

太子薨了，四皇子過繼了，皇帝亟需一個繼承人。十一皇子打小就善良天真，做不了狠事，不入皇帝的眼。而從今天的回答看來，三皇子會是個守成的繼承者，他可以為了皇權犧牲掉自己的兄弟姊妹；而九皇子則不同，他的回答顯得很有膽識，且愛護兄弟姊妹。

皇帝聽完兩位皇子的回答，想著去淑貴妃那兒走走。

對於三公主遠嫁這件事，他一直很對不起淑貴妃母女，心中內疚深了，反而不敢面對，於是便很久沒有去探望淑貴妃。

淑貴妃如今整日待在小佛堂裡，聽見皇帝來探望自己，並沒有走出去。皇帝進了她的寢宮，只見點的蠟燭都很少，完全沒有了以往的熱鬧。

皇帝當然知道原因是什麼，他揮了揮手，要宮人退下，也進了小佛堂。只見淑貴妃一身清素，沒有了以往大紅大綠的氣勢，她跪在小佛像前頗為虔誠，皇帝也跟著她跪下了。

淑貴妃感到身邊有人，往身邊一看，跪下的居然是皇帝，她急急地想站起來，卻被皇帝壓了下去。「身為父母，我們居然保不住自己的女兒，真是……」皇帝長長地嘆了一口氣。

聽到這話，淑貴妃流著淚抓住皇帝的手。「明珊是臣妾身上掉下來的一塊肉啊，臣妾付出了多少心血，連十一皇子也比不上……」

皇帝沈聲道：「明珊又何嘗不是我的心肝呢？可是大梁朝需要她啊。」

淑貴妃並沒有為皇帝難得一見的溫情迷了眼，她知道他心中早已打定主意，就算是一塊墓碑，三公主也是要嫁過去的。

想著想著，淑貴妃不禁對皇帝起了怨懟的心思。

如果不是他，她何苦進這後宮與人爭爭鬥鬥？如果不是他，她的女兒何苦要在花一般的年齡嫁給一塊墓碑，從此過著活死人一般的生活？

淑貴妃心下大亂，恨不得指著皇帝大罵一場時，有人掀了簾子進了佛堂，沈聲說：「父皇、母妃。」

來的不是別人，正是十一皇子。

淑貴妃聽見兒子的聲音，那紛亂的心緒好歹是定了下來，她失去了一個女兒，不能再失去一個兒子。

她縮回抓著皇帝的手，垂著眼睛不說話，皇帝見她如此，心下難過也不想久留，只是拍著十一皇子的肩頭。「好好安撫你母妃。」

十一皇子點頭稱是，完全沒有了當初見到皇帝就撒嬌的勁頭。

他走到淑貴妃面前，見母妃低著頭不說話，於是握著她的手想拉她起來，卻不料手背上熱熱的，母妃居然哭了。

淑貴妃盛寵多年，娘家強硬，很少有人不長眼地對付她，就算偶有失寵的時候，都能挺直了身子傲然笑道：「這算什麼，且看以後。」

可是這一局，淑貴妃怎麼也贏不回來了。

十一皇子看見母妃如此頹喪，又想起皇姊不願聽見外面的流言蜚語，寧願閉門不出，便心如刀絞。

他自幼聰穎，太子又立得早，淑貴妃並沒有讓他登大位的念頭，便將他養得天真討喜。

他一向一帆風順，可是到了今天，他發現，這樣的他保護不了姊姊，也保護不了母妃。枉他還自誇長大以後要孝順母妃庇護姊姊，可是如今呢？一直庇護他的，居然是他的姊姊和母妃，甚至姊姊還要犧牲掉一生的幸福！

他一直渾渾噩噩的，如今得清醒過來了！

眼看朝堂上的爭執越演越烈，眾大臣都要上演全武行了。三公主坐在自己的宮殿，看了看窗外，在她宮前的那一棵桃花樹已經冒出粉色的花苞，她露出了悲傷的神色。

春天來了，但是她的春天，是不會來了。

「幫我換上大紅衣裳，再將父皇前陣子賞我的那套上佳的頭面拿來。」三公主吩咐宮女道。

宮女急急忙忙地將東西拿上來，三公主坐到梳妝檯前。

窗外的鳥兒嘰嘰喳喳，這曾是她最愛的樂曲，但是如今卻無心傾聽。

「三公主，我來幫您梳妝吧？」宮女道。

「我自己來。」三公主搖了搖頭，拿起桌上的螺子黛，細細描起眉來，她執了玉簪盤了如雲烏髻，又拿起胭脂，輕點朱唇，淡然抿唇，隨著這些動作，她那一雙含著輕愁的雙眼變得堅毅起來。

「走，我們去看看朝堂上的那一場大戲。」三公主對心腹宮女輕飄飄地說。

後宮女子擅闖朝堂乃是大罪，但是心腹宮女愣了愣後，便毅然跟著自家主子往前走去。

朝堂上正亂糟糟，皇帝看得頭也昏眼也花，正欲宣佈退朝，卻不料小太監跑上前在自己的耳邊說了幾句話。

皇帝起先還以為自己聽錯了，他挺起身來對小太監說：「你再說一遍？」

小太監把聲音微微放大了一些。「三公主在外求見。」

果然是自己的女兒，膽氣逼人，皇帝暗暗叫了一聲好，他清了清嗓子。「明珊公主就在外面，你們討論來討論去，起碼也得問問正主兒的意思吧。」

吵鬧的眾人聽說三公主來了，自動讓開一條道。三公主今日穿著大紅配金線的衣裳，在陽光的照耀下顯得格外有氣勢。她緩緩地走上朝堂，步步蓮花，看著這些在朝中翻雲覆雨的大人物，卻一點都不怯場，讓大家驚嘆如果三公主是個男兒，會有多大的造化。

朝暮之見三公主自己上了朝堂，面上有些急，正準備發聲時，卻被三公主眼神制止了。

「大家都在討論我的婚事，我這個正主兒不出現似乎不大好。」三公主揚聲笑道。

守舊派的人本想怒斥——一個女人家妳怎麼能上朝堂？可是人家老爹都沒有說什麼，他們只好悻悻地閉了嘴。

皇帝看著女兒，閉了閉眼。「對於此事，吾兒怎麼想呢？」

三公主心中冷笑一下，在皇上面前她能如何？哭著喊著說不嫁？那將她的母妃和弟弟置於什麼地步？想到了弟弟與母妃，三公主的心好歹暖了暖，她跪在地上，大聲說：「女兒願意嫁，願我大梁永世安康！」

朝堂上很少出現女子的聲音，但這次是大梁尊貴的公主，她一臉毅然地說願意嫁。

朝臣們同感震驚，三公主才多大？她在宮中錦衣玉食長大，大家都以為她是金枝玉葉的嬌嬌女，不料在大是大非面前，她能如此深明大義。

淑貴妃何等本事，教養出這樣的女兒？那麼三公主身後的十一皇子，又能比他姊姊差多少？一時之間，大家心中掂量了個夠，聰穎的人聽見三公主這句話以後，也跪下說：「願我大梁永世安康！」最後所有朝臣統統跪下，放聲說：「願我大梁永世安康！」

皇帝設想過無數次女兒的答案，卻不料她什麼要求也不提，直接就說願意嫁。

她對自己、對大梁的拳拳之心，上天可表。

想到此，皇帝終於在朝堂上擦了擦眼角，掉下兩滴老淚。一邊的人看了明白，三公主就算是嫁得再遠，也在皇帝心中生根了。

第二十九章

「你說什麼？明珊去了朝堂說願意嫁？」

淑貴妃聽了下面人的回報，驚得打破了最愛的瓷器。

她這麼多年受盡皇帝的寵愛，除了娘家背景深厚之外，還有就是她從不借勢做自己想做的事，拎得清自己的位置。這次她冒險求北定王掀起論戰，力圖從朝堂逼皇帝不嫁三公主。可是女兒卻自己去了朝堂說願意嫁。

淑貴妃絕望地捂住自己的眼睛時，聽見門外十一皇子的驚呼。「母妃！」

十一皇子也是聽到了消息才急急跑來，他看見母妃穿著白衣，打碎了瓷器，手上沾了血，卻捂住自己的眼睛，一邊的宮人都不敢上去勸，也不知道怎麼勸。

他眼神一凜，對身邊的宮人叫道：「還在一邊待著幹什麼？還不快快拿乾淨的紗布來。」

十一皇子來到淑貴妃身邊，拿了乾淨的紗布與藥，輕輕執起母妃的手，清理起來。

淑貴妃沒有哭，只是眼睛紅得可怕。「他們是要了我的命啊。」她咬牙切齒地說道。

十一皇子抱住母親，什麼都說不出來，最後說了一句。「還有我呢。」

「你們這是怎麼了？」三公主站在宮門邊，看著如大人一般擁著母妃的弟弟，心中吁了一口氣，這個懵懂的弟弟，經歷了這麼殘酷的事，終於成熟起來了。

淑貴妃抬起頭來，看著還未脫去盛裝的女兒，緩緩揮揮手，對三公主說：「來這兒。」

三公主一步一步走了過去，心想和弟弟、母親在一起的日子，是過一天少一天了，只是她那麼長的寡婦日子，要怎麼過呢？

三公主剛走到淑貴妃身邊，淑貴妃便推開十一皇子，狠狠地打了三公主一個耳光。「要妳任意妄為！」

十一皇子急急攔住母親。「母妃，姊姊的心您還不明白嗎？」

淑貴妃揚著的手又放了下來，就是明白她的心意，這顆心才會分外地疼。

三公主對四周的宮人淡淡地說：「妳們先出去吧。」

大家第一次見到如此盛氣凌人的三公主，左右悄悄地看了看，都退出去了。

「母妃還認為不爭不搶，就能護我和弟弟平安一世？太子已經去了，其他的人心都大了，像我們這樣的身世，不防備的話，豈不是成了別人的活靶子？」三公主抱住淑貴妃的腿，哭道。

淑貴妃不忍心看女兒的眼睛，露出痛苦的神色，搖了搖頭。

「明晏，你該長大了，如果我去了羌族，母妃就交由你保護了。」三公主握住十一皇子的手。

十一皇子聽見姊姊這樣說，又見母親的青絲中夾了幾根白髮，身為一個男兒，卻讓母親日日焦心、讓姊姊遠嫁，過著活寡婦一樣的生活，他真是該死！

有道是男兒有淚不輕彈，十一皇子痛徹心腑之下，竟流下了眼淚。

「哭什麼？」三公主拿手帕擦了十一皇子的臉，輕描淡寫地說：「等你登上了皇位，把我接回來不就得了？」

十一皇子過去從未想過爭奪皇位，可是經過此事，他終於明白，就算他無心皇位，但是擁有強大外祖家的他，怎麼不會成為其他皇子的眼中釘？怎麼不會成為新皇心中的一根刺？如果他不努力的話，姊姊、母妃，他一個也保護不了。

他狠狠地握拳。「姊姊放心去吧，有朝一日，我絕對將妳接回來。」

三公主滿意地笑了笑，十一皇子如此懂事，也不枉她在朝堂上如此作態了。

經此一事，沒有人敢說一句淑貴妃教養出來的孩子是不好的，如果不好，怎麼會為了大梁隻身去往那異族守寡？

三公主溫柔地看了看十一皇子與淑貴妃，又想起沈于鋒那張傻傻的臉，茫然了一會兒，眼中一片清明，得不到的就不要想了，今生今世，她只為母親、弟弟而活！

在三公主表態願意遠嫁守寡的第二日，事情出現了轉機。

羌族來人了，原來羌族頭領的弟弟上了位，但是他已經有了王后，便請求將三公主嫁給他的兒子，也就是上次來大梁朝求親的少將軍，並保證絕對不虧待三公主，以後王后的位置必將是她的。

那少將軍大家都見過，確實算得上一表人才，比那已經入土的頭領好多了。

眾人原以為三公主就此掉入塵埃了，卻不料還有此等機遇。

朝堂上風雲變化，沈芳菲作為內宅的女子不能第一時間知道這些消息，只是聽父親下朝回來說時，不由得出了一身冷汗。三公主這路，真是走得又陡又險，但是少將軍的消息如絕處逢生，果真世上的事壞到極致了，大概是要好了。

當她再次去宮裡探三公主的時候，三公主已經開始備嫁了，公主出嫁的東西本來就是最好的，除了這些之外，她還選了很多書，她說羌族野蠻不知道教化，這些書是有用的。

三公主見到沈芳菲，一掃之前的頹喪，她穿著家常小襖，握著沈芳菲的手。「我的事，起起落落，如今連嫁個少將軍都能歡欣喜悅了。」

沈芳菲笑了笑，學著宮女行了個禮。「公主定能隨喜如意的。」

三公主懶懶地將帕子拂到一邊，笑著說：「我將盡我所能，在我有生之年，保大梁朝與羌族和平。讓我大梁子弟，不再血灑與羌族的戰場。」這些少年中，自然包括了帶頭請命不要三公主嫁去羌族守墓碑的沈于鋒。

沈芳菲見三公主臉上閃耀著光輝，神采奕奕，不像是要出嫁的女兒，反而英姿煥發得像戰場上的女鬥士，點點頭衷心地說：「三公主不愧是我大梁的女棟梁。」

三公主聽了此話，並沒有自滿。「我的路還長著。」

她拉著沈芳菲去看她的珍貴嫁妝，沈芳菲看著那些嫉妒死宮內眾公主的頭面與珍寶，並不嫉妒，三公主付出太多，這些東西比起她想要的，太微不足道。

三公主將頭靠在沈芳菲頭上，在她耳邊說：「太子薨了以後，朝中每個人都有自己的小心眼。三皇子家室雖然好，但是心狠手辣，九皇子雖然表面平和，但是容易記恨，都不是好惹的人，如果北定王府、沈家一再退讓，可能會退無可退了。」

沈芳菲想起前世沈家、北定王府的結局，心有戚戚地點了點頭，又不禁佩服三公主的洞察力。淑貴妃與十一皇子雖然不想爭，但是身懷巨寶，由不得他人不垂涎，只有自己強勢了，才能保身。沈芳怡已嫁給朝暮之，沈家與北定王府算是同進退了。

「妳的意思我都知道，雖然我是女子，但也是家族的一分子，我將盡全力，做我該做的事。」

「此次一別，也許一生都不復見，但是我會記得，我在大梁朝最快樂的時光。」三公主眼泛淚光說道。

「我定會記得公主，並將那個淘氣公主的故事告訴晚輩。」

三公主聽到此話，破涕為笑。

沈芳菲從三公主的宮殿出來，又去見了沈太妃，沈太妃說起三公主的事，嘆氣說：「這女人的命運，從來不是捏在自己手裡的。」

沈芳菲點點頭，又想起前世的自己，何嘗不是被命運牽著走的女子呢？

她目光黯了黯，心中堅定道——可是這世不同了，一切都不同了！

她恭敬地對沈太妃說：「可我相信人定勝天。」

沈太妃再一次打量這個姪孫女，發現她與以前不一樣了，但是哪兒不一樣，也說不上來，她不多加琢磨，寬心地笑了笑。

當沈芳菲在宮女的帶領下出宮的時候，遇見一個翩翩少年背對著自己看著飄飄柳條。

「十一皇子。」沈芳菲恭敬地對少年說道。

少年回過頭來，見說話的人是沈芳菲，帶著冷意的雙眸暖了暖。沈芳菲與三公主交好，在三公主頹喪時，日日勸慰，他是知道的，再加上她姊姊與自己的表哥是夫妻，於情於理，她都是自己這邊的。

沈芳菲雖與三公主交好，卻從未跟一般大的十一皇子長時間相處過。在她印象中，十一皇子為人爽朗，對人寬厚，但是如今見他，雙眼中竟隱隱帶著一絲陰霾，令她有些於心不忍。

十一皇子問：「最近三姊姊還好嗎？」

沈芳菲有些驚訝，難道十一皇子最近都沒見三公主？「三公主婚事已定，自然是心情晴朗的。」

十一皇子聽到此話，似乎安了心，自從三公主要出嫁以來，他見三公主都是心如刀絞，都怪自己不夠強大，阻止不了姊姊和親，以至於遲遲不敢見她。

沈芳菲猶豫了下，對十一皇子說：「只有您和淑貴妃好了，三公主才會好，如果此時您都不陪伴著三公主，更待何時？」

十一皇子恍然大悟，大笑說：「是我糊塗了。」

沈芳菲聽到此話，噗哧笑出聲來。「我想只要您快快樂樂的，三公主也能快快樂樂的。」

十一皇子聽罷，打量了沈芳菲一番。

她有一雙晶亮的眸子，燦若繁星，對自己微微一笑，如月牙兒一般，白皙無瑕的皮膚透出淡淡粉紅，薄薄的雙唇嬌豔欲滴，她進宮不欲搶了貴人的風頭，因此穿得很素淨，在其他女子還在撒嬌遊樂的年齡，她已經會安慰人心了。

十一皇子的雙眸閃了閃。

沈芳菲見他沒有再說話的意思，福了福身離去。

三月裡，三公主紅妝十里，風光大嫁。

淑貴妃親手梳著女兒烏青光滑的長髮，將其盤起，戴上最閃耀的頭面。她為女兒描著眉，將朱唇掃紅，也許她與她這一生，都不復相見。

淑貴妃一邊幫三公主裝扮一邊說話，彷彿要把此生沒說的話說完，女兒至此一嫁，到底是站在羌族一邊還是大梁朝一邊？真是最難的問題。

羌族少將軍騎著羌族最駿的馬，帶著大梁朝的珍寶昂首挺胸走向了歸家的路。

沈于鋒身為送嫁的衛兵隊隊長，保護三公主到羌族與大梁的邊境。

三公主坐在華麗的馬車裡，聽著外面的馬蹄聲，她心愛的人近在咫尺，但是此時的她心如止水。

她愛過、抗爭過、爭取過，已無憾。

沈于鋒送著美麗的公主到了邊境，還是少年心性的他仍不明白為什麼要以和親獲得短暫的和平。

他在離開的時候，帶著侍衛跪在地上，大聲說道：「祝我大梁公主平安喜樂！」

沈于鋒重重地跪在地上，膝蓋生生地疼，無論以何種姿態，三公主已在他心中，留下了濃重的一筆。

三公主在馬車內聽見沈于鋒的聲音，用手碰了碰馬車的簾子，又縮了回去，她將淚忍回去，揚聲在馬車內說：「祝我大梁永世安康。」

從此，她終於與那個單純無知的少女告別了。

三公主最終嫁入了羌族，梁朝與羌族的事情塵埃落定，迎來了長久的和平。春天百花盛開，但是沒有人知道，三公主這朵花，能在羌族怒放還是枯萎？

皇帝看著羌族送來最好的戰馬，悄悄地拭了拭眼淚。

淑貴妃跪在佛堂，看了看佛祖那張悲憫的臉，眾生皆苦。

沈芳菲看著遠處，深深地嘆了一口氣，她已重生一年多了，見很多種種，都與前世不同，她堅信三公主能走出與上一世不一樣的路來。

第三十章

十一皇子與北定王父子密談一日，朝暮之並不隱瞞沈芳怡他們談了什麼。

沈芳怡聽到十一皇子想爭大位的意圖後，感覺到了風雨欲來的氣息。

但是她已嫁到北定王府，身後便是北定王府，沈家沒有理由不站在已是姻親的北定王府一邊。

沈老太爺思量了幾天，終於對回娘家的沈芳怡淡淡地說：「告訴妳夫家，儘管去吧。」

沈芳怡吁了一口氣，現下十一皇子需要做的是韜光養晦。

皇帝似乎愧疚於三公主的事，做什麼事都帶著十一皇子，引來朝中眾人紛紛猜測。但是十一皇子仍戴著那爽朗的面具，與人交往淡然自若，並沒有渴望上位的焦躁，讓大家對他刮目相看。

他是得皇帝的喜歡，但是他有個遠嫁的姊姊，皇帝對他未必不是補償，再說三皇子在朝中已挑大梁，九皇子也隱隱亮出能力，這場戲，還有得唱。

朝堂因三公主一事風雲迭起，但是石磊卻與這些毫無瓜葛，他被分派到了楚城，因為通文理，又是沈家舉薦，上頭便給他安排了伍長的職務。

剛開始時，眾人對這個清秀沈默的少年都有些不服氣，不過是因為沈家的一封舉薦信，他就能當上伍長？可是石磊卻靠著實力，硬生生地讓所有不服氣的人，都低了頭。

在軍隊裡，男人沒有永遠的過節，石磊雖然長相俊秀，但是身手敏捷，很快地眾人便與石磊稱兄道弟起來。

軍隊裡男子多，總要有發洩的地方，有人便經常去那煙花之地快活一番。

而石磊卻從來不去那種地方，大家都覺得奇怪，他年少氣盛，怎麼可能沒有邪火？

「不會在家鄉有個青梅竹馬等你回去吧？」有人好奇地問。

石磊只摸了摸懷中的香包，並沒有直接回答，只笑著說：「你今天家中有事？我幫你站崗吧。」

楚城地處邊關，夜晚永遠都是那麼冷。

石磊一個人在寂靜的夜裡，站在城門上，看著遠方的月亮，伸了伸手，想將這輪美麗捧在手裡，卻發現，無疑是水中撈月而已。

努力，我需要再努力一些。

石磊對自己說道，更加勤練起武功來。

春天來了，狼族也一解冬天時的蟄伏，時常攻擊楚城以搶得食物，雖然這只是小範圍的衝突，卻讓楚城的將士們高度警戒。

守楚城的白將軍思考了半晌，將新兵分成了幾隊，與老兵一起守著經常被狼族攻擊的村子，讓他們見見戰爭的殘酷。

許多新兵都是家境貧寒，沒有了出路才從軍的，第一次與狼族對峙時，不少人都嚇得尿了褲子。要知道，這是真正的戰場，狼族人驍勇善戰，騎著一匹馬便能將幾個人撂倒。

於是在新兵中有了不少的抱怨聲，他們覺得白將軍是故意讓他們去送死的。

抱怨的情緒，在新兵中如瘟疫一般蔓延開來。

石磊所在的小隊初上戰場，他們之中有的人看到屍橫遍野的景象便當場吐了出來，還有看到狼族便嚇得走不動的。

老兵們也沒想到這次的新兵膽子這麼小，一邊對他們叫著：「你們上啊！」一邊咬著牙往前與狼族對陣，而狼族的人向來是聰明的，看到老兵身後那一群七倒八歪的新兵們，便調轉了馬頭，只向新兵攻去。

老兵們被纏在前方，而新兵們看著狼族騎著馬攻來，全身都在發抖，心中想著——「我命休矣。」

只有一個穿白衣的小將騎著馬站了出來，他面色沈著，手中拿著一桿槍，冷冷地指向了狼族。

「石磊，你還不跑？狼族都是很厲害的！」有人在後面叫出了聲。

「怕什麼？他們與我們一樣，都是人。」石磊回頭淡淡地說道。

幾個狼族人包抄了過來，石磊踢了踢馬肚子，向他們跑去，幾下便將狼族人挑下了馬。

「咦？原來狼族也不過如此？」新兵們看著石磊的精采表現，又不肯說自己懦弱，只有拚了命往馬下的那幾個狼族人跑去。

楚城的練兵是出了名的嚴格，新兵們不出師是不可能放他們上戰場的，他們與狼族幾經搏鬥，居然獲得了最後的勝利，讓他們不由得發出了歡呼。「我們贏了，我們贏了！」

這場戰爭，有腦子的都知道，若不是石磊那漂亮的幾記回馬槍，這些新兵只怕都像綿羊一樣，一個一個被狼族給挑了。眾人蜂擁著走到了石磊面前，將他拋上了天。

石磊也因為這場戰爭喜悅地笑了，他生平第一次，感覺到對軍事的熱愛，如何挑戰敵人？如何激勵起同袍的士氣？這些，他還需要慢慢學習。

白將軍早就派人盯著這些新兵的反應，他知道後，不由得搖了搖頭。不過誰不是這樣過來的呢？以為自己從軍就能一朝成名揚眉吐氣，而到最後發現在戰場上，最重要的是保住自己的命。

「不過，這新兵中有一個人，倒是與別人不一樣。」白將軍的下屬李季見他失望，不由得想了想，將石磊提了出來。

「哦？」白將軍聽到這話，有些驚訝。他這個下屬為人一向苛刻，很少出聲讚美別人。

「新兵中，有個叫石磊的，在戰場上十分沈著冷靜，也甘為人先，若不是他，他的幾個新兵戰友早就喪命在狼族的馬下了。」李季說道，他遇過有天分的將士不少，而第一次上戰場便能如此冷靜的，石磊算是第一個。

「石磊？」白將軍皺著眉，覺得有些耳熟，重複唸了下他的名字。

「他當初從軍時，靠的是沈家的舉薦。」李季適時補道。

這一個小小的兵勇，居然還與沈家有關係？要知道沈家在武官中的聲望極高，無論是誰，都要給沈家幾分面子的。

「不過我也打探過，這石磊是沈家莊子旁邊村落的一名少年，他妹妹得了沈家小姐喜歡，沈家小姐聽說她哥哥要從軍，才順手將父親案上的舉薦信給了他。」李季笑著解釋道。

「他倒是個運氣好的。」白將軍點了點頭，將案上石磊的名字畫了一個圈。

第二日，白將軍便向眾人宣佈將石磊升為都伯，從伍長到都伯兩級跳，在新兵中，簡直是升遷神速。

石磊聽到自己升職的消息，面上閃過一絲驚訝，他的右手因救一名同袍而受了傷，有些行動不便，便用左手接過了任命狀，對李季微微地鞠了個躬。「謝謝李都尉。」

白將軍公事繁忙，怎麼記得起他這麼一個名不見經傳的小人物，只怕是李季跟他提起的吧？

李季笑咪咪地拍了拍石磊的肩，這個少年，與沈家有著千絲萬縷的關係，自己又深具能力，獲得同袍的信任，只怕以後是個前途遠大的，他幫他一把又有何難呢？

「喲，升官了？」石磊手上拿著的任命狀，很快引起校場上眾人的注意，有人覺得與他親近，便從他的手中拿過任命狀打開一看。「都伯啊？不錯不錯。」

比起之前將石磊任命為伍長時，眾人的不服；如今，他們倒覺得是眾望所歸。

成了都伯後，石磊便不須在邊關上站崗了，他站在城門上，想著那個少女的一顰一笑，看著大梁朝的方向，狠狠地握緊了拳頭。

比起邊城的嚴寒，大梁朝的春天溫暖得很，沈芳菲低頭將手上的帕子繡了幾針，依稀記得父親曾說過楚城的冬天特別長、特別冷，不知道邊關的石磊過得好不好？

自己為什麼要這麼惦記他呢？

沈芳菲有些懊惱地敲了敲自己的頭，大概他是這個世上除了家人以外，能對自己傾力相助的人吧。雖然明明知道，他會在一場又一場的大小戰役中屢屢立功，成為人上人，可是此時，她還是對他十分擔心。

她將沈于鋒沒穿過的禦寒衣物，連夜改了，要沈于鋒幫他捎去楚城。

沈于鋒向來不拘小節，又知道石磊與妹妹的相識經過，只當妹妹是個知恩圖報的，便順手讓人將這衣物捎去了楚城。

而榮蘭看到沈芳菲如此，不由得欲言又止，石磊只是一個小小兵將而已，犯得著讓沈芳菲親手為他改衣服？

白將軍拿著沈家捎來的包裹，對石磊又一次刮目相看。

他將石磊叫到自己的帳子裡。「冬天來了，你妹妹擔心楚城嚴寒，便託沈家人幫你送這包衣物。」

石磊聽到沈家的名號，雙手微微一震，一雙眼睛直盯著白將軍手中的包裹，似要將它看穿。

在戰場上這麼拚命，這時候卻又這麼呆？第一次進了上司的帳子不是應該多拍拍上司的馬屁？他卻將這注意力都放在了這包裹上。白將軍嘆了一口氣，將包裹給了石磊，只揮手讓他出去。

石磊拿著包裹，步伐有些快，匆匆地回到了帳中，小心翼翼地打開，發現裡面有幾件兵士慣常穿的短襟，看上去很普通，但是摸上去卻輕薄、保暖。這樣的布料，一定不是石家能用得起的。

他胸口出現了一種詭異的想法，莫非是沈家小姐送來的？他有些不敢相信自己的猜測。

他是京城人，對楚城的苦寒苦不堪言，無論是誰送了這個，都是雪中送炭。

過了幾日，他又收到呆妞讓老秀才寫給他的信，她本想做一些衣裳給他，卻不料沈家小姐已經託人送了，不知道石磊是否收到。

石磊看了這信，雙手微微發抖，鄭重其事地將短襟穿上。

與他交好的兵士們，看見石磊穿了新衣服，不由得打趣說：「莫非是你青梅竹馬送來的？」

石磊雙眼放著光，有些自得地整了整衣襟，卻搖了搖頭。

怎麼可能是青梅竹馬？那明明是天上的月亮。

身為後宅女子，沈芳菲雖然關心朝堂上的事，但是鞭長莫及，所以更關注的是方知新要如何將自己哥哥的心勾到手。

前些日子方知新在沈于鋒必經的路上與他「偶遇」，雖然她看上去一副很家常的模樣，其實是精心打扮過的，烏黑青絲低低綰起，嫩綠色長裙顯得她格外清新，她站在路邊，裝作一副意外的模樣，捂著小小櫻唇說：「表哥，今日辛苦了。」

沈于鋒一向尊重老太太，見到方知新也會好好打招呼，給祖母幾分薄面，方知新與他聊了，總會紅了臉，低頭看向精緻的繡鞋。

自三公主走後，榮蘭與沈芳菲都很寂寞，來往得更加頻繁一些。

這一日，榮蘭與沈芳菲約了進府，她曾聽沈芳菲抱怨過這樣一個鬼迷心竅的遠房表姊，她覺得沈芳菲想得太多了，像方知新這樣想攀附富貴的女子，世上可多了，難道要一個一個堵著不成？

攔來攔去，最重要的還是男子的心在誰那兒。

她又想到母親偷偷提過，中意誰家的男子。

沈于鋒也算是其中的一個，母親中意他的原因倒不是因為家世，而是因為她與沈芳菲交好，沈母又一向喜歡她，她嫁到沈家必定是日子和順的。

但是她冷眼看著方知新與沈于鋒的事，又覺得沈于鋒太過木訥，怕會招惹太多爛桃花上門。

榮蘭一邊想一邊走，正好與沈于鋒、方知新碰個正著。

方知新走路有些蹣跚，像是扭了腳，沈于鋒在一邊有些呆愣，似乎正猶豫著要不要去扶。

真是個傻的，要是他今天過去扶了，他與表妹有些什麼的事就要傳遍整座沈府了！榮蘭想起沈芳菲為此困擾的表情，還搞不清自己出於什麼心態，便走上前。

「柳兒，沒見沈府的表小姐扭了腳嗎？還不快快去幫忙扶一把？」榮蘭輕描淡寫地說。

沈于鋒回頭看見南海郡主站在自己身後，沒有了以往對他的和善，反而顯得有些無奈，沈于鋒以為她誤會了，準備張口辯解，可是也不知道說啥好。

柳兒是榮蘭身邊的丫鬟，她在王府也見多了這種一心上位的女子，對方知新印象不算太好，聲音平平地說：「表小姐，我扶您回去吧。」

方知新被猛地一攙，還沒來得及叫出口，就看見了榮蘭那雙冷冷的眼睛，榮蘭身為貴女，氣勢是很足的。

她從榮蘭那兒收回了視線，又用一雙楚楚可憐的大眼睛看著沈于鋒，一副很委屈的樣子。

沈于鋒之前見過紫英姨娘一事，對這種清新的小白花十分忌諱。況且榮蘭是沈芳菲的手帕交，他必然要袒護兩、三分的，再加上，榮蘭並無錯處。沈于鋒對榮蘭點點頭。「辛苦郡主照顧表妹了。」

榮蘭見沈于鋒還算清醒，心中的不屑減了幾分，心想這還算是個明事理的。方知新則是大感委屈，怎麼她都百般示好了，沈于鋒就是不上鈎呢？不要逼她做出更進一步的事情來……

她心有不甘，但仍故作柔弱，任柳兒扶走了。

榮蘭見沈于鋒還在，猶豫了半晌，對他說：「我遠方親戚家有一哥兒，與表妹有了私情，現在弄得家宅不寧呢。」

沈于鋒聽到此，知道榮蘭是在提點，他拱手道：「謝郡主提點，我原來只覺得是自家親戚，卻忘了還有男女大防。」

——未完，待續，請看文創風310《嬌女芳菲》2

2015
熱浪來襲！
夏日線上書展

不變的堅持＋品質的要求＝租書店長最愛書系

文創風

貴為國公府的嫡長孫女，
即使眾人都看衰他們大房，
但她相信天助自助者，
來自現代的她有信心能幫襯爹娘，
讓爹娘帶她上道……

寧負京華，許卿天涯／花月薰

文創風 319-321 《閒婦好逑》全套三冊

親爹高富帥、親娘白富美……這都跟她穿越投胎沾不上邊，
想她蔣夢瑤一出世，雙親就是「重量級的廢柴雙絕」，
親爹雖是大房子孫，卻在國公府中受盡苦待，還遭逐出府。
好在這看似不靠譜的雙親很是給力，
親爹繼承國公爺的衣缽從戎去，親娘經商賺得盆滿缽滿。
好不容易一家人熬出頭，
不料，她的婚事卻被老太君和嬸娘們給惦記上，
她才剛機智地化解一場烏龍逼婚、相看親事的戲碼，
受盡榮寵的祁王高博後腳就登門來求娶，
猶記兩人初見是不打不相識，彼此竟越看越順眼……
可怎知才提親不久，高博就被廢除祁王封號、流放關外?!
也罷，既嫁之則隨之，遠離這繁華拘束的安京，
只要夫妻同心，哪怕是粗茶淡飯也是幸福的……

【書展限定】 8／4出版
原價250元/本，**新書優惠75折**，買整套再送精緻書套X3！

2 美國Nostalgia electrics棉花糖機　2名

麵包機不稀奇，氣炸鍋人人有，
那現在流行什麼？
答案是懷舊棉花糖機！
時髦復古的外型，直接放入糖果就能製作出
個人口味的棉花糖，讓你邊玩邊吃，
在家辦Party也超有面子！

3 CHIMEI 9吋馬達雙向渦流DC循環扇　2名

電風扇不再是冬天的倉庫常客，
循環＋風扇 2合1，一年四季都適用！
沙發馬鈴薯必備款——附有無線多功能遙控器！
雙向送風設計，有8段風速可選擇，
還有7.5小時定時功能！內設DC節能靜音馬達，
給你最清靜又環保的夏日時光！

4 狗屋紅利金200元　20名

狗屋紅利金永遠最貼心！超實用的省錢術，下次購書可抵結帳金額喔～

★小叮嚀

(1) 購書滿千元免郵資，未滿千元郵資另計。請於訂購後兩天內完成付款，
未於2015/8/8前完成付款者，皆視為無效訂單。
(2) 如果訂單上有尚未出版之預購書籍，會等到書出版後一併寄送。
(3) 活動期間，親自至本社購買亦享有相同折扣，但請先電話聯絡確認欲購書籍，以方便備書。
(4) 5折、50元、5本100元的書籍，皆會另蓋小狗章。
(5) 特賣書籍因出書時間較久，雖經擦拭、整理，仍有褪色或整飾痕跡，故難免不如新書亮麗。
除缺頁、倒裝外無法換書，因實在無書可換，但一定會優先提供書況較良好的書給大家。
若有個人原因需要換書，需自付來回郵資。
(6) 各書籍庫存不一，若遇缺書情形可選擇換書。
(7) 歡迎海外讀者參與(郵資另計)，請上網訂購，或mail至love小姐信箱
(love@doghouse.com.tw)詢問相關訊息。

狗屋．果樹有權修改優惠活動的實施權益及辦法。

為流浪貓狗加油 和貓寶貝 狗寶貝 廝守終生(一定要終生喔！)的幸福機會

對人來說，貓寶貝狗寶貝只是生活的一部分，但妳（你）對牠們來說，卻是生活的全部，領養前請一定要考慮清楚——

▲ Didi和Gigi幸福的邀約

性　　別：Didi男孩，Gigi女孩
品　　種：米克斯
年　　紀：Didi快2歲，Gigi2歲多
個　　性：Didi傻傻沒脾氣，Gigi可愛傻大姊
健康狀況：皆做過完整身體健查，已結紮，
　　　　　也有注射預防針和定期體內外驅蟲
目前住所：台北市中山區

本期資料來源：愛媽Christine

『Didi&Gigi』的故事：

Didi以前還在流浪時，曾經被狗咬、被摩托車撞，二度進入醫院治療，小小的身體就遭受了不少磨難，完全可以想像牠當時多麼害怕徬徨。於是當牠出院後，我便帶牠回去，成為牠的中途幫牠找家。Didi是個傻呼呼的孩子，只要有食物就可以讓牠開心好久。而沒啥脾氣的牠也很膽小，音量稍微大些，牠就會快速躲開，所以也很聽話。

Didi

Gigi則曾經連同牠的姊妹一起得過貓瘟，一位離開，牠和姊姊幸運地活了下來。然而之後因為識人不清，傻得將牠們誤託給惡劣的付費中途之家，兩個孩子竟六個月都沒出過那二尺籠子……直到被人緊急通知，我才趕緊將牠們帶離，心中滿滿的自責和不捨。

Gigi

回來後，小女孩開心地走來跳去，像是在享受自由自在的感覺，看見玩具也好興奮，和其他小夥伴玩耍得相當快樂。當下忍不住有些鼻酸。至今已過了一年，想替可愛的牠找家，雖然機會可能不大，但我還是想與Gigi一起努力看看。

Didi和Gigi都是非常可愛的孩子，儘管過去曾經那麼難過，現在卻能走出陰霾，一舉一動都可愛得讓人心疼。這樣好的孩子們，不知道有沒有那麼一個人願意疼牠愛牠一生呢？如果你願意來應這令人覺得幸福的邀約，歡迎來信：ccwny210@gmail.com，讓牠和你共創今後的美好生活。

認養資格：

1. 認養者須年滿20歲，有獨立經濟能力，並獲得家人與同住室友的同意。
2. 學生情侶或單獨在外租屋的學生，須提出絕不棄養的保證。
3. 生病要能帶牠去看醫生，不關籠飼養，讓牠生活自由自在。
4. 同意送養人日後之追蹤探訪。
5. 認養前請把毛孩子放入你的20年計劃，疼牠愛牠不離不棄。

來信請說明：

a. 個人基本資料：姓名、性別、年齡、家庭狀況、職業與經濟來源等。
b. 想認養「Didi」或「Gigi」的理由。
c. 過去養寵物的經驗，及簡介一下您的飼養環境。
d. 若未來有當兵、結婚、懷孕、畢業、出國或搬家等計劃，將如何安置「Didi」或「Gigi」？

文創風 309

嬌女芳菲 1

國家圖書館出版品預行編目資料

嬌女芳菲 / 喬顏著. --
初版. -- 臺北市 : 狗屋, 2015.07
冊 ; 公分. --（文創風）
ISBN 978-986-328-470-3（第1冊 : 平裝）. --

857.7　　104007963

著作者	喬顏
編輯	余一霞
校對	黃薇霓　周貝桂
發行所	狗屋出版社有限公司
地址	台北市104中山區龍江路71巷15號1樓
電話	02-2776-5889～0
發行字號	局版台業字845號
法律顧問	蕭雄淋律師
總經銷	知遠文化事業有限公司
電話	02-2664-8800
初版	2015年7月
國際書碼	ISBN-13　978-986-328-470-3
原著書名	**《重生之花开芳菲》**，由北京晉江原創網絡科技有限公司授權出版

定價250元

狗屋劃撥帳號：19001626

網址：love.doghouse.com.tw　E-mail：love@doghouse.com.tw